Les belles choses que porte le ciel

Dinaw Mengestu

Les belles choses que porte le ciel

ROMAN

Traduit de l'américain
par Anne Wicke

TERRES D'AMÉRIQUE

Albin Michel

« **Terres d'Amérique** »

Collection dirigée par Francis Geffard

1

À HUIT HEURES, Joseph et Kenneth entrent dans l'épicerie, ils viennent presque tous les jeudis. C'est devenu une sorte d'habitude pour nous trois, sans que l'un de nous l'ait jamais reconnue comme telle. Il arrive que seul l'un des deux vienne. Ou ni l'un ni l'autre. On ne se pose alors aucune question, car on ne se sent pas d'obligation. Il y a dix-sept ans, nous étions tous trois de nouveaux immigrants employés comme bagagistes au Capitol Hotel. D'après la plaque apposée à l'entrée principale, l'hôtel avait été conçu pour ressembler au palais des Médicis en Italie. Le week-end, les touristes se rassemblaient sur le toit pour contempler les tireurs d'élite perchés sur les toits de la Maison-Blanche. C'est dans cet hôtel que Kenneth était devenu Ken le Kenyan et Joseph, Joe du Congo. J'étais alors plus maigre que je le suis maintenant et, comme le disait toujours notre patron, je n'avais besoin d'aucun surnom pour lui rappeler que j'étais éthiopien.

« Tu fermes de bonne heure, aujourd'hui ? » demande Kenneth, tout en entrant et en jetant un coup d'œil aux allées désertes.

Il arrive directement de son travail, il porte toujours sa veste de costume malgré la chaleur de ce début mai. Sa chemise est soigneusement repassée et sa cravate nouée bien serré autour du cou. Kenneth est un ingénieur qui s'efforce de ne pas en avoir l'air. Il croit au pouvoir d'un costume bien taillé, pour attirer l'attention et le respect de ceux qui autrement ne le regarderaient même pas. Chaque semaine, il dit la même chose quand il arrive. Il sait que ce n'est pas drôle, mais il en est venu à croire que si les Américains réussissent si bien, c'est parce qu'ils répètent sans arrêt la même chose.

« C'est pas moi qui dis ça, avait-il un jour expliqué pour se défendre. Écoute-les. Tous les jours. La même chose. Chaque jour, mon patron arrive, et il me dit, "On en veut toujours autant, hein, Kenneth ?". Et moi je lève le poing et je dis, "Toujours". Alors lui : "Voilà ce que je voulais entendre." Il gagne quatre-vingt-dix mille dollars par an. Quatre-vingt-dix mille… Alors moi je te dis, "Tu fermes de bonne heure, aujourd'hui ?", et toi tu dois dire, "Va te faire foutre".

– Va te faire foutre, Ken », lui dis-je comme la porte se ferme derrière lui.

Il me sourit avec reconnaissance chaque fois que je lui dis ça. Si Kenneth a jamais eu besoin de quelque chose dans sa vie, c'est d'ordre et de prévisibilité, de petites assurances quotidiennes que le monde est comme il est, aussi imparfait soit-il. Kenneth a une petite bouche, avec des lèvres pleines que l'on trouverait belles chez une femme, mais qui, sur lui, semblent trop proéminentes.

Il a des complexes à cause de ses dents, légèrement brunes et qui penchent toutes dans le même sens. Un jour Joseph l'a coincé et forcé à dire pourquoi, avec tout ce qu'il gagne maintenant, il ne les a jamais fait arranger. Kenneth nous avait alors fait un large et beau sourire avant de répondre. Lorsqu'il parle devant des inconnus, il cache sa bouche derrière sa main. Il se frotte la lèvre inférieure entre le pouce et l'index, faisant ainsi disparaître tout ce qui l'embarrasse.

« Tu peux pas oublier d'où tu viens avec des dents aussi moches que celles-là », avait-il dit.

Il avait encore souri. Et tapoté une incisive légèrement brunie pour marquer le coup.

Kenneth a l'air kenyan. Il a la peau sombre, le nez long et mince, et pourtant ses traits sont doux, presque délicats, comme ceux d'un enfant. Il fait un mètre quatre-vingts, mais ce n'est que depuis deux ans seulement, depuis qu'il a son travail, qu'il pèse plus de soixante-cinq kilos. Lorsqu'il a bu, il soulève sa chemise, sort le ventre et caresse fièrement son estomac rebondi. « Que Dieu bénisse l'Amérique ! dit-il à chaque petite caresse. Il n'y a qu'ici qu'on peut devenir gras comme un bouddha. »

Je vais dans l'arrière-boutique et je sors la table et les chaises pliantes sur lesquelles nous nous asseyons toujours tous les trois. J'ai une petite vitrine réfrigérée pour sandwiches et plats préparés sur le devant, qui est vide maintenant, mais derrière laquelle gisaient auparavant des morceaux racornis de roast-beef, de jambon et de dinde, façonnés de manière à avoir la forme de cuissots.

J'ai emprunté deux mille dollars pour acheter cette vitrine avec l'idée que mon magasin pourrait peut-être devenir une petite entreprise de restauration rapide, et donc un endroit que je pourrais contempler avec fierté. J'installe les chaises juste devant la vitrine vide à laquelle je m'adosse. On est le 2 mai. Depuis janvier, j'ai préparé exactement trois sandwiches (dinde, sans mayo et pain blanc ; dinde, moutarde et pain blanc ; dinde, juste une tranche), et je n'ai pas pris une seule commande après l'heure du déjeuner. En dépit de mes récents efforts, mon épicerie n'a rien de spécial. Elle est étroite, miteuse, brillamment éclairée, avec un plafond couvert de néons qui, chaque matin, bourdonnent pendant plus d'une heure après que je les ai allumés. Je vends des sachets de chips à vingt-cinq cents, des bouteilles de Pepsi de deux litres, des paquets de macaronis au fromage, des couches, du savon, des détergents, du lait concentré, le tout disposé dans des rayons serrés les uns contre les autres, arrangés au petit bonheur.

« Jo-Jo est là ? » demande Kenneth.

Parfois, c'est Joe du Congo, ou bien Joe-Joe Congo, ou alors Congo Joe.

« Pas encore.

– Les Africains… Les Congolais… Ils sont jamais à l'heure.

– Tu l'es bien, toi.

– Moi, je suis ingénieur. Je dois être précis. La précision, c'est essentiel, dans mon domaine. Tu dis qu'il faut être quelque part à huit heures trente, j'y suis à huit heures trente. Pas une minute de retard. »

Il sort de son sac une bouteille de Johnnie Walker Black qu'il pose sur la table.

« Comment ça a marché, aujourd'hui ?

– Trois cent soixante-treize dollars et quatre-vingt-quatre cents. »

Kenneth secoue tristement la tête en entendant ce chiffre. Presque plus personne ne vient à la boutique. Cela fait des mois que ça dure, et chaque mois est un peu plus mauvais que le précédent. Les affaires sont calmes, l'argent est rare, et depuis que Judith s'est installée dans le quartier, j'ouvre et je ferme à des heures bizarres, ce qui fait fuir les quelques derniers clients réguliers qui me restent. Il n'y a pas très longtemps, Kenneth a abordé le sujet pendant que nous étions seuls tous les deux. Il étudiait mes comptes pour avril et secouait la tête, consterné, tout en faisant de petits bruits avec sa bouche. Il y avait eu dix jours, le mois précédent, marqués par un zéro en rouge, des jours où je ne m'étais même pas donné la peine d'ouvrir, ou bien où j'avais fermé avant de laisser à un client la moindre chance d'entrer.

« Pourquoi tu fais ça ? finit-il par me demander, tout en tenant ouvert le livre de comptes pour que je voie bien ce dont il parlait. Tu t'en moques, ou quoi ? »

J'ai secoué la tête, ne sachant pas comment lui expliquer qu'il n'y avait pas de répliques en un mot ou même de phrases ordinaires que je pourrais utiliser pour lui répondre.

Les bons jours, j'ai quarante voire cinquante clients. Pour la plupart, ce sont des mères ou des pères au foyer qui ont emménagé dans les maisons restaurées entourant Logan Circle. Ils s'arrêtent ici au cours de leur promenade de l'après-midi, avec leurs enfants qui pendent à leurs cous comme autant d'amulettes les protégeant contre la vieillesse, la maladie, le chômage, la pluie, ou la mort. Ils achètent de l'eau minérale, du dentifrice, des produits d'entretien, et, si les enfants sont assez âgés, une de ces barres chocolatées à vingt-cinq cents que j'ai appris à présenter près de la caisse à cet effet. Lors de ces bonnes journées, c'est-à-dire une ou deux fois par semaine, je gagne à peine plus de quatre cents dollars. Je rentre à la maison le soir en me sentant mieux, pas seulement vis-à-vis de l'épicerie, mais aussi vis-à-vis de ce pays. Je me dis, après tout c'est beau, l'Amérique. Tout est plus abondant, ici. L'essence est bon marché. Ce n'est pas un si mauvais endroit. Les choses pourraient être pires. Et qu'est-ce que j'aurais pu faire d'autre ?

« Bon alors, aujourd'hui tu détestes l'Amérique ? » dit Kenneth en souriant à moitié.

Il verse un peu de scotch dans un gobelet en plastique qu'il a piqué dans son bureau et me le tend. Je sais bien que si je le laissais faire, il sortirait de sa poche les 26,16 dollars qui manquent et les glisserait dans la caisse. Il ferait n'importe quoi pour que je me sente mieux.

« De tout mon cœur », je lui réponds.

Joseph est déjà ivre quand il arrive au magasin. Il passe la porte ouverte, les bras écartés. Quand on le regarde, on a l'impression que même les gestes les plus amples qu'il peut faire ne le sont jamais assez pour lui. Il essaie constamment de se dépasser, d'atteindre de nouveaux stades de joséphitude qui feront que quiconque l'aura rencontré emportera une trace de Joseph Kahangi, laquelle persistera bien longtemps après qu'il aura disparu. Il est maintenant serveur dans un restaurant chic du centre-ville et, quand il débarrasse les tables, il vide tous les verres, quel que soit l'alcool qui reste dedans, avant de les rapporter dans la cuisine. Je comprends, à son allure légèrement chancelante, que la clientèle du premier service d'aujourd'hui a été plus intéressante que d'habitude.

Joseph est petit et trapu comme une souche d'arbre. Il a un gros visage rond qui ressemble à un sablé au chocolat. Kenneth lui disait toujours qu'il avait l'air d'un Ghanéen.

« Tu as un visage typiquement ghanéen, Joe. Des yeux ronds. Un visage rond. Tu es ghanéen jusqu'au bout des doigts. Reconnais-le, qu'on puisse passer à autre chose. »

Joseph se levait alors pour donner un coup de poing théâtral sur la table, ou sur sa paume, ou même contre le mur.

« Je viens du Zaïre, hurlait-il. Et toi, tu es un trou-du-cul. »

Ou bien encore, plus récemment, et sur un ton infiniment plus doux :

« Je viens de la République démocratique du Congo. La semaine prochaine, ça s'appellera peut-être autrement, je le reconnais. La semaine prochaine, je viendrai peut-être du Pays libéré de Laurent Kabila. Mais aujourd'hui, aux dernières nouvelles, je viens de la République démocratique du Congo. »

Joseph m'embrasse sur les deux joues, une fois qu'il a enlevé son manteau.

« C'est ce que j'aime le plus, chez les Éthiopiens, dit-il. Vous vous embrassez sur les joues absolument tout le temps. Vous dire bonjour ou au revoir, ça vous prend des heures, parce que vous vous embrassez sans arrêt. Bisou. Bisou. Bisou. »

Kenneth verse un scotch à Joseph et nous levons tous les trois nos gobelets pour porter un toast.

« Comment va l'Amérique aujourd'hui, Stéphanos ? me demande Joseph.

– Il la déteste, dit Kenneth.

– C'est parce qu'il ne la comprend pas. »

Joseph se penche vers moi, son gros visage lunaire me cache toute la vue, je ne perçois plus que ses yeux, petits et injectés de sang, qui ont l'air d'avoir été collés sur son visage après coup.

« Je te l'ai déjà dit, ajoute-t-il. Ce pays est comme un enfant bâtard. Tu ne peux pas lui en vouloir quand il ne te donne pas ce que tu veux. »

Il se penche en arrière contre son dossier d'un mouvement étudié et croise les jambes ; il tient la pose durant deux secondes avant de se plier en avant en reposant les bras sur ses cuisses.

« Mais il faut le féliciter quand il y arrive presque, sinon il va se retourner contre toi et te mordre le cul. »

Ils rient tous les deux, puis ils vident rapidement leurs verres, et les remplissent à nouveau. Un bref silence s'installe pendant qu'ils s'efforcent de reprendre leur souffle. Avant que l'un ou l'autre ait le temps de me dire autre chose sur l'Amérique (« Ce pays ne s'occupe que d'une chose »... « Il y a trois choses à savoir sur les Américains... »), je crie, « Bokassa ! ». Le nom les prend de court. Ils se retournent tous les deux et me regardent fixement. Ils font décrire de petits cercles à leurs gobelets pour être sûrs de donner l'impression qu'ils sont en train de réfléchir. Kenneth marche jusqu'à la carte de l'Afrique que j'ai scotchée au mur, juste à droite de la porte. Elle est vieille d'au moins vingt ans, peut-être plus encore. Les frontières et les noms ont changé depuis l'époque où elle a été faite, mais les cartes, comme les images et les journaux intimes, ont une sorte de qualité intrinsèque de nostalgie qui fait qu'elles ne sont jamais tout à fait obsolètes. Les pays sont tous colorés suivant un code et la tête pendante et butée de l'Afrique ressemble à celle d'une femme enveloppée d'un turban. Kenneth passe la main sur le continent en silence, d'ouest en est tout d'abord, et puis vers le sud, jusqu'à ce que son index aille chatouiller le bout de l'Afrique du Sud. Lorsqu'il a fini de tracer les contours de la carte avec sa main, il se retourne et pointe un doigt vers moi.

« Gabon, annonce-t-il, comme s'il s'agissait d'un crime dont je serais coupable.

– Et alors ? lui dis-je. J'ai entendu dire que c'était un beau pays. Avec des gens gentils. Mais je n'y suis jamais allé, moi. »

Il se retourne vers la carte et marmonne :

« Va te faire foutre !

– Enfin, enfin, je croyais que tu étais ingénieur, le taquine Joseph. Qu'en est-il de ta légendaire précision ? »

Il se lève et pose son gros bras sur les épaules étroites de Kenneth. De l'autre main, il dessine un cercle au centre de l'Afrique. Il trouve le lieu qu'il cherchait et tape dessus deux fois.

« République centrafricaine, dit-il. C'était quand ? »

Il se gratte le menton d'un air pensif, comme l'intellectuel qu'il avait toujours cru devenir, et qu'il n'a jamais cessé de vouloir être.

« Mille neuf cent soixante-quatre ? Non, mille neuf cent soixante-cinq.

– Mille neuf cent soixante-six, lui dis-je.

– Tu chauffes.

– Mais pas encore assez. »

Jusque-là, nous avons réussi à citer plus de trente coups d'État différents ayant eu lieu en Afrique. C'est devenu un jeu, entre nous. On cite un dictateur, et puis il faut deviner l'année et le pays. Ça fait plus d'un an qu'on joue à ça. Nous avons étendu notre domaine de jeu et inclus les coups ratés, les rébellions, les insurrections mineures, les chefs de guérillas et les acronymes du plus grand nombre de groupes rebelles qu'on puisse trouver – SPLA, TPLF, LLA, UNITA, tous ceux qui ont pris un fusil au nom de la révolution. Plus on en nomme, plus on en trouve ; les noms, les dates et les années se multiplient aussi vite qu'on peut les mémoriser, si bien que parfois on se demande, à moitié sérieusement, si nous ne serions pas plus ou moins responsables de cet état de fait.

« Lorsqu'il n'y aura plus de coups d'État, on pourra cesser notre jeu », dit un jour Joseph.

C'était la troisième ou la quatrième fois qu'on jouait, et on essayait de deviner combien de temps on pourrait continuer.

« J'aurais dû trouver, dit Kenneth. Bokassa a toujours été un de mes préférés. »

Nous avons chacun nos préférés. Bokassa. Amin. Mobutu. Nous aimons ceux qui sont connus pour leurs déclarations absurdes et leurs prestations comiques, les dictateurs qui épousent quarante femmes et ont deux fois plus d'enfants, qui s'installent sur des trônes dorés en forme d'aigles, qui déclarent être des demi-dieux et autour desquels flottent des rumeurs d'inceste, de cannibalisme, de sorcellerie et de magie.

« Il était empereur, dit Joseph. Comme ton Hailé Sélassié, Stéphanos.

– Oui, mais il n'a pas duré aussi longtemps, lui rappelai-je.

– C'est parce que personne ne lui a laissé sa chance. Pauvre Bokassa. L'empereur Bokassa. Ministre de la

Défense, de l'Éducation, des Sports, de la Santé, de la Guerre, du Logement, de la Terre, de la Nature, des Affaires étrangères, Sa Royale Majesté, Roi du Monde Souverain, et Pas Tout à Fait, Mais Presque Lion de Judée Bokassa.

– Il était cannibale, pas vrai ? demande Kenneth à Joseph.

– D'après les Français, oui. Mais qui va croire les Français ? Regardez donc la Sierra Leone, ou le Sénégal. Des menteurs, tous autant qu'ils sont.

– Les Français ou les Africains ?

– Quelle différence ça fait ? »

Nous passâmes les deux heures qui suivirent à jouer à ce jeu tout en sirotant lentement le scotch de Kenneth. Inévitablement, de manière prévisible, nos conversations trouvèrent le chemin du pays.

« Nos souvenirs, dit Joseph, sont comme une rivière qui serait séparée de l'océan. Avec le temps, ils vont lentement se tarir sous le soleil, alors on boit et on boit mais on n'est jamais désaltérés.

– Pourquoi tu parles toujours comme ça ? demande Kenneth.

– Parce que c'est vrai. Et parce que c'est le seul moyen de décrire les choses. Si tu as autre chose à dire, vas-y. »

Kenneth bascule et cale le dossier de sa chaise contre le mur. Il est ivre et à deux doigts de tomber.

« Je vais y aller », dit-il.

Il verse les dernières gouttes de scotch dans son gobelet et sort la langue pour les attraper.

« Je ne me rappelle plus où se trouve la cicatrice, sur le visage de mon père. Il y a des jours, je crois qu'elle est là, sur le côté gauche, juste sous l'œil. Et puis je me dis, ça c'est parce que tu lui faisais face, en fait c'est sur le côté droit. Et puis je me dis, mais non, c'est pas possible. Parce que quand j'étais petit, je m'asseyais sur ses épaules et il me laissait caresser sa cicatrice. Alors, je m'assois sur une table, je place les jambes de part et d'autre d'une chaise et je me penche pour essayer de trouver où c'était. Ici. Ou bien là. Ici. Ou bien là. »

Tout en parlant, il fait passer sa main d'un côté de son visage à l'autre.

« Il disait toujours, quand je mourrai, tu pourras savoir que c'est moi, grâce à la cicatrice. Ça n'avait pas de sens, mais quand j'étais petit je ne m'en rendais pas compte. Je pensais que j'avais besoin de la cicatrice pour le reconnaître. Et maintenant, si je le voyais, je ne pourrais pas le distinguer d'un autre vieillard.

– Ton père est déjà mort, lui dis-je.

– Et le tien aussi, Stéphanos. Tu n'as pas peur de l'oublier, un jour ?

– Non. Je continue à le voir partout où je vais.

– Tous nos pères sont morts, ajoute Joseph.

– Exactement », dit Kenneth.

Nous n'avons jamais été plus proches d'une déclaration unanime.

Minuit est passé de quelques minutes lorsque Joseph et Kenneth se lèvent pour rentrer chez eux. Ils habitent tous les deux en banlieue, juste à la périphérie de Washington, dans des appartements presque identiques, de la moquette dans toutes les pièces, et quasiment pas de meubles, à part de gigantesques téléviseurs qu'ils laissent allumés même quand ils ne sont pas chez eux. Ils détestent tous les deux cette ville, maintenant.

Joseph m'embrasse une fois sur chaque joue avant de partir. Kenneth me donne une tape dans le dos, et il me dit, une fois encore, pour faire bonne mesure, « On en veut toujours autant, hein, Stéphanos ».

Ils s'éloignent dans la Saab rouge délabrée de Kenneth. L'achat de cette voiture avait représenté son premier pas dans l'univers tant désiré du mode de vie américain, et il croyait, à mon avis, que cela allait le soulever au-dessus de la mêlée. Il y a trois ans, je suis allé avec lui jusqu'à un concessionnaire de voitures d'occasion, à la périphérie d'une banlieue lointaine de Virginie, pour y acheter cette Saab. Il était passé me chercher de bonne heure un samedi matin alors que les affaires étaient déjà bien calmes et que quelques heures de perdues ne représenteraient pas grand-chose. Il avait loué un véhicule, une berline de taille intermédiaire qui le situait au beau milieu de la classe moyenne, dont il venait juste de devenir membre. Il portait un costume pour l'occasion, un complet moins cher que ceux qu'il portait maintenant, mais un costume néanmoins. Il se gara devant ma maison et attendit que je descende, nonchalamment appuyé contre la portière côté passager, les jambes croisées. J'aurais bien voulu pour lui qu'il y eût plus de monde pour le regarder, car il avait fière allure. Ce n'était pas seulement les vêtements ou la voiture de location, mais une confiance toute simple que je ne lui avais jamais vue auparavant.

« De quoi j'ai l'air, Stéphanos ? me demanda-t-il au moment où je sortais. Je suis beau, non ? »

Il avait alors l'habitude, qu'il n'a abandonnée que récemment, de terminer toutes ses phrases par une question. Il leva les bras, juste assez pour révéler que les manches de sa veste étaient trop courtes de presque un centimètre et demi.

« La grande classe, lui dis-je.

– Tu le penses réellement ? Je suis vraiment beau ?

– Bien sûr que oui. »

Notre trajet jusqu'au concessionnaire fut bien lent. Il se lança juste avant que le feu passe au rouge et traversa le quartier par un itinéraire détourné et peu rapide pour atteindre l'autoroute. Cela ne me dérangeait pas du tout. Nous avions tous subi assez de moqueries et d'humiliations pour tenir le coup bien au-delà de nos existences, et si mon rôle était maintenant de jouer le supporter aveuglément et indéfectiblement dévoué, au cours de tous les défis et de toutes les victoires qui nous attendaient, eh bien j'en serais d'autant plus heureux.

Nous pénétrâmes sur le parking du concessionnaire avec précaution, comme si le moindre de nos gestes était jugé. Nous sortîmes de la voiture et, plutôt que de faire le tour du parking pour entrer dans le bureau, Kenneth m'arrêta en me prenant par le poignet.

« Attends, Stéphanos. On les laisse venir à nous. »

Il reprit la pose qu'il avait adoptée devant chez moi, sauf que maintenant, comme le soleil était un peu plus haut, il mit des lunettes noires pour compléter le tableau. Tandis que nous nous tenions là et attendions, calés contre le capot, des Américains d'âge moyen en chemise blanche à manches courtes entraient et sortaient du bureau, se promenaient tranquillement à travers les rangées de voitures, s'essuyaient le front avec des mouchoirs qu'ils repliaient ensuite dans leurs poches, sans jamais lancer plus qu'un bref coup d'œil de côté dans notre direction. Nous attendîmes dix, puis vingt minutes avant de finir par comprendre que personne ne viendrait vers nous, peu importait notre tenue ou le temps que nous allions passer là.

« Allez, on y va, Stéphanos ! finit par dire Kenneth. Ils n'ont pas ce que je veux. »

Il passa me voir à la boutique trois jours plus tard dans la Saab rouge. Il arriva vers la fin de la journée et jeta les clés sur le comptoir comme s'il venait de les prendre dans l'un des rayons.

« Regarde le porte-clés », dit-il.

Il y avait une chaîne Saab rouge et bleue, et les têtes de chaque clé étaient gainées de plastique estampillé du logo de la marque.

« Une Saab ? lui demandai-je.

– Pas mal, non ?

– Où est-elle ?

– Juste devant. Va voir un peu. »

Kenneth resta à l'intérieur pendant que je sortais pour aller inspecter sa voiture. Il y avait des traces de rouille sur les roues arrière, une des ailes avant était cabossée, et la peinture était abîmée par endroits sur la portière côté passager. Lorsque je revins dans le magasin, je lui donnai une bonne poignée de main. Je mentis et lui dis que sa voiture était très belle.

« Vraiment ? Très belle ? me demanda-t-il.

– Très belle », lui dis-je.

❦

Je regarde la voiture par la vitrine, tandis que Kenneth et Joseph manquent la bonne rue et doivent faire un autre tour complet de la place.

Quand ils repassent devant l'épicerie, ils klaxonnent à mon intention.

2

QUAND Judith acheta la maison voisine de la mienne au début du mois d'octobre dernier, ce fut un événement qui avait jusque-là paru tellement invraisemblable que lorsque j'en parlai à Joseph et à Kenneth un soir, cela avait bien davantage l'air d'une mauvaise blague que d'une version plausible de la réalité, que l'on aurait pu un jour envisager. Nous étions assis à notre table dans le magasin, portes et fenêtres ouvertes, si bien que l'on entendait les cris des enfants dehors, et nous jouions aux cartes en buvant des canettes de bière dissimulées dans des sacs en papier, rendant ainsi hommage aux hommes qui faisaient la même chose au coin de la rue.

« Hé, devinez quoi ! leur dis-je.

– Quoi ?

– Y a des Blancs qui viennent d'emménager.

– Où ?

– À côté.

– À côté de quoi ?

– De chez moi.

– Il ment.

– Je suis sérieux.
– À côté de chez toi ?
– Oui.
– Dans la maison, là ?
– Je crois qu'ils vont y faire des travaux.
– Mais pourquoi des Blancs auraient envie de vivre à côté de chez toi ?
– Je ne crois pas qu'ils sachent que j'habite là.
– Comment tu le sais ?
– Je les ai vus.
– Et ils ressemblent à quoi ?
– Grands. Blancs.
– Combien y en a ?
– J'en ai vu qu'une.
– Bon, alors, ça prouve rien.
– Elle cherchait les clés dans son sac. »

❦

La maison dans laquelle Judith emménageait était un bel édifice, tragiquement délabré depuis des années. Cette grosse demeure de briques haute de quatre étages aurait pu jouer le rôle de la maison hantée dans plus d'une centaine de films ou de livres. Son toit de tuiles à la couverture élaborée, qui pelait comme une peau trop sèche, trouvait un rappel dans les volets qui tenaient toujours, par entêtement, aux fenêtres ornées de délicates moulures, lesquelles, avec leur structure arrondie sur le sommet, ressemblaient à des yeux de dessin animé, posés de chaque côté de la façade. La brique était presque gênante, avec sa belle teinte rouge, mais le statut de la maison – la dernière qui fût dotée de couleur sur Logan Circle – sauvait finalement l'ensemble. Il y avait un triste bout de pelouse sur le devant, ainsi qu'une clôture de métal rouillé, avec une porte qui tenait à peine sur ses gonds. Cela faisait plus de dix ans que la maison était abandonnée, elle avait juste été brièvement squattée par des sans-abri, des drogués au crack et par un petit groupe d'anarchistes venus de Portland.

Il y avait au moins deux douzaines d'autres maisons comme celle de Judith ou comme la mienne, tout autour de Logan Circle. Des demeures de quatre ou cinq étages qui avaient jadis appartenu à quelqu'un d'important – le cousin, la tante ou peut-être le neveu d'un président – mais qui, au fil des ans, avaient été négligées, avaient brûlé ou, dans le cas de la mienne, avaient été divisées en appartements bon marché, parfois infestés de cafards. Les maisons projettent de longues ombres sur la place avec les ombres des toits qui convergent vers la statue du général Logan, haut perché sur son cheval au centre de la place. J'avais emménagé dans ce quartier parce que c'était tout ce que je pouvais m'offrir, mais aussi parce que secrètement j'aimais cette place à cause de ce qu'elle était devenue : la preuve que la richesse et le pouvoir n'étaient pas immuables, et que l'Amérique n'était pas toujours aussi grandiose que cela, après tout. Le quartier, et par extension la ville, avait décliné, et chaque soir je pouvais le voir et l'entendre de la fenêtre de mon salon.

Moins d'une semaine après l'arrivée de Judith, une armée d'hommes fondit sur la maison en formations serrées. Il y eut les plombiers, les électriciens, les gars du chauffage, les peintres, les couvreurs, et l'architecte, qui apparaissait toujours vêtu d'un costume bien taillé et se calait contre l'aile de sa Mercedes gris métallisé, coiffé d'un casque jaune. Presque tous ces hommes passaient m'acheter pour quelques dollars de nourriture au moment de la pause-déjeuner. Ils étaient aussi fiables que les Témoins de Jéhovah qui ne manquaient jamais leur tournée hebdomadaire dans le quartier. Et, même si je savais que ces hommes finiraient par partir, je considérais leur présence à ce moment-là comme un signe que les choses allaient mieux, que le quartier s'améliorait et que la vie était sur le point de changer. Ce fut en partie à cause d'eux et de ce qu'ils faisaient dans cette maison, comme dans d'autres maisons des alentours, qu'en janvier j'installai la vitrine réfrigérée, avec l'espoir que je pourrais peut-être moi aussi tirer profit de ces demeures qui brillaient de toute leur gloire nouvellement retrouvée.

Ce furent ces ouvriers qui m'apprirent les premiers détails sur la vie de Judith – des détails qui, bien sûr, ne pouvaient venir que de gens qui connaissaient si bien votre foyer qu'ils en venaient inévitablement à croire qu'ils connaissaient aussi quelque chose de vous. Par ces hommes, j'appris que Judith était une sale lesbienne qui avait bien trop d'argent dans les poches. Elle baisait en plus avec l'architecte (on le voyait bien puisqu'ils disparaissaient toujours dans une pièce, quand elle passait), ce qui expliquait pourquoi celui-là était un tel salopard et pourquoi sans doute aussi il avait eu le boulot. Elle voulait une salle de bains à chaque étage, ce qui, putain, n'avait aucun sens, parce que pourquoi, bordel, elle avait besoin de quatre salles de bains, alors que deux personnes seulement allaient vivre dans cette maison ? Sa bibliothèque occupait un étage entier et elle voulait que le tout soit fait d'étagères encastrées, avec des portes coulissantes. Quel genre de putain de bonne femme a besoin de portes pour protéger ses livres ? Et sa chambre ? Ce devait être la moitié du deuxième étage. Toute une putain de famille aurait pu vivre dans une pièce pareille. Il n'y avait pas de mari, pas de petit copain, ni de petite copine, mais c'était une lesbienne, on pouvait le parier. Il suffisait de regarder ses cheveux coupés court et sa poitrine plate pour en être sûr.

Ce ne fut qu'à la fin septembre que je rencontrai enfin la femme que j'avais décrite à Joseph et à Kenneth comme grande et blanche. Jusqu'alors, je ne l'avais vue qu'une fois, rapidement, de la fenêtre de ma chambre, alors que, plantée sur son perron, elle regardait son toit avec attention. Je crus tout d'abord que c'était un agent municipal qu'on envoyait dans le quartier pour faire un rapport sur l'état de ces bâtisses vétustes, et déterminer s'il fallait retaper ou démolir. Jusqu'à Judith, c'étaient là les seules raisons pour lesquelles des Blancs étaient jamais venus dans le coin : apporter des documents officiels, enquêter sur des crimes, ou venir inspecter les enfants de parents négligents. C'est seulement lorsqu'elle se mit à passer la main sur la rampe et à enlever les éclats de peinture noire écaillée que je compris que son intérêt pour la maison était purement personnel. Elle fouilla dans son sac, sortit un trousseau de clés et ouvrit la porte d'un coup d'épaule : signes irréfutables de propriété.

Judith était assise sur les premières marches du perron, un début d'après-midi automnal, avec une petite fille calée entre ses jambes, quand je sortis de chez moi. J'étais habillé pour aller à un mariage et, comme je me tournais pour fermer derrière moi, je l'entendis dire, « Quel bel habit ! ». C'est cet emploi du mot « habit » qui me frappa le plus – c'était poli, presque guindé, comme si ce mot avait été intégré à sa phrase au tout dernier moment, dicté par un sens instinctif de la diplomatie culturelle. J'étais entièrement vêtu de blanc. J'arborais un pantalon blanc et une chemise blanche brodée d'une croix en son milieu, sur laquelle je portais un châle de coton blanc finement tissé. C'était une tenue qui ne voulait rien dire ici, car dépourvue de tout contexte. Les rares fois où je la mettais encore, je savais que j'allais affronter les persiflages et les regards des voisins et de leurs enfants.

« Merci, dis-je.

– C'est en quoi ?

– Du coton.

– C'est pour une occasion spéciale ?

– Un mariage.

– Pas le vôtre, non ?

– Non. Celui d'une cousine. »

Elle se présenta en montrant la maison derrière elle et en me disant qu'elle venait juste d'emménager. Son prénom, Judith – Judy –, était la forme anglaise de celui de ma cousine – Yodit. Lorsque je le lui fis remarquer, elle secoua la tête, elle se mordit la lèvre inférieure et dit, « Non, non. C'est beaucoup plus joli que Judith. Beaucoup plus joli ». Elle était grande et mince, avec des bras fins et des cheveux bruns coupés juste au-dessus des épaules. Sa bouche était légèrement de travers, avec des lèvres pleines qui lui marquaient le visage d'une façon particulière. Avec ces lèvres, sa bouche paraissait trop grande pour son visage, et son visage trop petit pour sa tête, si bien qu'elle avait presque quelque chose d'une poupée.

« Vous avez raison, dis-je. C'est plus joli. »

Nous fîmes tous deux semblant de rire, après quoi elle me présenta sa fille, Naomi, une jolie gamine dont la couleur de peau était plus proche de la mienne que de celle de sa mère.

« Elle est belle, dis-je.

– Oui. Vous avez raison. Elle est belle », dit-elle.

Elle passa les mains dans les cheveux de l'enfant, puis elle lui murmura quelque chose à l'oreille. La fillette pencha la tête en arrière, leva les yeux vers sa mère et sourit. Je vis alors la ressemblance. Dans l'étroitesse des visages, qui tous deux se terminaient en un joli menton pointu. Lorsque la fillette se retourna pour me faire face, je sentis un certain embarras et une certaine honte m'envahir. Je savais que j'étais jugé par cette petite qui refusait de détourner son regard du mien.

Le taxi que j'avais appelé pour me rendre à ce mariage arriva à ce moment-là. C'était une dépense que je ne pouvais pas me permettre, mais que je ne pouvais néanmoins pas éviter de m'offrir pour l'occasion. Judith et moi nous nous dîmes au revoir, enchanté, moi de même, et je partis au mariage de ma cousine – une femme qui avait dix ans de moins que moi. Nous n'étions pas réellement parents, mis à part l'affinité que nos pères avaient ressentie l'un envers l'autre en Éthiopie. Après le mariage, on devait prendre des photos au Jardin botanique national, pour la majeure partie dans la serre, à l'ombre d'une flore jaune, pourpre et rouge, luxuriante au point d'en être comique. Là, ma cousine et son tout nouveau mari tombèrent sur un autre couple de jeunes mariés éthiopiens qui posait également pour un photographe. Ils prirent trois portraits de groupe, avec les deux mariées et les deux hommes se tenant de chaque côté d'un buisson pourpre en fleur. Plus tard dans la soirée, durant la réception, nous apprîmes que l'autre marié qui avait posé seulement deux heures auparavant était mort au beau milieu de sa réception.

Tout un chacun s'assombrit en entendant les nouvelles murmurées à notre table. S'il y avait une chose qu'on savait tous faire, c'était rendre hommage aux morts. Nous nous mîmes tous à remuer la tête, à marmonner des bribes de prières que nous avions dites pour nos pères et nos amis, avant de reprendre le cours de la soirée, avec la reconnaissance unique que l'on ressent devant les tragédies vécues par les autres.

❦

Lorsque les travaux dans la maison eurent suffisamment progressé pour que Judith puisse emménager, vers la fin du mois d'octobre, je commençai à la voir plus fréquemment dans le quartier. Je l'apercevais souvent en train de lire, assise sur l'un des bancs, devant le général Logan, en fin d'après-midi, nullement gênée par les hommes ivres qui dormaient ou titubaient autour d'elle. Un tourbillon de feuilles mortes et de détritus s'élevait de temps à autre au pied du socle de la statue de Logan et voletait dans l'air, comme délibérément, pour attirer l'attention. Judith, cependant, paraissait aussi indifférente à ce qui l'entourait que le général Logan lui-même, perché sur son cheval ; elle avait les jambes bien croisées, avec une chaussure qui pendait un tout petit peu à son pied, et elle bougeait légèrement la tête chaque fois qu'elle tournait une page. Je l'admirais de loin ; sa façon de s'asseoir, sûre d'elle, oublieuse du monde, ses cheveux parfois soulevés par un coup de vent, révélant alors les longues lignes élégantes de son cou. Elle balayait ses cheveux en arrière d'un geste net qui suggérait une concentration totale sur ce qui se trouvait devant ses yeux.

Elle prit l'habitude de s'arrêter de temps à autre à l'épicerie l'après-midi pour prendre du lait ou des bonbons pour sa fille, et nous bavardions alors brièvement sur le temps, le quartier, les enfants.

« Vous avez des enfants ? me demanda-t-elle un jour.
– Pas à ma connaissance. Mais j'y travaille.
– Dommage. C'est plus facile si on les connaît.
– J'essaierai de m'en souvenir, la prochaine fois. »

Nous nous faisions des signes d'un bout de la place à l'autre et reprenions nos conversations chaque fois que nos chemins se croisaient, lorsque nous quittions ou regagnions nos domiciles. Je n'étais pas le seul, dans le quartier, à l'avoir remarquée. De tous les Blancs qui avaient emménagé sur Logan Circle durant les six derniers mois, elle était la plus visible, et pas seulement parce qu'elle passait ses après-midi à lire sur la place, ni parce qu'elle venait faire des achats chez moi de temps à autre. C'était Naomi, avec sa peau plus claire qu'une peau noire mais plus foncée qu'une peau blanche, qui, assise à côté d'elle sur un banc, ou marchant en lui donnant la main, forçait les regards.

Mrs Davis, qui vivait seule à l'étage en dessous de mon appartement, fut la première à dire quelque chose. C'était au début novembre, Judith était tout à fait installée dans sa nouvelle maison et elle était vite devenue une des personnalités du quartier. Ses habitudes étaient maintenant familières à ceux d'entre nous qui l'observaient. Elle aimait courir l'après-midi et lire dans son salon, les rideaux ouverts. La maison semblait belle, à présent, surtout la nuit, avec l'unique lumière au-dessus de la porte éclairant les marches, qui avaient également été polies et travaillées.

« Vous connaissez la femme qui vit en face ? »

Mrs Davis était dehors, comme souvent, appuyée contre la clôture, et surveillait chaque personne et chaque voiture qui passait devant elle avec ce qu'elle croyait être un œil aguerri et vigilant pour tout élément suspect. Elle vivait dans le quartier depuis vingt-trois ans, elle en avait passé treize dans cette maison, seule tout d'abord, puis avec son mari, décédé huit ans plus tôt. Au fil des années, je l'avais vue se rendre à l'église deux, voire trois fois par semaine, uniquement, à mon sens, pour échapper au silence assourdissant compagnon de la solitude et de la vieillesse. L'été, elle faisait sans conviction de pauvres tentatives de plantations dans la petite plate-bande envahie par les mauvaises herbes, devant la maison. Un géranium ou des tulipes pouvaient alors fleurir, pour mourir ensuite rapidement faute de soins. À l'automne et au printemps, elle s'installait dehors pour observer les enfants rentrer de l'école en se donnant le bras ; et l'hiver, on pouvait la voir, enveloppée dans une couverture, assise sur le canapé placé le plus près de sa fenêtre, qui regardait simplement dans le vide vers la rue et le trottoir déserts, comme si quelque chose dont elle ne faisait que se souvenir s'était passé là, et que c'était le moment d'y repenser. Elle avait l'habitude de recracher de petites particules de nourriture piégées entre ses dents quand elle vous parlait et, lors de ses moments de plus grande agitation, elle était connue pour balayer consciencieusement la rue et le trottoir. Tous ceux qui ne la connaissaient pas bien et qui la voyaient pousser son balai dans un sens puis dans l'autre devant la maison et jusqu'au bord du trottoir pensaient qu'elle était folle. Ceux d'entre nous qui la connaissaient savaient qu'elle n'était pas folle ; elle s'ennuyait, simplement, et recherchait l'attention de ses voisins.

Lorsque Mrs Davis m'interrogea à propos de Judith, elle connaissait déjà la réponse. Je l'avais surprise, plusieurs fois, à nous surveiller, de la fenêtre de son salon, alors que nous nous bavardions, Judith et moi, sur le trottoir. Elle ne put s'empêcher de m'adresser son large et parfait sourire pour me rappeler cet état de choses.

« Oui, Mrs Davis. Je la connais.

– Pourquoi, d'après vous, une femme comme ça peut avoir envie de vivre ici ? Y a quelque chose qui ne va pas, là, pas vrai ? »

Elle avait un petit visage aux traits chiffonnés, les yeux et le nez très rapprochés, comme s'ils n'avaient pas réussi à grandir depuis son enfance. Elle me posa ces questions en tapotant des doigts sur la clôture, me montrant ainsi ses mains, qui avaient encore mieux vieilli que le reste de sa personne.

« C'est un pays libre, Mrs Davis. Les gens peuvent vivre là où ils le veulent.

– Qu'est-ce que vous y connaissez, vous, aux pays libres ? Vous ne saviez même pas ce que c'était avant d'arriver ici la semaine dernière, et maintenant voilà que vous me dites que les gens peuvent vivre où ils veulent ? On vit pas dans des huttes, ici, vous savez. Les gens, ici, ils ne mettent pas leur maison sur leur dos pour partir ailleurs. »

Elle s'efforça de ne pas rire de sa plaisanterie, mais en vain, et son visage disparut une fois de plus derrière deux rangées de dents blanches, parfaites et brillantes.

« Qu'est-ce que vous pouvez y faire ? Le quartier change », lui dis-je.

J'avais déjà dit la même chose au moins une douzaine de fois, lorsque les premières maisons du quartier furent vendues, lorsqu'un restaurant ouvrit à quelques rues de là, lorsque le petit supermarché discount du bout de la rue ferma ses portes. Le quartier change, les choses changent, ce n'est plus comme avant, c'est incroyable comme ça a changé, qui aurait pu penser que ça changerait si rapidement, rien ne dure pour toujours, tout change... autant de remarques passives et désabusées des personnes condamnées à vivre sur le banc de touche.

Le changement ne fut ni progressif ni rapide, mais entre les deux. Il y a deux ans, je pouvais croiser occasionnellement un visage nouveau qui passait devant ma boutique – une femme blanche rapportant ses commissions à la maison en début de soirée, un homme qui courait avec son chien un peu après la tombée de la nuit – sans en penser grand-chose. Ce ne fut que l'été précédant l'arrivée de Judith que les choses commencèrent vraiment à changer, ce qui revient à dire que c'était alors devenu inévitable. Le premier de chaque mois, des camions de déménagement s'arrêtaient devant certains immeubles – de longs camions complètement équipés, avec des hommes trop gros portant des T-shirts à peine assez grands pour contenir leur bedaine gonflée. Je passai la majeure partie d'un après-midi, un dimanche de juillet, à les regarder rentrer des meubles dans une maison située juste en dehors de la place, à moins de trente mètres du magasin. Ils déchargèrent deux miroirs encadrés de bois doré, un bureau ancien, ainsi que deux sofas dotés de coussins si gros et si confortables que je me vis en train de leur demander si je pouvais m'asseoir, juste pour quelques minutes. Une poignée de badauds regardaient ça avec moi, de l'autre côté de la rue. Tout le temps où nous sommes restés dehors, je n'ai entendu qu'une personne parler, ne rien dire d'autre que quelques mots, « des Blancs ».

« Vous passez toutes vos journées tout seul dans votre épicerie et c'est tout ce que vous trouvez à raconter ? dit Mrs Davis.

– Malheureusement oui. Je vous apporte quelque chose, demain ?

– Oui, du lait. Mais pas du vieux lait périmé, attention. Je suis peut-être vieille, mais ça ne veut pas dire que je veux que mon lait le soit.

– Bien sûr, Mrs Davis. »

Elle fit un pas de côté et me laissa franchir le portail, en m'embrassant sur la joue au passage.

Quelques jours plus tard, Naomi vint toute seule au magasin. C'était la première fois que je la voyais sans sa mère. Les rares fois où Judith était venue avec elle, Naomi était restée calmement près de la porte, les mains croisées dans le dos comme si elle inspectait ce qui se trouvait sur les rayons. Je lui avais demandé un jour si elle voulait entrer jeter un coup d'œil. Sa réponse avait été rapide et définitive.

« Je vois tout, d'ici », avait-elle répliqué.

C'était là une réponse honnête que je ne pouvais contester.

Lorsque Naomi entra toute seule, elle devint ce que presque tous les enfants veulent être : obstinément indépendante. Elle ouvrit la porte en la poussant des deux mains, avec ses pieds qui s'agitèrent surplace jusqu'au moment où la porte céda peu à peu. Une fois à l'intérieur, elle repoussa d'un geste sec une mèche qui lui était tombée devant les yeux, et à la voir plantée là avec son pantalon gris clair et un chemisier bleu à froufrous, il me fut possible, l'espace d'une seconde, de visualiser au moins une des femmes que je l'imaginais devenir.

Elle avança dans le magasin comme si elle connaissait l'emplacement de chaque chose. Elle arpenta les allées dans un sens puis dans l'autre, jusqu'au moment où elle eut achevé son tour du propriétaire, sans toutefois avoir vraiment regardé les articles présentés sur les étagères. Elle traversa la dernière allée, le regard fermement rivé au sol, marchant d'un pas lourd comme si elle tenait absolument à casser le carrelage sous ses pieds. Elle passa droit devant le comptoir et fila vers la porte avec laquelle elle se débattit quelques secondes, forte de la même détermination, puis elle disparut. Si elle n'avait pas laissé dans les allées un sillage de traces boueuses je n'aurais pas été certain de l'avoir vue, tant elle était passée rapidement et résolument.

Quelques minutes plus tard, Judith entra à son tour en courant, aussi bien habillée que sa fille, sauf que ses cheveux retombaient sur le côté, très emmêlés. Elle jeta un rapide coup d'œil, avant de se tourner vers moi et de hurler.

« Vous avez vu Naomi ? »

Je lui dis ce qui venait de se passer et, avant même que je termine, elle était déjà partie. Je pris mes clés, verrouillai la porte et sortis. Je n'avais pas fait dix pas que j'entendis Judith hurler et pleurer en même temps.

« Arrête de te sauver ! Ne me fais plus jamais ça ! »

Elle et Naomi se trouvaient dans la ruelle, juste au coin. Judith était à genoux, elle secouait Naomi par les épaules, alors que cette dernière ne bougeait pas, visiblement indifférente à ce que sa mère lui disait. Je les regardai sans rien dire à quelques mètres de distance. Des larmes avaient commencé à couler le long des joues de Judith, tandis qu'elle continuait à secouer sa fille et à hurler. Elle finit par céder et elle prit Naomi dans ses bras, je fis alors demi-tour et regagnai le magasin.

Plus tard cet après-midi-là, Judith revint me voir et me présenta ce que je devinai être des excuses habituelles pour elle. Elle répétait les mots comme si elle les lisait dans un manuel.

« Je suis désolée de ce qui s'est passé cet après-midi. Naomi est parfois difficile. Merci de votre aide.

– Pas de problème, lui dis-je. Moi aussi, je me sauvais tout le temps, quand j'étais petit. »

Elle me sourit avec reconnaissance. S'il y avait une

chose que je comprenais chez les gens, c'était l'importance que pouvait prendre le plus petit geste de sympathie fait au bon moment.

« Et comment a fait votre mère, pour que vous arrêtiez ?

– Elle n'a rien fait. C'est comme ça que je me suis retrouvé ici. »

Elle salua ma tentative d'un petit rire poli.

« D'habitude, quand elle n'est pas contente, elle ne fait que se cacher dans un coin de la maison. Mais, de temps en temps, elle arrive à se sauver avant que je la trouve.

– Vous avez pensé aux chaînes ?

– Illégal.

– Et une cage ?

– Tout aussi illégal.

– Les somnifères ?

– Le Tylenol du soir, ça compte ?

– Ça devrait.

– Alors oui. »

À partir de ce jour-là, Judith et Naomi devinrent des présences régulières dans ma boutique. Avec une nouvelle maison, dans un nouveau quartier, l'épicerie était un lieu sûr et familier pour elles deux, pour une seule raison : Naomi avait choisi cet endroit comme celui où il fallait être vue. Cet horrible carrelage vert et le méchant éclairage fluorescent, ces cinq rayonnages bien serrés les uns contre les autres, si on les regardait suffisamment souvent, ou avec les bons yeux, offraient une certaine chaleur. De cela au moins, j'étais certain.

S'il était assez tôt dans l'après-midi, Judith laissait Naomi venir seule. Nos premières tentatives de conversation restèrent maladroites et douloureuses. Nous n'étions absolument pas en phase.

« Tu aimes ton nouveau quartier ? lui demandai-je.

– Pourquoi tu me poses toujours des questions ? » me demanda-t-elle.

Elle me tourna alors le dos et fit semblant de se promener entre les gondoles exposant les produits alimentaires bon marché, dont elle n'aurait jamais aucun besoin. Puis elle sortit et ne revint pas avant deux jours. Mais nous nous montrâmes persévérants. Nous progressions par étapes. La fois suivante, lorsque Naomi entra dans le magasin, elle alla tout droit vers la carte de l'Afrique que j'avais scotchée au mur.

« Tu sais ce que c'est ? » lui demandai-je.

Elle secoua la tête avec mépris et ne dit pas un mot. Bien sûr qu'elle savait, et j'avais été idiot de le lui demander. Je lui montrai où se trouvait l'Éthiopie et posai le doigt sur l'étoile qui marquait la capitale. Je lui dis que je venais de là et que ma mère et mon frère vivaient toujours dans cette ville.

« T'as une photo d'eux ? me demanda-t-elle.

– Juste une vieille.

– Ça ne va pas, dit-elle. Tu devrais en avoir plus. Ils ne te manquent pas ?

– Si, lui dis-je. Mais j'essaie de ne pas trop y penser. »

Elle me regarda fixement avec de grands yeux et cligna deux fois des paupières.

À partir de ce jour-là, Naomi se mit à passer plus souvent au magasin. Vers la mi-novembre, c'était au moins trois fois par semaine, et le plus souvent cinq ou six fois. Elle arrivait directement de l'école ou bien venait tôt le samedi matin. Certains après-midi, elle restait près de la caisse et se balançait d'avant en arrière, en appui sur les talons, tout en mâchant du chewing-gum. D'autres fois, elle lisait des livres de poche roses, des romans dont elle me résumait l'intrigue en cent mots, voire moins. Je lui donnais de petits paquets de bonbons à garder pour plus tard, et je voyais bien, à sa façon de les fourrer très vite dans ses poches sans jamais lire l'étiquette, que c'était précisément ce qu'elle faisait. En échange des bonbons, Naomi venait me rendre compte du monde entier, tel qu'il se présentait à elle chaque jour.

« Hier, j'ai vu un jeune se faire casser la figure dans la ruelle. »

« Deux types s'embrassaient sur la bouche près du parc. »

« Y a un garçon, au bout de la rue, qui a fait pipi contre la maison de quelqu'un. »

« Ce matin, la vieille dame qui habite à côté de chez nous balayait la rue. »

Des jeunes se bousculaient et se battaient presque à chaque coin de rue ; ils exhibaient les symboles de leurs gangs, hurlaient des insultes et se menaçaient. Rien, cependant, ne semblait inquiéter Naomi et, quand elle me racontait ce qu'elle avait vu, elle le faisait sans peur ni hésitation, comme si elle savait déjà que la seule façon de vivre consistait à prendre tout ce qu'on voyait au pied de la lettre.

Lorsque je lui posais des questions, elle se contentait toujours de hausser les épaules et me répondait par monosyllabes.

« Comment c'était l'école, aujourd'hui ?

– Bien.

– Comment va ta mère ?

– Bien.

– Qu'est-ce que tu aimes chez elle ?

– Tout.

– Qu'as-tu appris, aujourd'hui ?

– Rien.

– Tu es en train de me dire que, de toute la journée, ta maîtresse ne t'a rien appris de nouveau ? Pas le moindre fait ? Pas le moindre mot ?

– Nan.

– Tu te trouves très drôle, pas vrai ?

– Mouais. »

À chaque « Nan » ou « Mouais », elle faisait bien attention à laisser traîner les voyelles avant de se taire brutalement.

Nous lisions les journaux ensemble, ce qui était sa façon de me montrer combien elle était intelligente. Naomi avait onze ans, et elle était très fière de pouvoir donner son avis sur le monde. Elle était convaincue que la politique américaine au Moyen-Orient était un échec, que la solution des deux États en Israël était inévitable, et qu'on n'en faisait pas assez pour la crise mondiale du sida. Elle lissait les plis du *Washington Post* avec des gestes sûrs de vieux lecteur, et même sa façon de s'appuyer contre le comptoir en tournant les pages montrait une sagesse qui semblait davantage appartenir à sa mère qu'à elle.

« Tu sais, les enfants ne devraient pas parler comme ça », lui dis-je un jour.

Elle haussa à nouveau les épaules, en baissant les yeux d'une façon qu'elle semblait avoir répétée.

« Je sais, dit-elle. Mais je ne suis pas une enfant.

– Tu es quoi, alors ?

– Je suis une adulte.

– Tu as onze ans.

– Et toi, tu as quel âge ?

– Beaucoup plus.

– Et alors, tu veux prouver quoi ? Que je dois être stupide jusqu'à ce que je sois beaucoup plus vieille ?

– Exactement. Pourquoi crois-tu que les gens aiment autant les enfants ? »

Un après-midi, nous avions épuisé tous nos sujets de conversation, il nous fallut en inventer de nouveaux. À l'issue de sa visite, nous avions créé tout un univers alternatif, uniquement peuplé d'animaux. Le monde s'en trouvait bien simplifié. Debout devant la caisse, les coudes à peine posés sur le comptoir, Naomi avait fait ce qu'elle savait le mieux faire. Ordonner.

« Raconte-moi une histoire », dit-elle.

Je me souviens l'avoir regardée en me demandant d'où lui venait cet instinct autoritaire. Elle était trop jeune pour presque tout ce qu'elle faisait ou disait et pourtant, si on lui en laissait l'occasion, elle saisissait le moindre moment d'enfance que je pouvais lui offrir. Ce qui m'avait frappé chez Judith, c'est qu'elle était une femme réfléchie et patiente en toute occasion tandis que Naomi n'agissait que par désir, indifférente aux conséquences et aux chausse-trappes, libre de toute contrainte.

Elle cala la tête contre ses bras croisés, me regarda fixement de ses grands yeux rigolos et, pour la première fois, je me pris à souhaiter qu'elle fût totalement à moi.

« Quel genre d'histoire ? » lui demandai-je.

Elle haussa les épaules.

« Quelque chose de drôle ? »

Elle hocha la tête.

« Et quoi d'autre ? lui demandai-je.

– Il faut qu'il y ait des animaux, dit-elle.

– Quel genre ?

– Tu choisis.

– Un singe ? lui demandai-je.

– Deux singes, dit-elle.

– D'accord. Deux singes. Et ils font quoi ?

– Ils ont une boutique.

– Quel genre de boutique ?

– Une grande. »

C'est ainsi que, dès le départ, même les animaux se retrouvèrent avec un peu d'avance sur moi. Les deux singes, auquel nous ne donnâmes jamais de nom, possédaient le plus grand magasin à des kilomètres à la ronde. Ils avaient une maison au bord du lac, des actions, des voitures, et des amis à ne plus savoir qu'en faire. Ils donnaient des fêtes somptueuses et étaient les vedettes de la jungle. Plus important que tout, ils avaient Henry, le chauffeur. Ce dernier envahit immédiatement nos vies. Certains après-midi, nous ne parlions que de lui.

« Henry m'emmène au cinéma ce soir, annonçait Naomi.

– Il vient de passer, lui disais-je alors.

– Il me cherchait ?

– Bien sûr. Je crois même qu'il était un peu triste quand il est reparti. »

Henry nous emmenait au concert ou au théâtre et, à l'occasion, dans les maisons de vacances que nous nous étions inventées au bord de la mer. Un jour, il oublia d'aller chercher Naomi à l'école, ce qui expliquait pourquoi, me dit-elle plus tard, elle n'avait pas pu passer me voir ce jour-là.

« Henry, dit-elle, a fait une grosse bourde. »

C'était la faute d'Henry s'il y eut un radiateur défectueux dans ma boutique, un après-midi. Une autre semaine, il fut aussi responsable de la diminution des réserves de bonbons. Les bons jours, il nous donnait des conseils pour nos impôts, suggérait des investissements, concluait des marchés et, lorsque la vie prenait un tour inattendu, il portait le fardeau de nos échecs et de nos erreurs, de nos déceptions, accidents, incidents, frustrations et colères.

La seule règle que Judith imposait à Naomi était qu'elle devait toujours être de retour à la maison avant dix-sept heures, au moment où le soleil du début de l'hiver commençait à se coucher. Judith avait choisi cette heure limite parce que c'est à peu près à ce moment-là qu'un jeune homme l'avait un jour accostée alors qu'elle rentrait chez elle, pour lui demander si elle aimait sucer les bites noires. Alors qu'elle passait devant le général Logan, le jeune homme avait sorti son pénis, puis éclaté de rire avant de repartir en courant vers ses copains, qui regardaient la scène, assis sur les bancs, à quelques mètres de là.

« Ce n'était pas vraiment terrifiant, dit Judith. Juste humiliant. Ce qui est peut-être pire. »

Si Naomi n'était pas rentrée à seize heures trente, Judith venait la chercher au magasin. Le temps que Naomi passait avec moi ne relevait que de son propre choix. Les après-midi où j'étais occupé, elle repartait à peine arrivée. « Tu m'ennuies », disait-elle alors, avant de sortir en colère, ou bien elle restait aussi longtemps que possible, désireuse de faire n'importe quoi sauf rentrer chez sa mère. Non seulement Judith tolérait le caractère farouche de sa fille, mais elle ne l'en aimait que davantage pour cela.

« Vous savez, je ne cesse de me demander ce que

j'aurais fait si Naomi avait été là quand ce jeune type m'a abordée. Je ne cesse de penser qu'elle aurait géré la situation bien mieux que moi. »

Judith, elle, avait fait demi-tour, elle était passée lentement devant sa maison et avait marché jusqu'à un arrêt de bus, où elle s'était assise quelques minutes pour pleurer.

« Je me disais que si j'avais l'air suffisamment déterminée, il ne me toucherait pas. Mes mains tremblaient si fort que j'ai dû les croiser contre moi en marchant. Je les ai entendus parler sur plusieurs centaines de mètres, le temps de longer tout un pâté de maisons, puis ils se sont tus. »

Nous parlions toujours devant Naomi, Judith restait d'un côté du comptoir, moi de l'autre, et Naomi assise sur un tabouret quelque part entre nous deux. Elle regardait les annonces immobilières au dos du supplément dominical du *Washington Post*, tandis que Judith me racontait l'incident.

« Je lui aurais donné un bon coup de pied là où ça fait mal, dit Naomi, les yeux toujours rivés sur les annonces.

– Je n'en doute pas une seconde, ma chérie.

– Pourquoi il t'a dit ça ?

– Je ne sais pas. Je crois qu'il pensait que c'était une bonne blague. »

Judith se pencha pour caresser les cheveux de sa fille.

« On devrait y aller. Il se fait tard, dit-elle.

– Vous voulez que je vous raccompagne ?

– Non, ça va. Et puis maintenant, j'ai ma petite boxeuse thaïe avec moi. »

Naomi laissa sa mère la descendre du tabouret, elle la laissa même la tenir un instant dans ses bras, avant de se mettre à gigoter pour se libérer. C'était un vendredi soir, vers six heures et demie – il était assez tard et il faisait assez sombre pour inciter certains des jeunes du quartier à sortir et à s'installer au coin de la rue pour le reste de la soirée. Elles quittèrent l'épicerie main dans la main, essuyèrent au passage quelques sifflets, et quelques « Pssssst ! », mais firent comme si elles étaient imperméables au reste du monde.

3

Kenneth m'appelle à la maison tôt le lendemain matin, juste au moment où je m'apprête à quitter l'appartement.

« Pourquoi tu n'es pas encore au boulot ? » me demande-t-il.

C'est la première chose qu'il me dit, et c'est aussi la seule raison pour laquelle il appelle, en fait. Il me téléphone au moins une fois par semaine, depuis avril. Tôt le matin, ou bien à l'épicerie en milieu de journée, pour voir si je m'acquitte de mes devoirs de commerçant, dont le premier est bel et bien d'ouvrir son magasin. Maintenant que nous sommes en mai, il semble déterminé à me faire comprendre que je peux continuer à attendre ça de lui. Derrière sa voix, j'entends sonner d'autres téléphones, ainsi qu'un bruit sourd de voix indéfinissables. Je n'ai jamais vu le bureau de Kenneth, mais j'imagine une rangée d'hommes très occupés portant des costumes identiques, qui prennent et reposent leurs téléphones en même temps.

« J'y allais, lui dis-je.

– Mais il est presque neuf heures. »

Je regarde la pendule accrochée au mur face à moi. Je ne m'étais pas encore interrogé sur l'heure qu'il était. Il y a déjà trop d'heures dans une journée ; s'inquiéter pour l'une d'elles en particulier n'a pas de sens.

« Je sais l'heure qu'il est.

– Joseph et moi pensions passer ce soir, dit-il.

– Vous n'êtes pas obligés.

– Je sais. »

Sur ce, il raccroche brusquement. C'est ce qu'il croit que font les hommes qui ont du pouvoir. Ils peuvent vous renvoyer d'un geste de la main, sans jamais y repenser. Il y a ceux qui se réveillent chaque matin prêts à conquérir la journée, et puis il y a ceux d'entre nous qui ne se réveillent que parce qu'ils y sont forcés. Nous vivons dans l'ombre, dans les quartiers. Nous possédons de petits magasins, vivons dans des appartements délabrés qui n'ont pas assez de lumière et nous arpentons les mêmes rues jour après jour. Nous passons nos après-midi à regarder sans but par nos fenêtres. Des somnambules, voilà ce que nous sommes tous. Quelqu'un d'autre l'a dit mieux que ça : on se réveille pour pouvoir se rendormir et on s'endort pour pouvoir se réveiller.

Je sors pour aller à l'épicerie une demi-heure plus tard, avec l'espoir, tout à fait stupide, de pouvoir encore rattraper ce qui reste des clients du début de matinée. Les trottoirs et la chaussée sont pratiquement déserts ; tout un chacun, sauf moi et quelques joggeurs, a déjà atteint sa destination de la journée. Ce vide est agréable, cela dit. Alors que je traverse la place, je décide de m'arrêter et de m'asseoir sur l'un des bancs installés en face du général Logan, pour écouter les oiseaux jacasser bruyamment dans les arbres. Les bancs sont disposés en arc de cercle, de chaque côté de la statue. Ils viennent d'être repeints en noir et, derrière eux, d'épaisses couches de gazon étonnamment frais ont remplacé la poussière et les quelques touffes de mauvaises herbes qui poussaient là avant. Lorsque j'ai ouvert l'épicerie il y a dix ans, Logan Circle était encore majoritairement un quartier pauvre, noir, bon marché, victime du marasme économique qui avait frappé la ville vingt ans plus tôt et qui ne s'était jamais résorbé. La plupart des réverbères qui entouraient la place étaient cassés, laissant le quartier perpétuellement plongé dans une étrange pénombre, plus effrayante que l'obscurité totale. Avant que l'Association pour la statue du général Logan, nouvellement fondée, restaure l'édifice le mois dernier, elle était très abîmée, couverte d'inscriptions, souillée d'excréments d'humains, de chiens ou d'oiseaux. De vieux poivrots au front ridé, le pantalon sur les hanches, erraient autour de la statue, l'après-midi et le soir, en marmonnant, seuls ou à plusieurs. Les bancs sentaient l'urine, et même les pigeons qui se promenaient dans l'herbe à la recherche de pain ou d'os de poulet avaient un air triste et désolé, comme s'ils savaient instinctivement que c'était là la place des créatures de leur espèce. Les vieillards, pour la plupart, sont maintenant partis traîner leurs guêtres ailleurs. De temps à autre, quelques-uns arpentent toujours péniblement la place et, bien que je n'aie jamais regardé de près aucun de ces visages, j'imagine que s'y trouve quelque chose ressemblant à un émerveillement effrayé lorsqu'ils lèvent les yeux vers le général Logan, dont le bronze est maintenant assez brillant pour que je puisse y voir mon reflet, et qui baisse les yeux sur nous tous avec l'éclat étincelant dû à un travail de nettoyage financé par des fonds privés. Je pense que s'il était encore en vie il qualifierait cela de progrès ; il dirait qu'une société qui ne parvient pas à se souvenir convenablement de ses morts et de ses héros tombés au combat est une société qui ne mérite pas qu'on se souvienne d'elle.

Les oiseaux caquettent à la cime des arbres et, après les avoir regardés sautiller tranquillement de branche en branche pendant encore une demi-heure, je finis par décider que le moment est venu de me lever et de rejoindre les forces du monde du travail. Je prends tout mon temps pour traverser la place. Il est dix heures passées de quelques minutes lorsque j'arrive enfin devant l'épicerie et que je soulève le rideau métallique qui protège la porte. C'est le rituel du matin, pour qui ouvre son magasin. Je remonte les grilles, puis tire sur les stores de plastique blanc pour les faire remonter d'un coup. J'allume et attends que le bourdonnement des néons emplisse la pièce. Je fais un état des lieux. Étagères, vitrines, caisse, tout est en place. Le plafond est toujours là, les dalles du sol ont tenu. Tout est exactement comme cela doit être. Même maintenant, après toutes ces années, cela ne cesse de me surprendre. C'est un peu comme si le temps s'arrêtait complètement à la fin de chaque journée et ne reprenait son cours qu'avec mon retour. J'aime parfois penser que si j'attendais dix, vingt ans avant de rouvrir l'épicerie, je retrouverais le tout exactement en l'état.

Aujourd'hui, j'ouvre grand la porte et laisse le vent balayer les papiers qui traînent encore sur le comptoir. Nous sommes le 3 mai, et les bons de commande non encore remplis du mois précédent forment une pile de quelques centimètres, avec le tas de reçus et de factures que je n'ai pas les moyens de payer. Il va pleuvoir aujourd'hui. On le sent dans l'air, une averse printanière de milieu de matinée qui pourrait durer au moins jusque dans l'après-midi.

Je balaie la poussière aux quatre coins du magasin et la pousse au-dehors. Elle se soulève en un fugitif plumet dissous par le vent dès qu'elle rencontre l'air extérieur. C'est une matinée calme. La pluie arrive, emplit les caniveaux et transforme le petit bout de pelouse qui se trouve devant ma boutique en une sorte de mare. Des femmes entrent en ordre dispersé, armées des chèques d'allocation que le gouvernement leur envoie au début de chaque mois. Elles n'achètent que de petites quantités : quelques rouleaux de papier hygiénique ; de petits sacs de couches, ou des boîtes de soupes à l'unité. Jusqu'à une date récente, la majeure partie de mes clients était constituée d'adolescents rentrant du lycée et, les vendredis et samedis soir, d'hommes seuls se promenant autour des prostituées entourant la place après la tombée de la nuit. Les jeunes m'achetaient des chips et des bonbons ; les hommes les préservatifs qui se trouvaient derrière le comptoir. Plus souvent qu'à leur tour, les deux catégories de clients déballaient leurs achats juste en sortant, laissant derrière eux un sillage de papiers de bonbons ou d'enveloppes de préservatifs sur le trottoir. Une assistante sociale qui venait dans le quartier les fins de semaine m'avait dit que les hommes faisaient cela pour gagner du temps et que si j'allais un jour dans la ruelle, derrière le magasin, je les verrais se mettre les préservatifs. Elle achetait toujours des confiseries pour les prostituées, quand elle venait. Elles en avaient besoin, disait-elle, pour maintenir leur taux de sucre dans le sang.

La plupart des filles qui travaillaient sur la place passaient aussi à l'épicerie, à un moment ou à un autre. Celles qui venaient régulièrement flirtaient et me piquaient un sachet de chips ou une canette de soda, sachant très bien que je les voyais mais que je ne disais rien. Elles portaient des noms comme Chocolate ou Velvet, toujours évocateurs de choses que l'on pouvait toucher ou goûter, parce que l'imagination est avant tout d'ordre tactile. Les soirs d'été, la circulation se bloquait sur plusieurs rues, vers la place ou au départ de la place, en une combinaison passablement démocratique de voitures – des Mercedes, des Volvo, des Plymouth rouillées, et des breaks Chevrolet – qui faisaient la queue, pour choisir parmi les filles qui, vêtues de leurs tenues rutilantes, dessinaient autour de la place comme une sordide couronne de pacotille. À cette époque, lorsque je restais ouvert tard les fins de semaine, je pouvais gagner en un soir ce que je fais maintenant en une semaine. Les hommes qui achetaient les couches, les glaces et les tampons pour lesquels ils étaient censés avoir quitté la maison, et les filles, à nouveau renflouées, mais n'ayant toujours qu'à peine assez d'argent pour s'acheter la canette de soda qui les garderait éveillées, tout ce monde-là convergeait chez moi chaque semaine, juste le temps nécessaire pour me faire gagner un argent que je ne considérais plus comme honnête, ni décent, mais que j'acceptais comme une sorte de fait admis, quelque part entre : oui, on doit tous mourir, et : le soleil se trouve à des millions de kilomètres de nous.

Il n'y a quasiment plus de filles sur la place, aujourd'hui. Elles se sont évanouies, non pas dans l'air, mais dans un espace, ou plutôt dans une réalité, différent, comme si elles s'étaient collectivement envolées pour migrer vers un autre climat. Sur la place, on se pose toujours la question, peut-être un peu moins souvent : que sont devenues les putes ?

Dans l'après-midi, un petit groupe d'enfants rentrant de l'école se bouscule pour entrer. Les gamins emplissent le magasin de leur présence massive, ils crient et hurlent parce que, pour eux, tout est urgent et désespéré. L'un d'eux, un garçon chauve avec de grands yeux insistants qui me rappellent ceux de Naomi quand elle veut quelque chose de moi ou de sa mère, prend une barre de confiserie et la glisse dans la manche de sa veste épaisse, où elle disparaît dans le creux douillet de son poignet plié. Il lève une seconde les yeux vers moi pour voir si je l'ai vu. Ses yeux disent tout. Ils me disent, « C'est ça que je veux. Tu ne peux pas faire autrement que de me laisser l'avoir ». Je suis d'accord et, devant le sourire et le simple hochement de tête que je lui adresse, il sort. Il est content et, pendant quelques secondes, je suis content pour lui.

Cette foule enfantine disparaît aussi vite qu'elle est apparue, elle s'évanouit dans le quartier en petits groupes discrets de deux ou de trois, avec quelques enfants isolés à l'arrière, leur sillage suggérant une hiérarchie sociale qui laisse certains se fredonner pour eux-mêmes des chansons et des comptines, tandis que d'autres baignent dans un halo d'amis et d'admirateurs. Je reste tout seul ; la fin de l'après-midi est si calme que je peux finir de lire le roman que j'ai emprunté la veille à la bibliothèque. Depuis le premier jour où j'ai ouvert l'épicerie, j'ai toujours eu un livre à portée de main, si bien que chaque heure, même lors des journées les plus calmes, a toujours été remplie d'au moins une autre voix que la mienne. Mon premier livre, un cadeau de Joseph, était un exemplaire de poche d'un roman de V. S. Naipaul. À l'intérieur, il avait écrit, à sa manière ampoulée : *À un nouveau début, Stéphanos. Le voyage n'est pas encore fini.* C'était une référence pas si subtile que ça à ma ressemblance avec Saleem, le commerçant du roman, mais plus important encore, une des rares remarques ouvertement optimistes et enthousiastes émanant des lèvres ou des mains de Joseph. Pour cette seule raison, j'ai gardé le livre en évidence derrière le comptoir durant toutes ces années et, même si Joseph et moi n'avons jamais parlé du roman, il lui arrive, de temps à autre, d'entrer dans la boutique les bras ouverts en déclarant : « Saleem, vous êtes donc toujours là, tous les deux !

– Bien sûr que nous sommes là, lui dis-je immanquablement. Où veux-tu qu'on aille ? »

Au fil des ans, j'ai lu environ un livre tous les deux jours, des livres qui m'ont très rarement appartenu. Personne ne vous le dit, au début, mais les journées d'un petit commerçant sont bien vides. Il y a des heures de silence brièvement ponctuées de visites de clients, qui arrivent et repartent en quelques minutes. Le silence devient un cocon dans lequel vous n'entendez que l'écho de votre voix ; le monde réel dans lequel vous vivez commence à se diluer dans un passé que vous avez cherché à enfouir. À la bibliothèque, je me mis à prendre les livres par quatre afin d'être sûr d'avoir largement de quoi lire pour la semaine. Je savais que j'avais du temps et, les jours particulièrement calmes, bien plus que je n'étais capable de meubler, un problème qui m'exposait à un risque plus grand que celui que j'étais prêt à courir. Je le ressentis surtout durant les premiers jours au magasin. Abandonné derrière le comptoir, j'étais accablé par la prise de conscience soudaine, terrible et effrayante que tout ce qui m'avait importé ou que j'avais aimé était perdu, ou bien vivait sans moi à des milliers de kilomètres, que ce que j'avais ici n'était pas une vie, mais une malheureuse construction de substitution composée d'un oncle, de deux amis, d'une boutique sinistre et d'un pauvre appartement.

Lorsque mon oncle Berhane m'avait demandé pourquoi j'avais choisi d'ouvrir une petite épicerie dans un quartier noir pauvre alors que rien dans ma vie ne m'avait préparé à ce genre de chose, je ne lui avais jamais dit que c'était parce que tout ce que j'attendais de la vie maintenant, c'était de pouvoir lire tranquillement, seul, le plus longtemps possible dans la journée. Je l'avais quitté, lui et son modeste appartement de trois pièces en banlieue, pour emménager à Logan Circle, une décision qu'il n'a toujours pas comprise et qu'il ne m'a toujours pas pardonnée, quoi qu'il en dise. Il nourrissait les plus grandes ambitions pour moi, lorsque j'étais arrivé d'Éthiopie. « Tu verras, me disait-il toujours de sa voix douce et éloquente, tu seras ingénieur, ou bien médecin. J'aimerais tellement que ton père soit toujours vivant pour voir ça. » Les larmes lui montaient parfois aux yeux quand il parlait de l'avenir, qui, il le croyait, ne pouvait qu'être plein de choses meilleures et plus belles. Cela dit, ici, à Logan Circle, je n'avais pas à être quelqu'un de plus grand que ce que j'étais déjà. J'étais pauvre, noir, et portais l'anonymat qui allait avec ça comme un bouclier contre toutes les premières ambitions de l'immigrant, qui m'avaient depuis longtemps déserté, si tant est que je les aie un jour ressenties. De fait, je n'étais pas venu en Amérique pour trouver une vie meilleure. J'étais arrivé en courant et en hurlant, avec les fantômes d'une ancienne vie fermement attachée à mon dos. Mon objectif, depuis lors, avait toujours été simple : durer, sans être remarqué, jour après jour, et ne plus faire de mal à qui que ce soit.

Dans les lettres et coups de téléphone mensuels à ma mère et à mon frère en Éthiopie, je leur dis simplement que je possède ma propre épicerie et que les affaires marchent. Jamais bien. Jamais mal. Ça marche, c'est tout. Ça pourrait aller mieux. Mais on doit être reconnaissant que ça n'aille pas plus mal. Je leur envoie de l'argent tous les deux-trois mois, quand je peux le faire, même si je sais qu'ils n'en ont pas besoin. Je le fais parce que je suis en Amérique, et parce qu'envoyer de l'argent à la maison est censé être le prix de consolation, quand on n'est justement pas à la maison. Pour Noël, l'an dernier, ma mère m'a expédié un mandat qui dépassait de trois cents dollars tout l'argent que j'avais pu leur envoyer jusque-là. J'ai toujours sur ma table de chevet, à côté de mon lit, le reçu que l'on m'a donné quand je l'ai encaissé.

❦

À dix-huit heures, la température dépasse toujours les vingt-cinq degrés, un signe sûr de l'approche d'un été chaud et brutal. Les quelques clients qui passent à cette heure-là ont le visage rouge et brillant de sueur. Ils font leurs stocks de bouteilles d'eau minérale, avant de reprendre leur promenade du début de soirée et de regagner leurs domiciles climatisés. Je me fais une petite note mentale : si possible, acheter plus d'eau minérale. Je regarde une vieille Chevrolet fatiguée effectuer trois fois le tour de la place, à la recherche de quelque chose ou de quelqu'un qui n'est plus là. Le soleil fait briller les traces de l'averse sur le toit de la voiture qui tourne toujours dans le quartier. Le jour a une certaine lenteur et une certaine pesanteur. Je ne mets pas la climatisation et garde la porte ouverte.

Cette fois, Joseph et Kenneth arrivent ensemble, environ une heure plus tôt que d'habitude. Kenneth porte toujours son costume, Joseph a un jean et un sweat-shirt avec le blason de l'Université du Michigan, bien trop épais pour cette chaude soirée de mai. Joseph m'embrasse une fois sur la joue. L'épicerie est toujours ouverte, Kenneth ne peut donc rien dire, alors il me serre vigoureusement la main tout en testant son nouvel accent anglais.

« Comment ça va, mon vieux ? La vie est sympa avec toi, ces temps-ci ? »

Ils se tiennent de chaque côté du comptoir, appuyés contre les panneaux de verre, et ils feuillettent les quotidiens. Dans l'ensemble, ç'a été une journée convenable pour le monde. L'inflation est basse. Des pays, aux quatre coins de la planète, négocient, imposent des trêves, tandis que leurs dirigeants se serrent la main à la une du *Washington Post*, sous des titres évoquant de nouveaux espoirs et des promesses de coopération. Même l'Afrique s'est bien débrouillée aujourd'hui.

« Regardez ! dit Kenneth en tenant ouvert un exemplaire du journal pour que l'on puisse voir la photo de

Laurent Kabila sur laquelle il tape fièrement de la main. Laurent est en train de s'en sortir. »

Il lit le bref article avec un enthousiasme ironique. Le texte tout entier ne dépasse pas les cent cinquante mots.

« Tu pourrais apprendre quelque chose, là, Jo-Jo. Ce Kabila est un homme bien. Un modèle pour vous tous, les Congolais.

– Tu as dit la même chose de Mobutu, dit Joseph.

– C'était une blague. C'était juste parce que j'aimais bien son nom. Sese Seko. Sese Seko. Je pouvais répéter ça sans arrêt. Mais Kabila est un homme de parole. Il est l'avenir des dirigeants africains.

– Il sera mort dans moins d'un an. Ou alors, il ne partira jamais. C'est toujours soit l'un soit l'autre. »

Kenneth appuie les coudes sur le comptoir et étire ses longues jambes minces.

« Faut que tu m'aides, là, Stéphanos.

– Y sera mort dans moins de deux ans », lui dis-je.

À dix-neuf heures trente, je ferme le magasin. Ni Joseph ni Kenneth ne me demandent pourquoi je ferme de bonne heure, ni si la journée a été bonne, puisque personne n'est entré depuis leur arrivée. Je ne fais pas ma caisse car j'ai déjà fait le total dans ma tête. Je sais exactement la pauvre somme que j'ai gagnée. Je sors une poignée de billets du tiroir et les fourre dans ma poche, comme s'ils n'avaient aucune importance.

Kenneth balance un bras autour de mon épaule.

« Allez, Stéphanos. C'est l'heure de partir. »

Il me presse l'épaule, une fois, fermement, pour m'encourager.

Sans me demander où nous allons, sans m'en soucier non plus, je monte avec eux dans la voiture de Kenneth et nous partons. On passe devant chez moi, devant ce qui reste de la maison de Judith, sans même s'arrêter au stop du carrefour. L'idée, c'est de quitter le quartier et le magasin le plus vite possible, pour se ruer la tête la première vers le soleil, qui est maintenant en train de se coucher. La ligne d'horizon baigne tout entière dans une teinte rose qui paraît à peine réelle. Nous baissons nos vitres. Assis à l'arrière, Joseph pose les pieds sur les dossiers et ferme les yeux tandis que l'air lui fouette le visage. Nous inspirons tous profondément. Kenneth emprunte toute une série d'étroites rues latérales pour éviter les embouteillages ; les arbres, les arbustes, les buissons sont tous en pleine floraison. Il y a quelque chose de perturbant dans le printemps à Washington, comme un conte édifiant mettant en garde contre une trop grande complaisance et des attentes trop fortes, qui semblent inscrites dans l'herbe et dans les arbres. Je croyais avoir appris depuis longtemps à juguler ces attentes, mais ça n'empêche rien, pas vrai ? Nous oublions qui nous sommes et d'où nous venons, et nous croyons avoir droit à beaucoup plus que ce que l'on mérite.

En quelques minutes seulement, nous arrivons devant le Royal Castle, qui, de l'extérieur, ressemble toujours au restaurant chinois qu'il fut un jour. L'auvent rouge et les calligrammes asiatiques sur fond noir sont toujours là, même maintenant que le menu a été réduit à des ailes de poulet, des frites et des hamburgers, et que les grands compartiments circulaires avec les tables à plateaux tournants ont été remplacés par des estrades, des poteaux de métal et une rangée de sièges qui me font penser à l'auditorium d'un lycée.

Sans discuter ni protester, Joseph et moi suivons Kenneth à l'intérieur. On prend une table au fond de la salle, qui est entièrement vide à part nous trois. Notre isolement semble ridicule. Il n'y a personne avec qui partager notre honte et, lorsqu'une serveuse aux seins nus vient prendre notre commande, aucun de nous ne parvient à rassembler assez de courage pour la regarder dans les yeux.

« Pourquoi on est là, Ken ?

– Parce que, Stéphanos. C'est ce que les gens font à la fin d'une dure journée. »

Comme pour prouver qu'il a raison, il défait le premier bouton de sa chemise et desserre un peu son nœud de cravate. Je n'ai jamais rencontré son patron, mais j'entends sa voix résonner derrière la tête de mon ami.

« On en veut toujours autant, hein, Kenneth ? » dit cette voix.

Nous commandons trois scotchs, que nous buvons rapidement, avant d'en commander trois autres. Toutes les trois minutes et demie, des femmes se succèdent sur la scène en dansant sans entrain sur des tubes des années 80 que j'adorais écouter dans mon magasin. Prince. INXS. The Cure. Lorsqu'elles ont fini de danser, elle sautillent jusqu'à notre table et se présentent. Elles ont toutes des noms sortis des mythologies grecque ou romaine : Vénus, Apollonia, Aphrodite… des noms qui sont autant de promesses d'un peu d'amour et de paradis impossibles. Avant qu'elles nous proposent quoi que ce soit, nous leur tendons deux billets de un dollar chacun, et Kenneth leur dit à toutes qu'elles sont très belles.

« Belles », dit-il, la bouche en cœur et les yeux au plafond dans un état de feinte rêverie extatique.

Les consommations sont à dix dollars, et chaque verre dure exactement le temps de trois chansons, ce qui signifie trois danseuses, ce qui signifie que nous dépensons environ un dollar par minute et que, dans soixante-huit minutes, j'aurai dépensé tout l'argent que j'ai gagné aujourd'hui.

Je sors mes huit derniers dollars de ma poche et je les pose sur la table.

« Une fois qu'ils sont partis, je pars aussi. »

Joseph fait glisser les billets vers moi.

« Garde-les, dit-il. La fin de la soirée est pour moi. »

Kenneth vide son scotch et glisse le verre sur la table, manquant de peu le faire tomber sur mes genoux.

« Non, dit-il. Le reste de la soirée est pour moi. »

Ils jouent quelques minutes à ce jeu, chacun insistant et répétant, « La soirée est pour moi », même s'il est clair depuis le début que c'est Kenneth qui paiera. Il n'empêche que ce qui importe, tout autant que l'issue du débat, c'est la façon dont ils vont y arriver. La décision arrêtée,

Kenneth cède le contrôle de la soirée à Joseph, qui nous met la main sur l'épaule.

« Messieurs, dit-il. Il est l'heure d'y aller. »

Il ne reste plus rien de ce qui fait le centre-ville de Washington lorsque nous sortons. La capitale s'est vidée de ses bureaucrates, de ses politiciens, de ses avocats, de ses secrétaires, de ses diplomates, de ses lobbyistes et de ses banquiers. Les stores sont tirés sur toutes les vitrines, des stores couverts de graffitis. *Beso. Crazy Nigger. East Capitol Crew.* Les rares personnes que nous croisons dans la rue sont toutes bien habillées, bien chaussées, elles regagnent leurs maisons dans les banlieues, en Virginie, ou bien se rendent vers les quelques restaurants luxueux qui se dressent, aussi isolés les uns des autres que des arbres dans une plaine. Le dôme blanc du Capitole semble planer devant nous et, si je me tourne juste un peu sur la droite, je peux voir l'œil rouge briller au sommet du Washington Monument. Plus aucun de ces édifices ne recèle de mystère pour nous, et il m'arrive de me demander si cela a jamais été le cas.

Comme nous traversons pour aller vers la voiture, je m'arrête au milieu de la rue, je lève les yeux et regarde attentivement, tandis que Kenneth et Joseph continuent à avancer. J'attends de voir si je peux encore me souvenir de cette émotion – une sorte de respect silencieux et presque terrifié qui me submergeait chaque fois que je voyais pour la première fois un de ces édifices, et qui persista de manière involontaire pendant des années par la suite. Ma mère et mon père disaient tous les deux avoir ressenti quelque chose de similaire chaque fois qu'ils voyaient l'empereur d'Éthiopie – le pouvoir incarné, si l'on peut dire, en un seul homme.

Je cligne des yeux devant le monument, je salue le Capitole, avant de me mettre à courir pour rattraper Joseph et Kenneth, qui m'attendent, déjà assis à l'intérieur de la voiture.

« Mais qu'est-ce que tu faisais, Stéphanos ? » me demande Joseph alors que je me glisse à l'arrière.

Je hausse les épaules. Je ne sais quoi lui dire, mais il me fait un sourire qui signifie qu'il sait déjà. Lorsque nous avions fini tous les trois notre travail au Capitol Hotel, nous passions souvent la fin de soirée perchés sur l'un des bancs, en face de la Maison-Blanche, ou dans les allées bordées d'arbres qui conduisaient au Lincoln Memorial.

« Regardez-moi ces monuments, avait dit Joseph un jour. J'aurais… »

Il s'arrêta là, en plein milieu de sa phrase. Ce fut une des rares fois, durant toutes ces années, où je le vis rester sans voix. Nous n'en parlions pas souvent explicitement, mais je savais que Joseph et Kenneth passaient tous les deux des heures plantés devant la statue imposante et massive d'Abraham Lincoln assis sur son trône, un regard indifférent posé sur la ville. Lors de ses premiers mois en Amérique, Joseph avait appris par cœur le discours de Gettysburg écrit sur les murs du mémorial et il avait passé plusieurs nuits sur les marches pour regarder le soleil se lever. Cela fait des années qu'ils ne sont pas revenus voir ces monuments, et qui pourrait leur en tenir rigueur ? La réalité a pris le dessus et ils ne s'en sont pas encore remis, ni l'un ni l'autre.

Nous décidons de finir notre soirée dans un petit bar sombre et bondé, à la limite nord-est de la ville. Ce soir, la clientèle est mélangée. Une demi-douzaine de Nigériens, tous amis du propriétaire, se pressent au bar, passant bruyamment des commandes de bière et de scotch pour les uns et les autres. À l'autre bout du comptoir se trouve un vieil homme blanc barbu et solitaire qui boit lentement. Ici et là, dans les box et aux tables du fond, une vingtaine de jeunes gens blancs – les premiers à habiter dans ce quartier depuis trente ans. Kenneth et moi nous glissons dans un box et commençons à boire. Joseph repart vers l'arrière de la salle et met une pièce dans le juke-box. Nous attendons ce moment, plus ou moins, depuis notre premier verre de la soirée. Il faut attendre encore une quinzaine de minutes avant que la chanson démarre et, dès la première mesure, nous levons notre verre et portons un toast. Lorsque le refrain commence, nous nous penchons en avant et chantons tous les trois :

But you won't fool the children of the revolution.
No you won't fool the children of the revolution.

Et encore et encore, jusqu'à la fin de la chanson ; nous avons alors fini notre verre et sommes prêts pour le suivant.

La première fois que nous avons entendu cette chanson, nous étions assis un peu plus loin dans ce bar. Nous travaillions encore au Capitol Hotel ; Joseph et Kenneth partageaient un appartement à quelques rues. Il y avait cette chanson et Joseph, ivre, s'était levé pour déclarer, « C'est nous, ça. Nous sommes les enfants de la révolution ». Son accent était alors plus prononcé, lourd d'intonations françaises qui luttaient pour percer sous une élocution guindée. Il dut s'y reprendre à plusieurs fois avant qu'on comprenne ce qu'il disait, ponctuant chaque tentative d'un geste emphatique vers l'air ambiant, qui englobait la musique, et par là même Joseph aussi. Lorsque nous le comprîmes enfin, Kenneth et moi nous levâmes et, tous ensemble, nous hochâmes la tête en rythme avec ces mots que nous saisissions à peine ; le refrain ne faisait que répéter et répéter encore ces déclarations de sympathie.

Maintenant que la chanson est finie, il est difficile de ne pas rire de notre enthousiasme déplacé. Cela ne faisait que deux ans que nous étions en Amérique la première fois qu'on l'a entendue, nous croyions bel et bien que nous étions les enfants d'une révolution, et pas seulement parce que nous désirions accomplir de grandes choses. Nous avions des histoires similaires, des familles qui nous manquaient et que nous ne reverrions plus jamais. Nous parlions, dans notre mauvais anglais, des tyrannies africaines, que nous ne trouvions pas encore fastidieuses. Et nous avions aussi nos propres histoires de mort et de violence.

La chanson passe encore deux fois au cours des deux heures suivantes et, chaque fois, comme des enfants forcés de participer à une conversation, nous chantons.

4

LA PREMIÈRE FOIS que Judith m'a invité à dîner, elle a demandé à Naomi de glisser un billet dans ma boîte aux lettres.

Cher Mr Stéphanos,

Ma mère et moi aimerions vous inviter chez nous à dîner. Le 28 novembre. Nous serions très heureuses si vous pouviez venir.

Judith et Naomi

La lettre arriva la veille de Thanksgiving et me transporta durant tout le week-end. C'était l'écriture délicate et minuscule de Naomi, sur du papier à lettres jaune canari, portant en bas de page le nom de Judith. La feuille était pliée en un carré assez petit pour tenir dans la paume de ma main. Trois jours après avoir reçu la lettre, je fermai l'épicerie une heure plus tôt que d'habitude, pour la première fois depuis des années. C'était un soir exceptionnellement froid et, dès sept heures et demie, un silence quasi impénétrable s'était abattu sur le quartier. Certains s'étaient empressés de rentrer chez eux, tandis que d'autres n'avaient tout simplement pas quitté leur domicile. Les quelques personnes qui passèrent à la boutique ce soir-là ne le firent que pour échapper au froid. Les gens traînaient dix ou quinze minutes, cherchant ce qu'ils étaient censés avoir voulu acheter, puis ils sortaient brusquement, feignant la déception ou la frustration, ils secouaient la tête, soufflaient dans leurs mains et enfonçaient le menton dans leur col de manteau.

Je rentrai chez moi de bonne heure et me changeai pour mettre une chemise blanche fraîchement repassée, avec un pantalon de laine grise légèrement défraîchi que m'avait donné Kenneth. Les boutons de manchettes, vestiges de la période où mon père avait travaillé pour le gouvernement éthiopien, portaient l'ancien drapeau national, avec le Lion de Judée et sa couronne. C'étaient là les seuls objets ayant appartenu à mon père que j'avais en ma possession. Il les gardait dans un petit coffret à bijoux gris, posé, le couvercle ouvert, sur la commode de sa chambre, mais je ne me souviens pas l'avoir vu un jour porter ces boutons de manchettes. Ce dont je me souviens, c'est le jour où il me les a montrés, en disant, avec une note légèrement sarcastique dans la voix, « Un jour, ce sera à toi ». Je ne crois pas qu'il ait vraiment pensé en faire une partie de l'héritage. Ce n'étaient que des boutons de manchettes bon marché, issus d'un régime ancien et déclinant, mais on s'accroche à ce que l'on peut en espérant qu'on en comprendra le sens plus tard.

Avant de quitter la maison, je me suis observé dans le miroir de ma salle de bains et j'ai répété mon entrée. J'ai brossé en avant mes cheveux qui se dégarnissent un peu et aplati les côtés de ma courte coiffure afro. Mon reflet me rendit alors un regard désapprobateur. J'avais vieilli, mais il n'y avait rien de distingué dans ma personne. Les rides du rire, autour de ma bouche, s'étaient creusées, et mon front apparaissait plus haut que je l'aurais souhaité. Je souris et cherchai à découvrir la trace d'une version plus jeune et plus séduisante de moi-même, mais il n'y avait rien à faire. Cette version avait disparu.

Je reculai devant le miroir et me mis à répéter mon entrée. Je voulais être prêt pour le moment où Judith ouvrirait la porte et me découvrirait sur le seuil. Je voulais trouver la note juste, ne laisser aucune place à l'erreur.

« Bonsoir. Je suis content de vous voir. »

« Je suis très honoré. Merci de m'avoir invité. »

« C'est un grand plaisir pour moi. Vous êtes vraiment gentille de m'avoir invité. »

Je tentai de prendre tout mon temps pour aller jusqu'à la maison de Judith, mais je n'avais à parcourir que deux escaliers, deux perrons et les quelques mètres de trottoir qui nous séparaient. Je le fis très lentement. Je me trouvai devant ma porte alors que j'avais encore neuf minutes à tuer, je me mis donc à lacer et à délacer mes chaussures devant chez moi. Je levai les yeux vers le ciel pour voir s'il n'y aurait pas d'étoiles à compter, ou de lune à décrire, mais il n'y avait rien, juste des nuages qui gardaient encore une nuance d'un rose éteint, laissée par le soleil.

Lorsque enfin je sonnai, ce fut Naomi qui répondit. Sa mère avait tenté de lui coiffer les cheveux en une série de nattes, mais le résultat obtenu n'était qu'une demi-douzaine de tresses inégales et irrégulières se soulevant en touffes à l'arrière du crâne. Cela donnait à la fillette un air étrangement menaçant, qui, d'une certaine façon, semblait voulu. Elle se tenait sur le pas de la porte, elle avait l'air d'une folle, et me regardait fixement comme si j'étais l'homme responsable de tous les désirs frustrés du monde, ou un idiot qui donnait accidentellement de mauvaises indications aux jeunes mariés en lune de miel, avec mépris mais bonne humeur.

« Tu es en retard », dit-elle.

Je regardai ma montre. J'avais encore cinq minutes d'avance.

« Je vous prie de m'excuser, madame, dis-je en inclinant très légèrement la tête. Mais mon chauffeur a eu beaucoup de mal à trouver la maison. Je le renverrais bien, mais après tout, ce n'est qu'un singe, et vous savez bien comment sont les singes.

– C'est Henry ?

– Oui ? Comment savez-vous cela ? »

Elle secoua la tête, comme pour dire, *Je sais, bien mieux*

que vous ne pouvez l'imaginer, combien les singes chauffeurs peuvent être difficiles. Ce n'était pas, bien sûr, la première fois que je mettais quelque chose sur le dos des singes.

« Maman a dit que tu devais attendre au salon », dit Naomi.

Elle fit demi-tour et escalada les marches deux par deux. Ce qui fit rebondir les nattes au-dessus de sa coiffure afro agitée.

C'était la première fois que je me trouvais dans le salon de Judith, même si j'en avais déjà aperçu des coins des douzaines de fois. Le soir, les lourds rideaux rouges qui drapaient les fenêtres de la façade étaient suffisamment tirés pour permettre mieux qu'un coup d'œil sur le salon. C'était la même chose, avec toutes ces maisons nouvellement restaurées dans le quartier : des rideaux tirés de manière provocatrice, qui révélaient une pièce chaudement éclairée avec des canapés vert forêt, des lampes modernes en argent tendant le cou comme des cygnes, et d'élégantes tables basses avec des vases remplis de fleurs fraîches. Il y avait quelque chose, dans la richesse, qui avait donc besoin de se montrer, qui résistait aux fenêtres fermées ou au pauvre éclairage et qui se donnait volontiers en spectacle. Ces maisons invitaient au regard – elles priaient et suppliaient presque. Lorsque je me promenais le soir, c'était bel et bien ce que je faisais. Je regardais dans les salons des gens. Je me postais de l'autre côté de la rue et me dressais sur la pointe des pieds pour essayer d'apercevoir la cuisine, ou bien la salle à manger, ainsi que les peintures accrochées au mur. Des reproductions de Kandinsky et de Rothko, au-dessus de cheminées en marbre fermées, d'élégantes tables dont on aurait dit qu'elles avaient été taillées dans un unique bloc de bois ; des murs peints en une subtile teinte dorée, peut-être relevée par le gros vase de tournesols artificiels posé dans un coin. Je ne voyais que rarement les gens qui vivaient dans ces maisons, comme si elles n'étaient que des vitrines vantant les mérites de la réhabilitation. Il m'arrivait d'ailleurs de comparer ce que je faisais à du lèche-vitrines.

Une vieille radio-électrophone en bois avec une douzaine de boutons de chrome, de la taille d'un bureau, trônait dans le couloir. Dans le salon se trouvait un lourd téléphone noir fixé au mur, datant du début du vingtième siècle, ainsi qu'une pendule argentée indiquant à jamais 2 heures 20. Les canapés de cuir, de couleur marron, aux coussins bien denses, étaient séparés par une table basse en bois comportant au moins une cinquantaine de petits tiroirs sur le côté. Tout était solide, confortable et familier, comme si Judith n'avait choisi que des meubles ayant fait la preuve de leur capacité à supporter le poids des ans.

« J'arrive tout de suite, cria-t-elle de quelque part dans la maison. Je dois juste finir quelque chose. »

Derrière sa voix j'entendis les cris à peine contenus de Naomi, qui demandait qu'on la laisse tranquille. Dans l'une des pièces de l'étage, Judith tirait sur les cheveux de sa fille, qui tentait d'échapper aux mains agitées et désespérées de sa mère. Il s'agissait là de la négociation subtile d'un différend non exprimé.

Lorsqu'elles descendirent toutes les deux environ quinze minutes plus tard, elles avaient l'air fatiguées et frustrées. Les cheveux de Naomi étaient maintenant nattés, séparés en tresses plus ou moins régulières. Elle était la première et sa mère suivait, juste un pas derrière. Judith portait ses lunettes, ce qui donnait à son petit visage étroit une nouvelle impression de profondeur qui semblait lui manquer avant.

« Je suis désolée de vous avoir fait attendre si longtemps. Naomi et moi avions une affaire à régler. »

Nous nous embrassâmes sur les joues. La main de Judith s'attarda dans mon dos une seconde de plus, me sembla-t-il, que ce que demandait la politesse.

« Vous êtes la première personne qu'on invite à dîner.

– Je suis honoré.

– Vous devez. Naomi déteste avoir du monde à la maison.

– C'est vrai, Naomi ? »

La fillette s'était collée contre le mur, les deux mains cachées dans son dos.

« Mouais », dit-elle.

Elle ponctua très nettement la fin du « Mouais » pour marquer le coup, tout en se balançant sur ses talons.

« Vous avez bon goût, pour quelqu'un de votre âge », lui dis-je.

Judith me conduisit dans le salon, toujours encombré de cartons de livres dont elle déclara qu'elle ne savait que faire. La plupart étaient, dit-elle, des livres d'universitaires terriblement ennuyeux, auxquels elle ne voulait plus penser et qu'elle ne voulait plus voir. Dans une autre vie, elle avait été professeur d'histoire politique.

« Et pendant un moment, ça a été génial, dit-elle. J'adorais ça. Les étudiants, les longues vacances d'été. Tous les jours je pouvais aller chercher Naomi à l'école. Et le soir, j'avais encore assez d'énergie pour sortir dîner ou aller au cinéma.

– Qu'est-ce qui s'est passé ? lui demandai-je.

– Je ne sais pas trop, dit-elle. Cette vie me semble si loin, maintenant. Le père de Naomi est parti. Ça n'a pas aidé. On a déménagé, de Chicago à Boston, puis en Virginie, et maintenant ici. Je ne me plaisais plus nulle part. »

Elle avait l'habitude de mettre ses cheveux derrière son oreille droite avant de les dégager à nouveau tout en parlant. Elle hésita quelques secondes puis reprit la parole :

« Soudain, je me suis vue vingt ans plus tard, à rabâcher les mêmes choses à des étudiants qui ne vieillissaient pas, et je ne pouvais pas y croire, ce n'était pas ce que j'avais prévu. C'est parfois difficile de se souvenir pourquoi on fait telle ou telle chose, pour commencer. C'est sympa de pouvoir se dire qu'il y a un but, ou même une vraie décision qui entraîne tout dans la même direction, mais ce n'est pas toujours possible, non ? On finit par simplement échoir dans nos vies. Et vous, comment vous êtes-vous retrouvé avec une épicerie ?

– Y a des gens qui ont de la chance, c'est tout, dis-je.

– C'est ça, vraiment ?

– Ça aide aussi, de ne pas se soucier d'où on atterrit. »

Judith nous suggéra de dîner assis sur le canapé plutôt qu'à table.

« Ce sera moins guindé, comme ça, vous ne pensez pas ? » dit-elle.

Je signifiai mon approbation d'un hochement de tête. Nous avons dîné dans des assiettes de porcelaine bordées d'un liseré d'or, assis sur les canapés de cuir. Judith et Naomi étaient installées sur l'un, j'étais assis sur l'autre, avec mon assiette en équilibre délicat sur les genoux. Je regardais attentivement chaque bouchée voyager du bout de ma fourchette à mes lèvres. Je m'efforçais de gommer tout bruit en mâchant lentement, mais cela ne semblait jamais vraiment marcher. C'était toujours moi, avec toutes mes failles, qui me tenais dans le salon immaculé de Judith, une pièce plus vaste et plus belle que tous les endroits où j'avais pu me trouver et où j'avais pu manger depuis mon arrivée à Logan Circle. Je gardai les jambes serrées et limitai mes mouvements à quelques simples hochements de tête. Mon assiette trembla à plusieurs reprises et, si elle était tombée sur le plancher nouvellement restauré, je suis sûr que je me serais brisé avec elle.

Nous mangeâmes en silence durant quelques minutes, les seuls bruits étant ceux produits par nos fourchettes frottant doucement contre les assiettes. Judith finit par se lancer dans une tentative désespérée pour briser ce silence.

« Vous avez déjà lu Ralph Emerson, ou Tocqueville ? demanda-t-elle.

– Un peu, dis-je. Il y a des années, ajoutai-je ensuite pour couvrir mon mensonge.

– Les Américains détestent l'Histoire », dit-elle.

Elle se lança alors dans une conférence sur Emerson et Tocqueville, sur le refus américain de l'Histoire, sur l'antipathie américaine pour tout ce qui ressemblait au passé. Ses yeux errèrent vers un coin du salon et s'y fixèrent. Elle parlait avec éloquence et passion, ses paroles avaient probablement été répétées cent fois au fil des années, devant des classes bondées. Elle ne parlait ni à moi ni à Naomi mais à la pièce, qui avait bien besoin de se remplir d'au moins une de nos voix. Je hochai la tête en écoutant attentivement, je voulais trouver la brèche étroite par laquelle je pourrais glisser un grognement d'approbation bien placé.

« Nous voulons toujours croire que nous sommes les premiers à faire quelque chose, poursuivit-elle. Nous courons toujours après quelque chose ou quelqu'un, même si c'est juste dans notre tête. Nous avons traversé à toute allure le continent américain pour atteindre le Pacifique, et puis on a fait le chemin de fer pour relier les deux côtes. Nous avons ensuite fait la course jusqu'à la Lune. Nous avons aussi fait la course pour construire autant de bombes qu'il était humainement possible. Je me demande si maintenant nous n'avons pas épuisé tout ce après quoi on pouvait courir. Je crois que le jour où ça arrivera, nous n'aurons plus rien d'autre à faire que regarder en arrière. Alors, on saura si ça valait le coup. »

Naomi s'appuyait contre les jambes de sa mère, repliées sur le canapé pour lui faire justement comme un dossier. Elle s'ennuyait et regardait ses ongles. Elle mordillait le bout de son index pendant que Judith parlait. Je me demandai combien de fois elle avait déjà entendu tout ça, et si elle pourrait le redire mot pour mot.

« J'aurais dû donner un cours que j'aurais appelé, “La course”, ça aurait été génial.

– Ce n'est pas trop tard, lui dis-je.

– Si, c'est trop tard. J'ai un congé sabbatique d'un an, j'en suis déjà à la moitié et je ne me vois pas reprendre l'enseignement. »

Naomi, qui n'avait pas encore dit un mot durant la rapide conférence de sa mère, trouva alors une ouverture lui permettant d'entrer dans la conversation.

« Tu devrais te trouver un travail, dit-elle. Tu devrais travailler à l'épicerie de Mr Stéphanos.

– Mais qu'est-ce qu'il ferait, lui, alors ?

– Il pourrait me garder. »

Judith se pencha au-dessus de ses genoux pour entourer de ses bras le cou de sa fille. Je voulus regarder ailleurs pendant qu'elle faisait cela, mais je croisai le regard en coin de Judith fixé sur moi. Ce fut ma première victoire de la soirée.

« Cela ne me semble pas si mal », dis-je.

Après le dîner, Judith me proposa de faire le tour du propriétaire pendant que Naomi se préparait à aller au lit.

« C'était incroyable, à quoi ressemblait cet endroit quand je l'ai acheté. Il manquait des lattes de parquet, presque toutes les peintures avaient disparu. Il n'y avait quasiment pas une seule fenêtre intacte. »

Tous les planchers de la maison avaient été méticuleusement restaurés. Le premier étage avait été transformé en chambre pour Naomi, et en une impressionnante bibliothèque et salle de télévision ; le rez-de-chaussée, en ce salon-salle à manger que nous venions de quitter. C'était exactement comme l'avaient dit les ouvriers. Il y avait des portes coulissantes devant les étagères sur mesure qui recouvraient les murs, et une salle de bains à chaque étage.

« C'est pour Naomi », dit-elle.

Nous étions au dernier étage et Judith venait juste de me montrer la quatrième et dernière salle de bains.

« On se disputait terriblement. Et ça a empiré quand son père est parti. Elle nous détestait tous les deux, pour cette séparation, mais comme j'étais seule avec elle, c'est sur moi que tout est retombé, si bien qu'elle me détestait encore plus. On se battait et elle allait s'enfermer dans une chambre pendant des heures. Je ne pouvais absolument pas la faire sortir. Une ou deux fois, je l'ai laissée toute seule et elle a fini par se sauver de la maison. Elle n'allait jamais bien loin. Je l'ai trouvée, une fois, dans un placard, près de la porte d'entrée. Mais n'empêche, ça me rendait folle de devoir la chercher partout comme ça. Je l'imaginais qui avait mal, qui avait été enlevée, ou d'autres pensées tout aussi terribles que je ne pouvais chasser de mon esprit et je partais en courant, mais je crois que vous connaissez cette partie de l'histoire. Je lui ai fait une promesse, quand nous sommes arrivées ici. Je lui ai dit qu'elle pourrait avoir tout l'espace qu'elle voudrait. En échange, elle devait me promettre d'arrêter de se sauver quand elle n'était pas contente. Maintenant, quand elle est en colère, elle peut s'enfermer à n'importe quel étage de la maison, pour ne plus me voir, ni moi, ni qui que ce soit d'autre. »

Elle sourit, puis se mit à rire un petit peu, en portant la main à sa bouche.

« Je sais que ça a l'air ridicule. Mais ça marche, presque tout le temps, et pour le moment, c'est tout ce qui m'importe. C'est notre troisième maison en trois ans, et s'il avait fallu une demi-douzaine de salles de bains et autant d'étages pour que ça marche, je l'aurais fait. »

Je ne pouvais m'empêcher d'admirer la dévotion de Judith pour sa fille, justement parce que cette dévotion était excessive. Qui n'aurait pas voulu être aimé comme ça ? Elle ne s'excusait pour rien et je la croyais tout à fait quand elle disait qu'elle aurait fait construire une demi-douzaine de salles de bains s'il avait fallu. Mais ce n'était pas uniquement parce qu'elle voulait rendre Naomi heureuse. Il suffisait de regarder ses yeux quelques minutes pour voir combien elle était lasse et pleine de regrets. Elle voulait la paix ; quelques mètres de tuyauterie en plus, ce n'était pas cher payé.

« Ça doit vous sembler ridicule, dit-elle.

– Nan », répondis-je.

Je prononçai le mot un peu à la manière de Naomi. C'était un peu bête, de faire ça, mais cela fit rire Judith de soulagement, ce qui dépassait mes espérances. Cette fois-ci, elle ne porta pas la main à sa bouche, elle la tendit et, sans y penser, me prit deux doigts. Elle se pencha juste assez pour que je rencontre son visage à mi-chemin. Ce ne fut pas tant un baiser qu'une gentille pression, un long frôlement des lèvres, plein d'une soudaine et presque renversante tendresse. Nous le prolongeâmes aussi longtemps que nous le pûmes, peut-être quatre secondes tout au plus, puis cet instant s'évanouit.

Judith fit un petit pas en arrière.

« Il faut que j'aille voir Naomi, dit-elle.

– Il doit se faire tard, dis-je.

– Je vous raccompagne », dit-elle.

Elle m'accompagna à la porte et pencha la tête dehors pour pouvoir voir mon immeuble.

« Rentrez bien, dit-elle.

– Je vais essayer », dis-je.

Moins d'une minute plus tard, je grimpais les marches menant à mon appartement. Il n'y avait vraiment pas assez de distance entre sa maison et la mienne pour que j'aie pu avoir le temps de repenser à la soirée. En moins de quelques minutes, j'étais déjà à me battre pour faire entrer ma clé dans la serrure, l'ampoule du perron ayant grillé des mois auparavant et personne ne s'étant jamais soucié de la remplacer, puis je tournai la poignée et poussai la porte, qui craquait toujours comme si elle allait sortir de ses gonds. Lorsque j'allumai dans le salon et que je regardai mon propre appartement, un inévitable sentiment de regret m'envahit. N'aurait-il pas mieux valu passer ne fût-ce que quelques minutes de plus à marcher dans le froid ? Ou m'asseoir sur les marches dans la nuit noire, sans pouvoir distinguer ma main, même en la tenant devant mon visage ? Là, j'aurais pu me répéter des pans de notre conversation, rejouer nos gestes, imaginer des alternatives. Dans la lumière crue de mon appartement, il n'y avait de place que pour des soucis pratiques. L'ensemble était plus délabré, plus petit, et plus désolé que dans mon souvenir, comme si, pendant que je dînais, quelqu'un était entré chez moi et avait dérobé quelques années aux meubles. Le seul objet que je n'avais pas trouvé dans les poubelles était un bureau en chêne massif que j'avais acheté après avoir économisé pendant trois mois. Tout le reste portait la marque de trop de vies et de trop de gens. Le canapé était recouvert d'un lourd tissu bleu marine que j'avais acheté pour cacher les taches indéfinissables et les accoudoirs fatigués. La table basse était maintenue en équilibre par une pile de magazines d'un côté et par un vieux saladier de l'autre. Le tapis, au centre de la pièce, avait été abandonné par le locataire précédent, qui l'avait très sûrement hérité de son propre prédécesseur. Les bords en étaient si usés qu'au moins deux fois par mois je devais en couper un morceau pour éviter de trébucher sur les boucles de fil de chaîne. Cinq ans s'étaient maintenant écoulés et un côté du tapis était visiblement plus long que l'autre ; les coins avaient été arrondis et ensuite découpés comme une tarte qu'on aurait entamée selon des angles inégaux. Le téléviseur avait des boutons et une image épouvantable, il était posé sur une vieille malle, qui paraissait solide de loin, mais qui était en fait pratiquement fine comme du papier. Un homme, me dis-je, ne se définit pas par ses biens, mais par ses amis. C'était une phrase que j'avais volée à mon père, avec celle-ci : le caractère d'un homme est comme la queue d'un singe, il est toujours derrière lui. Je savais par expérience que les périodes de chagrin et d'apitoiement sur soi étaient les meilleurs moments pour repenser à ces vieilles phrases et à ces vieux adages. Non pas parce qu'ils pouvaient apporter du réconfort, mais parce que, comme tout autre acte délibéré de mémoire, ils pouvaient supplanter le présent avec leur vérité inaltérable.

De la fenêtre de mon salon, je voyais les lumières dans la maison de Judith. Il y avait au moins une pièce largement éclairée à chaque étage. Je me dis qu'il y avait quelque chose de monstrueux dans une maison avec tant de lumières, quelque chose de particulièrement injuste.

Je me tenais là depuis quelques minutes seulement,

quand celles du premier se mirent à clignoter. C'était un signal de Naomi. Nous faisions clignoter nos lumières dans une sorte de pseudo-dialogue en morse. Je l'imaginais, près de l'interrupteur, qui appuyait avec ardeur sur le commutateur pour faire clignoter la lumière jusqu'à en avoir mal à la tête. Au bout du compte, au lieu de continuer à lui répondre, je suis resté dans le noir en m'efforçant de ne pas penser à sa déception.

❧

Le lendemain, Joseph et Kenneth passèrent à l'épicerie et je leur racontai mon dîner avec Judith. Je leur en avais déjà parlé – la maison, Naomi, nos conversations au magasin – mais rarement, et sans plus de passion que lorsque je racontais les autres menus événements d'une journée donnée. Lorsque je leur parlai du dîner et du bref baiser, ils levèrent tous les deux le nez de l'échiquier pour échanger un regard, mais sans toutefois me regarder moi.

« Tu vois, dit Joseph. Tu devrais m'écouter plus souvent. »

Il agitait un de ses doigts boudinés à l'adresse de Kenneth, qui venait de se renfoncer dans son siège, les mains croisées sur le ventre.

« Qu'est-ce que tu veux que je te dise ? Tu avais raison.

– À propos de quoi ? demandai-je.

– Jo-Jo a dit que tu étais… C'est quoi, le mot que tu as employé ?

– Énamouré.

– Oui. Énamouré de cette femme. »

Je regardai Joseph qui luttait en vain pour réprimer un large sourire.

« Tu n'as pas à être gêné, Stéphanos. Ça fait presque dix-sept ans que tu es en Amérique. Il est vraiment temps que tu sortes avec une femme.

– Je n'y avais pas pensé sous cet angle-là.

– Il a raison, intervint Kenneth. Tu passes trop de temps tout seul. Tu es tout seul dans cette boutique, et après tu rentres chez toi. C'est pas une vie, ça, pour un homme.

– Et le père de la petite fille ? me demanda Joseph.

– C'était juste un dîner, dis-je.

– Il est où ?

– Je ne sais pas. Je ne lui ai jamais demandé.

– J'imagine que si je vous voyais tous les trois marcher dans la rue, je penserais que c'est toi. »

Il y eut une seconde de silence, puis Kenneth tendit la main au-dessus de la table pour taper le bras de Joseph.

« Désolé, Stéphanos. Tu sais bien ce que je veux dire.

– Bien sûr », lui dis-je.

Joseph gagna facilement la partie d'échecs, comme toujours. Chaque fois qu'il joue contre Kenneth ou contre moi, il le fait avec une totale distraction, ses doigts dansent sur l'échiquier comme s'il voyait ce jeu pour la première fois. Lorsqu'il bouge une pièce, il ne se concentre jamais sur la case où il va la poser. Il dirige plutôt son regard vers son adversaire, ou, encore mieux, vers quelqu'un d'autre, donnant ainsi un air d'inéluctabilité à tous ses mouvements. Jeune homme, il avait été un des meilleurs jours d'échecs de Kinshasa, connu pour son comportement calme et retenu, même devant la certitude de la défaite. Il racontait des histoires de tournois qui avaient duré des nuits entières, dans des cafés ou des bars miteux, des parties qui s'étaient terminées par des coups de poing, des coups de couteau, et, occasionnellement, des coups de feu. « On n'avait pas de boulot, on avait fini l'école, on n'avait pas de famille, pas d'argent, alors on jouait aux échecs toute la journée. C'est tout ce qu'on faisait. » Des groupes, et, dans certains cas, des familles de substitution composées de jeunes gens se formaient autour de ce jeu. Certains étaient illettrés et avaient passé des années dans la brousse ; d'autres, comme Joseph, étaient nés dans des familles riches qui avaient payé des répétiteurs français ou anglais avant de se faire tout voler par Mobutu et son gouvernement corrompu et avide. Ils éprouvaient une dévotion religieuse pour le jeu, un respect pour ses quelques règles et ses variations presque infinies, nés, comme le disait Joseph, d'un sentiment partagé de gratitude pour posséder encore au moins un espace où leurs décisions pouvaient avoir quelque importance. « Personne, dit-il un jour, ne comprend les échecs comme les Africains. »

Lorsque la partie fut terminée, Joseph se replongea dans une méditation tranquille, ponctuée de profondes inspirations et de longues pauses entre chaque gorgée de bière. Gagner ces parties ne lui apportait rien. Kenneth remettait en place les pièces sur l'échiquier, en tentant de voir où il avait pu se tromper. S'il y parvenait, il se balançait soudain en arrière sur sa chaise, pour s'exclamer, « Ah, je vois bien ta ruse, espèce de salaud ! Mais ça ne marchera plus avec moi ! »

« Tu sais, me dit Joseph, je suis sorti une fois avec une Blanche. Elle venait de Boston. Elle avait des cheveux roux, courts et bouclés, les professeurs la surnommaient La Rousse.

– C'était quand ? lui demandai-je.

– Il y a longtemps.

– Au Congo ?

– Au Zaïre. C'était une volontaire des Peace Corps.

– Ça a duré longtemps ?

– Presque deux ans.

– T'as pas perdu ton temps, dis donc ?

– Qu'est-ce que tu veux ? Ça devait se faire. On enseignait dans la même école.

– Et puis après ?

– Elle est repartie à Boston.

– Et tu as perdu le contact ?

– On n'a jamais essayé de le garder. Je lui ai peut-être écrit une lettre ou deux, mais rien de plus. On avait brièvement parlé de se marier et de faire des petits bébés afro-roux ensemble, mais on savait tous les deux que ce n'était pas possible. Elle vit ici, maintenant. Je la vois de temps en temps. Elle est venue déjeuner plusieurs fois au restaurant.

– Et tu lui dis quoi ?

– Rien.

– Pas un mot ?

– Je ne crois même pas qu'elle me reconnaisse.

– Comment c'est possible, ça ? » lui demandai-je.

Il finit sa bière et me tapa sur l'estomac.

« J'étais plus maigre, à l'époque, dit-il. Tu aurais dû me voir. J'étais très beau. Tu n'en aurais pas cru tes yeux. »

5

LE 4 MAI, je m'éveille plus tôt que d'habitude, la tête toujours embrumée par les libations de la veille. Le soleil a tout juste percé, et j'entends encore la voix de Joseph qui chante dans le bar. Assis sur mon lit en balançant les jambes, je prends une ferme résolution. Continuer à vivre à contrecœur est ridicule, me dis-je. Je suis là ; il faut y aller. À partir d'aujourd'hui, je vais y aller vaillamment. Je vais avancer à travers les heures et les semaines sans laisser aucune déception, quelle qu'en soit l'ampleur, me détourner de ma course ou me déprimer. J'ouvrirai ma boutique de bonne heure. J'attraperai les clients de l'heure de pointe du matin et j'en ferai *mes* clients.

Vers sept heures, je suis tout habillé et me dirige vers la porte. Cinq minutes plus tard, je suis devant l'épicerie et je sors les clés de ma poche. Tout autour de moi, les gens marchent, se dépêchent et, pour la première fois depuis que Judith et Naomi ont quitté le quartier, je suis l'un d'eux. C'est une belle et douce matinée ; une journée de mai parfaite comme une tableau, avec peu d'humidité et des bouffées d'air frais qui sèchent la sueur sur mon front aussi vite qu'elle se forme. Cette journée, me dis-je, n'a rien d'effrayant. La vie palpite comme elle l'a toujours fait. Seul un tour de mon imagination avait pu m'amener à penser que je pourrais en sortir. La lumière du soleil vacille à travers les feuilles, éclairant la partie de la place la plus proche. Le spectacle est si parfait que je m'arrête une seconde, les clés à la main, avec l'intention délibérée de le contempler.

Je soulève le loquet, saisis le barreau le plus bas du rideau et, en trois grandes poussées bien vigoureuses, je le soulève au-dessus de ma tête et le cale dans un grand fracas. Le même bruit monte de toutes les boutiques de la ville ; c'est nous, les petits commerçants et les vendeurs de journaux, qui la ramenons à la vie.

Le rideau se met en place et, ce faisant, découvre une petite enveloppe blanche glissée sous la porte. Mon nom y est écrit soigneusement, sans timbre ni adresse. Je la ramasse et la tiens devant moi à la lumière du soleil. À travers l'enveloppe, je distingue une ligne nette, *Cher Mr Stéphanos.*

Cher Mr Stéphanos. Mes genoux tremblent, juste un peu, à la vue de ces mots. Quelque chose – appelons cela de l'espoir, de l'optimisme – me tombe au fond de l'estomac et s'enfuit. *Cher Mr Stéphanos.* L'allure d'un courrier officiel. Jamais, de toute ma vie, je ne me suis bien débrouillé avec les courriers officiels. Les courriers officiels sont succincts, efficaces, exigeants. J'ai toute une pile de lettres de fournisseurs, d'entreprises et de la banque qui commencent toutes de la même façon : *Cher Mr Stéphanos.* Dans chacune d'elles, il y a une demande d'argent, simple mais insistante, à laquelle je n'ai jamais d'autre réponse que fermer les yeux et souhaiter, désespérément, comme un enfant, que tout cela disparaisse. J'ai fait du mieux que j'ai pu étant donné les circonstances. Je remplis des chèques pour de petits montants, 10,34 dollars par-ci, 3,29 dollars par-là. Et quand je ne le peux plus, j'ai appris à ne pas répondre au téléphone ni lire mon courrier pendant une semaine ou deux.

Je prends la lettre et j'entre dans le magasin. Je n'allume pas et je ne remonte pas les stores. À part le rideau levé, il n'y a aucun signe que c'est ouvert. Personne, je le remarque, ne se soucie de ralentir le pas ou de regarder à l'intérieur.

Je ferme à clé derrière moi et pose la lettre sur le comptoir. Je la retourne une fois, et puis une deuxième. Le courage, disait mon père, c'est d'être capable d'affronter la réalité, quelle qu'elle soit, et, me souvenant de cela, je déchire l'enveloppe sur le côté et prends le genre de profonde inspiration censée vous aider en cas de mauvaise nouvelle. Je commence ma lecture par le haut de la page.

Du cabinet d'avocats Elkin et Govind

à Mr Sépha Stéphanos

Le nom du cabinet m'est familier. Je l'ai déjà vu sur des affiches collées à des bus et dans des publicités télévisées qui passent dans la journée. Je n'arrive pas à décider si le fait de recevoir une lettre d'un cabinet qui s'affiche sur des panneaux en plastique rend la situation encore pire. Je ne m'étais jamais attendu à recevoir une lettre venant d'un cabinet qui utilise des gens gisant sur un lit d'hôpital pour leurs campagnes publicitaires, mais la vie peut être cruelle et imprévisible, et c'est précisément pourquoi de tels cabinets existent, pour nous le rappeler.

Sous l'en-tête, une date : le 3 mai. La lettre doit avoir été laissée sous ma porte hier soir, pendant que Joseph, Kenneth et moi regardions timidement les femmes nues.

Cher Mr Stéphanos,

Nous vous informons par la présente que vous avez trente jours pour libérer la propriété sise au 614 P Street, NW, Washington, D.C. 20008.

Il n'y a ni exigences sournoises ni menaces implicites. Les mots deviennent de simples caractères noirs sur une page. Chaque caractère compose un mot aussi discret que le suivant, comme deux étrangers dans une pièce. La lettre fait presque une page, elle mentionne, brièvement détaillée, ma longue histoire de retards de loyers, remontant jusqu'à dix ans en arrière, à une époque où quelques mois de retard ne voulaient rien dire dans un quartier où tout chèque honoré était une raison suffisante pour faire la fête et pour s'émerveiller. La tendance a changé depuis, et je n'ai pas réussi à suivre le rythme. Je pourrais demander comment cela a pu arriver, mais je sais bien que je n'ai aucun droit d'être surpris ni furieux. On est en mai et il me faut encore payer les loyers de février, de mars et d'avril. J'ai négligé l'épicerie ; les allées pâtissent à nouveau de leurs étagères croulantes et, quelque part au fond du réfrigérateur, du lait est en train de cailler dans les cartons. Cela n'était pas censé se passer comme ça. Il aurait dû y avoir une série de bons mois. J'ai vu arriver des camions de déménagement chargés de miroirs dorés et de canapés moelleux. Il y avait des ouvriers qui venaient tous les midis. J'avais une vitrine toute neuve pour les sandwiches et les plats préparés. J'aurais dû connaître une belle réussite. J'aurais dû pouvoir m'agrandir et monter quelque chose de plus important, de plus beau, comme un comptoir où servir un déjeuner rapide, une épicerie fine ou bien même un restaurant dont les gens auraient été fiers. Un endroit dont je pourrais vraiment parler dans mes lettres à ma famille. J'ai appris à être un homme modeste, à ne jamais vivre au-dessus de mes moyens, mais même les pauvres ont droit à leurs rêves, de temps en temps. Qui pourrait me le reprocher ? Personne. Je mérite tout ce qui m'arrive.

Je me plante à côté du comptoir, de l'autre côté de la caisse, je passe la main sur le plateau de formica poussiéreux. Toutes les histoires ont une fin, et cette lettre, je m'en rends compte, va marquer la fin de la mienne.

« Ce n'est plus mon magasin. »

Lorsqu'il me faut me convaincre de quelque chose, je

le dis à haute voix. C'est une habitude que j'ai depuis l'enfance, quelque chose que j'ai toujours eu besoin de faire pour aligner mes pensées sur la réalité.

Je modifie ma phrase pour la rendre plus déclarative, avant de la répéter :

« Ce n'est pas mon magasin. Ce n'est pas mon comptoir, et ce n'est pas ma caisse. »

Ce que je veux faire, maintenant, c'est prendre chaque article, passer la main sur les murs et même sur le sol, sur chaque dalle du carrelage, et me répéter chaque fois la même phrase.

Je lis la lettre deux, puis trois fois, et encore quelques fois de plus par la suite pour faire bonne mesure. Elle est imprimée sur du beau papier à en-tête, en deux couleurs. J'appelle Kenneth à son travail pour lui raconter ce qui se passe. Il répond à la première sonnerie. Je lui lis la première phrase, avant de me lancer dans un discours sur les loyers gonflés, les mois difficiles et les emprunts divers à rembourser. J'essaie d'avoir l'air indigné, ou du moins en colère, mais je sais que ma voix doit plutôt lui sembler perdue, voire enfantine. Kenneth reste silencieux un long moment avant de parler.

« Ce n'est pas ce que tu voulais ? finit-il par me demander.

– Je n'ai jamais dit ça.

– Non. C'est vrai. Tu n'as jamais dit, “Je veux ouvrir et fermer ma boutique quand ça me chante, perdre tous mes clients et puis être forcé de fermer”. Mais cela ne veut pas dire que ce n'est pas ce que tu voulais.

– Je ne voulais pas ça.

– Alors, pourquoi tu n'as rien fait pour l'éviter, Stéphanos ? »

Sa voix est pleine de pitié quand il prononce ces derniers mots. Je sais que s'il avait pensé que cela pourrait servir à quelque chose, il m'aurait encouragé avec toute l'énergie et l'enthousiasme d'un entraîneur sportif. Mais là, sa déception est encore plus forte que la mienne.

« Je vais m'y mettre. Tu as raison. Je vais trouver quelque chose.

– Je n'ai pas cet argent, mais… »

Je sais ce qu'il va dire ensuite, mais je ne le laisse pas faire.

« Joseph Kony, dis-je.

– Quoi ?

– Joseph Kony. »

Quelques secondes de silence s'écoulent avant qu'il dise autre chose. Durant ce temps, j'enroule le cordon du téléphone autour de mon index, si serré que je vois le sang affluer au bout de mon doigt.

« L'Ouganda. La LRA. L'Armée de résistance du Seigneur, dit-il.

– Trop facile, lui dis-je.

– Il aime mutiler les enfants. Leur couper les oreilles, les lèvres et le nez. Il dit qu'il peut parler aux anges.

– Très, très précis.

– Je suis ingénieur. Et puis on l'a déjà fait, celui-là.

– Je ne m'en souviens pas.

– On l'a fait dans l'autre sens. En commençant par la LRA. C'est Joseph qui l'avait posée. »

Avant qu'il puisse ajouter quoi que ce soit, je lui dis que je le verrai mardi, et je raccroche. Je ne sais pas pourquoi je n'ai pas appelé Joseph d'abord. Joseph, avec ses verres de vin à moitié vidés et son vieux sweat-shirt de l'université du Michigan, il aurait compris.

❦

Au lieu d'ouvrir immédiatement le magasin, je prends le tabouret sur lequel Naomi s'asseyait toujours et je le place devant la porte. Je grimpe dessus et regarde autour de moi pour évaluer tout ce que je vois. Il y a des taches d'humidité au plafond. Dans le coin du fond, la peinture une fois encore s'écaille près de la porte. Je compte vingt-trois dalles de carrelage à remplacer. Les étagères du mur droit doivent aussi être changées. Il y a des œufs qui pourrissent dans le réfrigérateur. Des paquets de pain périmés sont entassés dans la seconde allée. Une épaisse couche de poussière recouvre les serviettes en papier, les couches et le papier hygiénique qui sont rangés sur l'étagère du haut. Sur le mur gauche se trouvent les fournitures scolaires : cahiers, crayons de couleur, classeurs, ramettes de papier, stylos, crayons et ciseaux, que je ne me souviens même plus d'avoir commandés, et moins encore d'avoir jamais vendus. Le quart d'une allée est réservé aux produits de beauté – gel pour les cheveux, crèmes défrisantes, bonnets de douche – que je me suis laissé convaincre d'acheter par le neveu de Mrs Davis. Il y a un tourniquet plein de vieilles bandes dessinées près de la porte. Les calendriers 1993, 1994 et 1996 sont toujours accrochés au mur, derrière le comptoir. La caisse enregistreuse est fendue sur un côté. Les vitres de sécurité que j'ai fait installer quatre mois plus tôt sont à peine assez épaisses pour gêner un gosse avec un bras solide et une pierre dans la main. Je vends toujours des chewing-gums Hubba Bubba et, à ma connaissance, je suis le seul dans le quartier. Je me souviens qu'il y a une caisse de soda Tab dans la cave. J'aime les choses qui ne craignent pas le temps : les détergents, les produits en papier, les jouets, les petits gâteaux Hostess, les ciseaux, les rouleaux de scotch, le Blanco, le gel pour les cheveux, le savon, les bonnets de nuit, tout ce qui est en plastique, tout ce qui dure et qui survit.

Il est presque onze heures quand j'ouvre enfin et laisse entrer les premiers clients de la journée, un couple de touristes : le mari et la femme, blancs, minces et bien habillés, avec les cheveux qui grisonnent élégamment du front à la nuque. Ils ont entrepris une visite à pied de Washington, le genre qui nécessite de gigantesques cartes pliantes, des sacs bananes à la taille et les petits tests du genre « Le saviez-vous ? », avec des cases à remplir tout le long. Ils se promènent un instant dans les rayons et finissent par arrêter leur choix sur deux boîtes de soda et un paquet de chewing-gum à la cannelle. L'homme pose une main sur le comptoir et prend appui dessus.

« Il y a de belles maisons anciennes, par ici », dit-il.

Il parle avec une autorité assurée et confiante que je lui envie. J'acquiesce. Je lui dis que l'oncle ou le cousin d'un président a vécu dans l'une d'elles, de même que des sénateurs et des députés, à une autre époque.

« Vous saviez, lui dis-je, que c'était avant un des quartiers les plus recherchés de Washington ? Il fallait aussi avoir des relations pour vivre ici, de l'argent et du pouvoir. C'était ce genre d'endroit, quoi. »

Il est impressionné, comme si cette information confirmait quelque chose, non seulement sur le quartier mais sur lui aussi. Je continue mes histoires et leur dis ce que je sais du général Logan.

« Le général John A. Logan est un héros de la guerre de Sécession. Il s'est battu à Bull Run et à Vicksburg. »

Autant d'informations que l'on peut trouver sur le piédestal de la statue.

« Son plus haut fait d'armes durant la guerre, j'ajoute, fut peut-être d'avoir évité que Raleigh, en Caroline du Nord, soit détruite par le feu. »

Cela, je ne l'ai appris que récemment. C'est devenu mon fait historique préféré sur le général.

« C'était un grand homme », je conclus, comme si, d'une certaine façon, il ne fallait pas se contenter de rappeler les qualités de Logan, ou de montrer simplement du doigt la statue, au centre de la place.

Ce que je veux, c'est qu'il soit un héros pour nous tous.

En partant, l'homme porte la main à sa casquette. Sa femme sourit et hoche la tête. Je les regarde sortir dans la matinée claire et ensoleillée, toujours ponctuée malgré tout par la fraîcheur d'une brise occasionnelle. La ville s'agite. Les vieilles rues, larges comme des boulevards, et les places dessinées par L'Enfant, jadis bien pratiques, aujourd'hui inutiles, s'alourdissent du poids du printemps et de l'été. Les branches d'arbre et les buissons ploient sous les gros boutons de fleurs blancs tandis que des hordes de mauvaises herbes s'élèvent dans le gazon moribond. Le couple traverse la rue et se dirige vers la place. Ils ne se donnent pas la main, mais ils marchent si près l'un de l'autre que leurs corps se touchent constamment. Leurs pas sont parfaitement synchronisés : après toutes ces années passées ensemble, ils ont maintenant la même démarche. Je sors de derrière le comptoir et me tiens sur le seuil, pour les regarder gagner la place et s'arrêter devant le général Logan. L'homme sort un livre de son sac banane et avance jusqu'à la petite barrière métallique qui a été érigée récemment pour protéger l'herbe qui pousse autour de la statue. Ils tendent tous les deux le cou pour contempler le sabot levé du cheval de Logan, suspendu dans l'air, attendant de s'abattre triomphalement sur qui se tiendra sur son chemin.

Quelques instants plus tard, ils déplient leur carte et regardent autour d'eux à la recherche des panneaux de rue. L'homme tend le bras vers l'ouest et P Street qui, avec Rhode Island Avenue, Vermont Avenue et 13th Street, traverse la place comme les rayons d'une roue de bicylette. De toutes les rues qui donnent sur la place, P est de loin ma préférée. En partant vers l'ouest, vers

Dupont Circle et Georgetown, elle ne fait que devenir plus jolie et plus large, et les maisons se font de plus en plus grandioses et luxueuses, comme si chaque pas en avant était un pas vers le paradis. Des hommes marchent dans P Street, promenant des chiens qui leur sont bien assortis. À moins d'un kilomètre on trouve des cafés et des restaurants avec des terrasses, trois librairies d'occasion, des cavistes, des fleuristes et des fromagers. Et plus on avance dans P Street, meilleure est la vie. De Dupont Circle, la rue se prolonge vers Georgetown, où elle se fait plus étroite, et où les trottoirs sont en vieilles briques inégales, bordés de demeures coloniales du dix-neuvième siècle aux colonnades doriques. Les arbres forment comme un ciel au-dessus de la rue pavée, toujours longée par les rails des trolleys qui ne roulent plus depuis des décennies.

La femme hoche la tête, caresse le dos de son mari et ils commencent à s'éloigner du général et de son cheval. Dès que je les vois quitter la place, je traverse et me mets à les suivre à bonne distance. Très vite, sans y penser, je me montre de l'autre côté de la rue et je cours à petites foulées pour suivre l'allure du couple, qui n'est plus maintenant qu'à quelques pas de P Street. Je coupe à travers la place pour les rattraper et, quand j'arrive à la statue de Logan, je marque une dernière pause d'une seconde et jette un coup d'œil derrière moi vers mon épicerie. Je la vois très clairement d'ici, je vois tout, de la gouttière effondrée sur la droite aux traînées de peinture bleue sur le côté, en passant par les barres de métal, au-dessus des fenêtres, qui brillent sous le soleil. Comment se fait-il que durant toutes ces années, je n'aie jamais vraiment vu ma boutique sous ce jour ? Je me l'imagine bien souhaitant qu'on lui épargne le fardeau de devoir survivre une année de plus. La porte n'est pas fermée à clé. Le panneau est tourné du côté « OUVERT » et la caisse enregistreuse, dont le contenu s'élève à trois dollars et vingt-huit cents, est grande ouverte. Je me demande si c'est un peu ce que l'on ressent lorsqu'on abandonne sa femme et ses enfants. Ou lorsqu'on laisse une voiture sur le bord de l'autoroute, pour ne jamais revenir la chercher. Quelle est l'équation idéale, la comparaison ou la métaphore parfaite ? Je suis un immigrant. Je devrais le savoir. Je l'ai déjà su.

Je suis le couple dans P Street, tout en me tournant vers l'épicerie une dernière fois, pour lui dire adieu. Je me lance dans P Street, juste un demi-pâté de maisons derrière eux. Ils marchent à une allure lente et calme, qui convient parfaitement à la journée, une claire journée, de plus en plus chaude. À chacun de nos pas, le monde est plus léger.

Le bus G2 trace en couinant son chemin jusqu'à l'arrêt, juste devant nous. Un groupe de vieilles dames noires descend et traverse la rue pour prendre le bus qui va dans la direction opposée. Elles secouent la tête, perdues. Je les imagine faisant cela jour et nuit, voyageant dans un sens et dans l'autre jusqu'au bout du monde connu, uniquement pour revenir, en fin de compte, vers le quartier dévasté qu'elles viennent de quitter. Au carrefour avec 14th, l'étroite solitude de P croise la large artère qui traverse la ville sur presque toute sa longueur. Il y a juste quelques mois, au coin de la rue, il y avait un magasin de vins et spiritueux, ainsi qu'un restaurant chinois avec plats à emporter, le Yum's Chinese and Chicken. C'est le premier endroit où j'ai dîné seul à Washington. J'étais arrivé de bonne heure et avais commandé du bœuf aux brocolis que j'avais mangé debout dans un coin. J'avais dix-neuf ans, et cela faisait moins de quarante-huit heures que je me trouvais en Amérique. Je me souviens qu'un homme me demandait quelques pièces de monnaie toutes les deux minutes, je me souviens du néon rouge aveuglant de la supérette 7-11, de l'autre côté de la rue, et des bandes de jeunes qui erraient dans le coin en roulant des mécaniques. La nourriture avait le goût sucré de la sauce de soja et, chaque fois que je rencontre ce goût, le souvenir de cet endroit et de ce soir-là me revient instantanément.

Nous traversons 14th Street et regardons le quartier se faire de plus en plus coquet. De jeunes arbres maigrelets ont été plantés sur le trottoir. « Yum's », ou plutôt « Yu s », comme l'annonce aujourd'hui l'enseigne, est parti, de même que le magasin de vins et spiritueux. Ils ont docilement cédé la place à plus récent et à plus beau, quoi que cela soit, pour finir. Je ne peux pas dire que j'aimais particulièrement l'un ou l'autre, mais ce n'est pas cela, l'important. Maintenant qu'ils ne sont plus là, je peux me mettre à les regretter avec une tendresse sentimentale que je n'aurais jamais pu éprouver autrement. Des journaux couvrent les vitrines des deux établissements, de même qu'une vague annonce d'« OUVERTURE PROCHAINE ».

On a construit des immeubles d'appartements sur la gauche, ainsi qu'un supermarché bio sur la droite. Avant, tout cela était un terrain vague entouré de barbelés de plus de deux mètres de haut, avec un trou d'un mètre au milieu, une épicerie qui vendait des légumes défraîchis et de la viande de mauvaise qualité, un garage et une librairie appelée Madame X, dont la propriétaire était noire. Par les chaudes soirées, on pouvait s'offrir par ici une turlute ou de la drogue, selon l'humeur. On pouvait, en se promenant, croiser du coin de l'œil le regard indifférent d'une femme appuyée sur la clôture et voir les hommes affalés par terre, leurs têtes dodelinant vers l'oubli. Le matin et après l'école, les enfants passaient au peigne fin le terrain plein de mauvaises herbes, à la recherche de pièces de monnaie qui auraient pu tomber des poches des gens. Avec ce qu'ils trouvaient, ils venaient s'acheter des bonbons et des chips dans ma boutique. Chez Madame X, les livres sur le Black Power prenaient la poussière, un occasionnel parfum de marijuana filtrait par la porte et, les jeudis soir, on pouvait assister à une lecture libre et partager les beignets de yam qui circulaient dans l'assistance. La viande qui pourrissait dans le magasin d'à côté faisait l'objet de promotions de plus en plus importantes à la fin de chaque semaine et était vendue avec de nouvelles dates de péremption. De temps à autre, quelqu'un se plaignait et menaçait de boycotter l'endroit et, pendant une semaine ou un mois, c'était un peu, mais ostensiblement, plus propre, et la viande était un peu plus fraîche. La nuit, on amenait des voitures volées au garage, qui ressortaient le lendemain avec une nouvelle couche de peinture et de nouvelles plaques d'immatriculation. Si vous aviez connu cette partie de P Street à l'époque, vous auriez été d'accord avec moi pour dire que c'était un sacré quartier.

Au niveau de 15th Street, les arbres ont fini leur croissance. Des ormes et des chênes massifs offrent leur ombre à des rangées de maisons à trois étages, grises et blanches. De chaque côté du carrefour, se trouvent deux lieux de culte gris et assez lourds. La femme s'arrête au coin de la rue et sort son guide. Elle secoue la tête et montre la direction du nord. Ils avancent sur un autre pâté de maisons et atteignent le carrefour entre 16th et P. De là, on peut voir la Maison-Blanche. La rue se déroule depuis son point d'origine comme un énorme tapis de bitume s'étendant tout droit sur plusieurs pâtés de maisons avant de plonger dans un tunnel et d'émerger à nouveau à la surface. Avant, je voyais là une métaphore puissante. Je venais toujours jusqu'à cet endroit, après avoir fermé boutique, pour regarder les voitures, les bus et les gens se diriger vers la Maison-Blanche comme si c'était là leur unique destination finale. Une journée sans trop de clients ou bien une mauvaise semaine n'avait alors pas trop d'importance, tant que je pouvais croire, même si c'était stupide, qu'à un jet de pierre se trouvait un pouvoir supérieur que je pouvais invoquer. J'imaginais tous ces gens hurlant pour entrer dans le Bureau ovale, où le Président les attendait pour entendre leurs doléances et leurs peines, leurs solutions ou leurs idées. Un grand Père Noël pour adultes.

Je regarde le couple arrêté au coin de la rue et vois le mari tendre le bras en direction de la Maison-Blanche. Je l'entends dire, « C'est là que vit notre président ». Pour certains, il est encore suffisant d'aller jusqu'aux grilles et de regarder vers ce temple de la grandeur.

Le printemps bat son plein sur 17th. Les trottoirs sont couverts de terrasses. Des hommes se donnent la main et s'embrassent tendrement sur la bouche. Les plus audacieux portent déjà débardeurs et shorts moulants noirs. Il y a dans l'air un parfum qu'on ne retrouve dans aucun autre endroit de la ville. Un mélange de sueur fraîche, de fleurs épanouies et de café. Je voudrais prendre le couple gentiment par la main et les emmener un peu plus loin dans la rue, jusqu'à chez Samuel, un café où on pourrait s'asseoir sous l'auvent vert, pour regarder passer les gens. Voilà, leur dirais-je, tout ce que j'attends de la vie, être assis ici sur des chaises de jardin en plastique et regarder passer la parade de ces hommes, maigres ou musclés, jeunes ou vieux, qui flirtent ou se disputent. Joseph aussi adore cet endroit. Il dit que ça lui rappelle la France, avec les cafés, l'atmosphère et les beaux garçons qui n'ont rien à faire de leur temps. D'après lui, « C'est le seul endroit civilisé de la ville ». Je l'ai surpris ici un jour, ivre, calé contre un réverbère, les mains bien enfoncées dans ses poches, une écharpe passée autour du cou.

C'était le début de la soirée, le soleil ne s'était pas encore couché, et Joseph regardait les gens avec une expression lointaine et nostalgique sur le visage. C'était là tout ce qu'il connaîtrait jamais de cette vie meilleure, celle qui lui avait fait arpenter les rues de Paris avec la phrase française parfaite sur le bout de la langue. Je ne lui ai rien dit. Je me suis contenté de le regarder, de l'autre côté de la rue, tandis qu'il hochait la tête et battait du pied la mesure d'une chanson s'échappant d'une voiture qui passait par là.

Dupont Circle n'est plus qu'à quelques pâtés de maisons. Je peux déjà voir que la fontaine de marbre blanc a été mise en route. Une fine bruine chassée par la brise mouille les gens assis sur le rebord. L'amiral Du Pont aurait été fier d'avoir donné son nom à cet endroit. Les bureaux se vident pour le déjeuner. Les gens sortent pour pique-niquer sur l'herbe fraîche qui entoure le périmètre extérieur de la place. Presque tout le monde est habillé simplement. Certains sont allongés dans l'herbe, un livre en suspension au-dessus de leur tête. Rien de mal ne peut vous arriver, ici. L'homme et la femme se donnent la main pour traverser la rue et pénétrer sur la place. Je pense maintenant à ce couple comme à de vieux amis que j'admire de loin. Je vois leurs enfants, qui se sont un peu éloignés, mais qui restent attentionnés, ainsi que leur maison à un étage dans la banlieue d'une ville de taille moyenne, Saint Louis, Kansas City ou Tulsa. La femme marche en levant les bras trop haut, comme si elle allait se mettre à piquer un sprint d'un moment à l'autre. Parfois, son mari la prend par le coude et lui remet le bras en place. Je me demande ce que cela veut dire. Je les imagine chaque matin partant pour des marches rapides, dans des survêtements Nike assortis, je vois de fréquentes visites chez le médecin, qui se terminent toujours par des nouvelles décevantes, des médicaments pour la tension, un cachet d'aspirine quotidien et un verre de vin rouge. « Respire », lui dit-il.

Ensemble, on fait deux fois le tour de la fontaine. Des places se libèrent sur un des bancs entourant le bassin. À quelques mètres de là, je vois un espace libre sur la pelouse. Le couple va vers le banc, tandis que je me dirige vers la pelouse. Je leur adresse un signe d'adieu enthousiaste lorsque nous nous séparons.

6

LE LENDEMAIN MATIN du dîner chez Judith, j'attendis anxieusement qu'elle vienne me voir au magasin. Je m'étais préparé à tout, de l'étreinte chaleureuse et prolongée à l'air indifférent qui me dirait on ne peut plus clairement qu'il ne fallait rien espérer d'autre que ce bref baiser. Je gardais enfouie dans ma poche l'invitation que Naomi avait pliée et laissée dans ma boîte aux lettres. Je frottais mes doigts contre le papier de temps en temps, et aboutissais chaque fois à une nouvelle conclusion : ce baiser n'était rien d'autre qu'un accident ; ce baiser ne voulait rien dire ; ce baiser était délibéré et intentionnel. Cela dit, Judith ne passa pas à la boutique ce jour-là, et Naomi non plus. Lorsque je baissai le rideau en fin de soirée, je me sentais découragé et soudain abandonné. Je me disais que je n'avais absolument pas le droit d'espérer davantage, mais cela n'était guère consolateur quand en fait, ce que je voulais, c'était justement davantage.

Le lendemain fut encore pire. Mon sentiment d'abandon se mua en colère et ma colère en pitié. Je me maudis d'avoir nourri ces stupides attentes. Je crus alors voir la situation clairement, telle qu'elle était : il y avait erreur sur la personne. J'avais oublié qui j'étais, avec mon pauvre appartement et mon épicerie minable et, comme tous les grands malades, j'avais tenté de me glisser dans la peau du gars qui a l'habitude de dîner dans des assiettes de porcelaine en parlant avec aisance d'Emerson ou de Tocqueville, assis sur un moelleux canapé de cuir dans une belle demeure. La seconde journée s'écoula, toujours sans aucun signe de Judith ou de Naomi. Je restai éveillé dans mon lit et me jurai d'oublier que cette soirée avait un jour existé.

Il ne me fallut pas attendre longtemps pour mettre ma résolution à l'épreuve. Le lendemain soir, je vis Judith, par hasard, qui montait les marches de son perron. J'étais à moins d'un pâté de maisons et, instinctivement, je me mis à courir vers elle, prêt à hurler son nom. J'avais couvert la moitié de la distance nous séparant quand je vis Mrs Davis plantée sur le trottoir, emmitouflée des pieds à la tête dans un manteau bleu, qui me regardait alors que j'étais sur le point de rattraper Judith, juste avant que cette dernière disparaisse dans sa maison. Je ralentis l'allure dès que je m'aperçus que Mrs Davis me regardait. J'inspirai profondément et soupirai en silence le nom de Judith. L'occasion de me conduire comme un idiot venait-elle de m'être épargnée ? Peut-être. Je n'avais besoin ni de Mrs Davis ni de qui que ce soit pour me dire à quoi je ressemblais, courant après Judith qui montait les marches de son perron. Je le savais déjà, ce qui n'empêchait rien, et surtout pas le regret, très présent et prêt à me submerger au moment où j'avais compris que je ne ferais pas un pas de plus.

Brusquement, je cessai d'avancer et me plantai sur une dalle carrée de béton, ce qui força les gens qui approchaient à se séparer pour me contourner. De là, je regardai Judith fouiller dans son sac à la recherche de ses clés. Je remarquai qu'à ce moment précis, elle avait perdu toute la grâce avec laquelle elle évoluait habituellement. Elle aurait pu être n'importe qui, me dis-je. Elle aurait pu être une inconnue. Ses deux mains fouillaient désespérément son sac, un sac assez large et assez lourd pour la déséquilibrer légèrement. Il faisait très froid dehors et sa frustration était visible, même de là où je me tenais. Elle ne portait pas de gants et ses doigts devaient lui faire mal à chaque geste. Je connaissais assez Judith pour savoir qu'elle emportait le plus de choses possible de sa vie partout où elle allait. Elle m'avait une fois montré le contenu de son sac, au magasin, alors qu'elle cherchait de la monnaie pour payer un paquet de chewing-gum.

« Regardez-moi ce sac, avait-elle dit. Je me fais l'impression d'être une folle, à trimballer ça partout, mais je ne sais pas comment je ferais sans. »

Le sac était plein de factures, de chèques, de cartes de crédit, il y avait son passeport, les clés de ses anciennes maisons de Chicago et de Virginie, une copie de l'acte de naissance de Naomi et sa carte de Sécurité sociale, ainsi que les derniers bulletins scolaires et le carnet de vaccination de sa fille, tout ce dont on peut avoir besoin pour assurer son identité et sa place dans le monde. Il y avait quelque chose de sinistre et de romantique, dans tout ça. À moitié fugitive, à moitié aventurière, elle était constamment prête à tout laisser tomber pour partir ailleurs sur un coup de tête.

Le temps qu'elle trouve ses clés, les gens qui me croisaient dans la rue avaient commencé à se retourner pour me regarder avec curiosité. Alors qu'ils se dépêchaient de rentrer pour se mettre à l'abri du froid, j'étais resté gelé et figé sur place pendant, quoi ? Cinq, dix, quinze minutes. Assez longtemps pour susciter des regards malicieux ou inquiets. Pour quelle raison ne pouvais-je pas prendre la mesure du temps, lorsque Judith était dans les parages ? Il avançait trop vite, ou trop lentement, ou, comme dans ce cas précis, pas du tout. Une heure comportait soixante minutes et une minute soixante secondes, et l'heure pouvait être divisée en demies, en quarts, en dixièmes et même en cinquièmes, et pourtant à ces moments-là aucun de ces fragments ne semblait pouvoir contenir leur poids de temps. D'un léger coup d'épaule suivi d'un repositionnement de son sac au creux de son bras, Judith disparut dans ce que j'espérais être le chaud confort de sa maison. Il était temps pour moi de bouger, mais en arrivant chez moi, je ne marquai même pas la moindre pause pour me demander si j'allais entrer ou non. Je continuai mon chemin jusqu'au coin de la rue, où, au lieu de faire le tour de la place, je tournai à droite dans Rhode Island Avenue – une artère étonnamment large et ouverte – et poursuivis vers le nord jusqu'au moment où j'arrivai devant un bar, où je m'arrêtai pour boire en attendant que celles qui vivaient dans la maison voisine de la mienne se soient endormies.

Trois jours plus tard Judith sonna à ma porte quelques minutes après onze heures. J'avais oublié le bruit de ma sonnette. Je ne me rappelais même plus la dernière fois où quelqu'un avait appuyé dessus. Lorsqu'on vit seul depuis aussi longtemps que moi, on oublie que notre monde intime n'est qu'une illusion créée par une porte et une clé. Le bruit de la sonnette, strident et soutenu comme le cri aigu d'un vieil homme, semblait pouvoir briser toutes les vitres et tous les miroirs, ou faire tomber le toit sur ma tête si on appuyait dessus assez longtemps. Lorsqu'elle retentit, mon cœur se pressa contre ma poitrine et demeura là jusqu'au moment où j'eus repris mon souffle et réordonné le monde de façon à y faire de la place pour d'autres choses, comme les invités et les sonnettes.

Judith ne s'impatienta pas, le temps que je descende les marches. Elle ne sonna qu'une fois, sachant, peut-être pour m'avoir vu de la fenêtre de sa salle de bains, que j'étais à la maison. Tout en descendant, je la vis à travers les vitres octogonales de la porte. L'éclairage de la rue, orange foncé, ajoutait une touche de tristesse inattendue à la scène. Elle soufflait dans ses mains pour les réchauffer et quelques rafales de flocons égarés flottaient derrière elle. Est-ce que nous planifions de telles rencontres, ou bien se produisent-elles naturellement ? En descendant les dernières marches, je pensai à Bogart, avec ses manières de séducteur, et aux femmes désespérées qui venaient le retrouver la nuit.

Lorsque j'ouvris la porte, Judith me tournait le dos, elle avait entouré ses épaules de ses bras et regardait la neige tomber. Elle ne portait pas de manteau. Elle la jouait insouciante. Quand elle se tourna vers moi, elle sourit de bon cœur et appuya la paume de sa main contre mon visage.

« Froide ? demanda-t-elle.

– Gelée.

– Alors, faites-moi entrer. »

Nous nous frayâmes notre chemin à tâtons jusqu'en haut de l'escalier, qui était de plus en plus sombre à mesure qu'on s'approchait du dernier étage. Avant d'ouvrir la porte, je marmonnai quelques mots d'excuse, sur le fait que je n'attendais pas de visiteurs et par conséquent sur l'état de mon appartement. J'avais fait le ménage la veille au soir, mais il est plus facile de se montrer à la hauteur des attentes quand elles sont le plus bas possible.

« Je voudrais bien avoir un manteau à laisser tomber sur le canapé, dans un grand geste théâtral. Cela conviendrait mieux à ce moment, non ? »

Judith venait juste de jeter un rapide coup d'œil en coin à l'appartement, notant sans jugement apparent la taille et l'état des meubles et des murs. Il semblait lui suffire que l'endroit existe, que j'aie bien le proverbial toit au-dessus de ma tête et que je ne vive pas, malgré mon évident isolement, dans une sorte de désolation sordide. Ce fut donc peut-être bien un certain soulagement qui se glissa dans sa voix et qui la détendit assez pour nous lancer dans ce nouveau jeu.

« Je pensais exactement la même chose, dis-je. Je pourrais aller vous en chercher un dans ma penderie.

– On recommence tout ?

– Du dehors ?

– Non, ça, ce serait trop. Je vais juste frapper à la porte du palier. »

J'allai jusqu'à la penderie et pris un long manteau de laine noire que mon oncle m'avait donné pour les grandes occasions. Judith tint le manteau à bout de bras, avant de le mettre et de dire, « Parfait ». Les épaules, la grandeur, la longueur, tout cela avait l'air ridicule et pourtant adorable sur elle. Je vis alors l'enfant qu'elle avait dû être, à la fois précoce et charmante, une petite personne divertissante que l'on pouvait exhiber, portant les vêtements trop grands de sa mère, pour amuser les vieilles tantes et les grands-parents.

Judith avança sur le palier et attendit quelques secondes avant de frapper à la porte. Lorsque je l'ouvris, elle passa en trombe devant moi, lança le manteau sur le canapé, avant de s'affaler elle-même dessus. Elle posa la tête sur son avant-bras et ferma les yeux. Une entrée parfaite.

« Alors, comment c'était ? demanda-t-elle, une fois l'expérience savourée.

– Mieux. Bien mieux. Même si je pense qu'un petit dialogue à la porte n'aurait pas été plus mal.

– Comme quoi ?

– Je ne sais pas. Genre, Je ne vous dérange pas ? Vous êtes seul ? Ce genre de truc. Comment savez-vous, par exemple, que je n'étais pas avec une autre femme ?

– Ou un autre homme.

– Exactement.

– J'y penserai, pour la prochaine fois. Autre chose ?

– Où est Naomi ?

– Elle dort.

– Toute seule ?

– Avec le Tylenol du soir. Il fait des merveilles. Non, je blague. Tout est fermé à clé, cela dit, même la porte qui donne sur le deuxième étage. Une mère n'est jamais trop prudente. »

Elle était légèrement ivre. Je le vis alors. Quand elle parlait, sa tête dodelinait toute seule sur le côté, et ses yeux, sous la lumière vive des ampoules à cent watts du plafond, étaient cernés.

« Tout va bien ? » lui demandai-je.

Elle fit une pause d'une seconde et me regarda fixement dans les yeux. Je connaissais la technique. J'avais vu des centaines de parents faire ça avec leurs enfants dans ma boutique. Ce regard fixe et sévère contre lequel toute ruse semblait inutile.

« Pourquoi ne m'avez-vous pas parlé, l'autre jour ? demanda-t-elle.

– Quand ?

– Quand je suis restée devant ma porte pendant Dieu sait combien de temps, à faire semblant de ne pas trouver mes clés. Vous ne croyez tout de même pas que je ne vous ai pas vu au coin de la rue, à attendre que je disparaisse dans la maison ? »

Je ne sus pas quoi lui dire. Elle était assise là et me regardait, avec son petit visage étroit de poupée qui lui donnait un air innocent d'enfant. Je voulus chasser les six derniers jours d'un grand éclat de rire ; maintenant que Judith était assise dans mon salon à la fin d'une soirée d'hiver, tout paraissait possible une fois de plus. Je pouvais encore, après tout, trouver une place dans sa vie. Il n'y avait rien de dingue dans cette idée. J'avais la confiance et l'affection de sa fille et, jadis, il n'y avait pas si longtemps que ça, j'avais été un jeune garçon riche des plus grandes ambitions et des plus grands rêves, guidé par un père important et un environnement familial d'exception. J'avais toujours ça en moi.

« Je suis désolé, dis-je. Vous aviez l'air d'être pressée et je ne voulais pas vous déranger. »

Cela ne valait pas grand-chose comme réponse, mais c'était plus facile que la vérité.

« N'y pensez plus, dit-elle. Je dis n'importe quoi. »

Mes yeux suivirent les siens d'un bout à l'autre de la pièce, j'aperçus le réseau de toiles d'araignées dans le coin nord-ouest et la traînée de poussière rampant sur toutes les surfaces, en une avancée aussi régulière qu'irrépressible.

« Donc, c'est ici chez vous, dit-elle.

– Oui, ce n'est pas terrible, dis-je.

– Mais non, c'est parfait. C'est exactement ce que j'imaginais. Vous avez un étonnant sens de l'espace.

– Vous voulez dire que je n'ai pas de meubles…

– Ça, c'est juste une façon de voir les choses. J'avais toujours pensé que je vivrais une vie plus frugale. Je n'ai jamais voulu être une de ces personnes avec des murs et des murs couverts de trucs dont elles se moquent éperdument. Je croyais même que cela pourrait m'être fatal.

– Et alors, que s'est-il passé ?

– Des héritages. Ça peut vous tuer. »

Elle rit juste un peu à sa plaisanterie sans lever les yeux pour voir si je l'avais saisie.

« D'abord, ça a été ma grand-mère. Presque tous les meubles de la maison viennent d'elle. Après, il y a eu quelques tantes sans enfants, une marraine à Boston que je connaissais à peine, et puis enfin ma mère et mon père. Je ne sais pas ce que j'ai mais, pour une raison ou pour une autre, quand les gens sont sur le point de mourir, ils semblent penser à moi. Je crois que c'est parce qu'ils savent que je ne jette jamais rien. »

Elle lissa le tissu lâche du coussin qu'elle avait fait gonfler autour d'elle. C'était un horrible canapé, vert à rayures rouges, agrémenté d'un certain nombre de taches d'origine plus ou moins douteuse. Il n'y avait pas, dans mon appartement, un seul meuble que je n'aurais pas échangé si on m'en avait donné la chance.

« Vous avez quelque chose à boire ? me demanda-t-elle. La scène ne serait pas complète, sinon. »

Je sortis de mon placard de cuisine une bonne bouteille de scotch que Kenneth avait apportée à la boutique et qu'il n'avait jamais terminée. J'avais tenté de la finir tout seul à plusieurs occasions, mais chaque fois il avait été évident dès le premier verre que le réconfort que c'était supposé apporter n'était pas fait pour moi et donc, quatre ans plus tard, la même bouteille à moitié vide prenait toujours la poussière dans le placard.

« Ça va, du vieux scotch ? lui demandai-je.

– Je ne vois pas ce qu'il pourrait y avoir de mieux. »

Je sortis deux verres et les remplis partiellement de glace. C'était un geste délibéré de séduction ; j'avais déjà vu ça à la télévision et au cinéma. Il y avait une suite logique, qui devait être respectée : les verres de scotch avec glaçons conduisaient au canapé, ce qui ensuite menait au premier baiser hésitant de la soirée, suivi de la passion frénétique qui viendrait avec ma main s'enfonçant dans ses cheveux. Tout ce que j'avais à faire était de jouer correctement mon rôle : bien tenir les verres, parler avec éloquence et me comporter avec l'assurance d'un acteur de série télé.

Je tendis un verre à Judith.

« On trinque, dis-je.

– À quoi ? demanda-t-elle.

– Aux meubles.

– Parfait », dit-elle.

Nous levâmes nos verres en l'air, et trinquâmes aux meubles.

Je m'assis sur le canapé à côté de Judith. Nous posâmes tous les deux nos pieds sur la table basse, en pliant les genoux, si bien qu'on aurait dit deux enfants qui s'ennuient, qui ne savent pas quoi faire. Elle s'approcha et posa la tête sur mon épaule. Tout à coup, la fatigue la submergeait. Sa tête n'atterrit pas sur mon épaule, elle s'y abandonna. Elle ne dit pas un mot de plus, moi non plus. J'avais toujours mon verre à la main, la glace fondait lentement dans la petite mare de scotch dont le parfum montait de temps à autre pour me piquer le nez, lorsque je remarquai qu'elle s'était endormie. Il n'était plus question de bouger, plus question de déplacer, même de quelques centimètres, sa tête posée sur mon épaule, une épaule que je pensais, à ce moment-là, avoir été conçue uniquement pour recueillir cette tête.

Vingt-cinq minutes environ passèrent avant que Judith relève la tête toute seule. J'avais compté chaque minute à la pendule accrochée au-dessus de la cuisinière. Durant tout ce temps, sa bouche s'était un peu entrouverte, comme si elle avait voulu dire quelque chose, sans trouver les bons mots.

« Je devrais rentrer à la maison, dit-elle lorsqu'elle ouvrit les yeux. Je déteste imaginer ce que ferait Naomi si elle se réveillait et découvrait que je ne suis pas là. Ne vous donnez pas la peine de me raccompagner, surtout. Je crois que je ne cours aucun danger.

– Vous aimez bien cette plaisanterie, non ?

– Je n'en ai pas beaucoup d'autres. »

Elle passa un bras autour de mon cou et pressa sa joue contre la mienne. Je ne savais que faire de mes mains, je les ai donc laissées pendre une seconde tandis que Judith murmurait à mon oreille :

« Merci d'être aussi adorable. »

Je ne pus me retenir, alors, et je la pris dans mes bras, légèrement, par la taille. Toute la tendresse que j'avais emmagasinée en moi se précipita à la surface de ma peau. Je me mordis violemment la langue pour la contenir. J'attendis qu'elle lève la tête vers moi, mais cela ne se produisit pas.

Elle partit immédiatement après cela. Du haut de l'escalier, je la regardai descendre jusque dans la rue, puis je la suivis de la fenêtre de mon salon alors qu'elle montait les marches de son perron. Nous n'étions peut-être pas des amants, mais cela ne m'empêchait pas de penser à elle en ces termes.

❦

Naomi revint me voir dès le lendemain. Je ne lui demandai pas où elle était allée, ni pourquoi elle n'était pas passée de toute la semaine.

« On t'a regrettée », me contentai-je de lui dire, ce à quoi elle répondit par un sourire timide.

Elle entra chargée d'un sac de livres qu'elle hissa sur le comptoir en se tenant sur la pointe des pieds. C'était le premier jour des vacances de Noël, et elle avait pillé la bibliothèque du quartier de tous ses livres valables. Elle ouvrit son sac et sortit la demi-douzaine de volumes qu'elle avait choisis pour passer ces calmes semaines d'hiver. Apparemment, elle avait exclusivement misé sur le format. *L'Éducation de Henry Adams*, le dictionnaire Brewer des expressions et légendes, *Les Frères Karamazov*, *Les Plantes et les animaux de l'hémisphère Nord*, ainsi qu'un atlas du monde moderne.

« Que comptes-tu faire avec tous ces livres ?

– Les lire.

– Même le dictionnaire et l'atlas ? »

Elle secoua la tête et leva les yeux au ciel. Elle n'avait pas encore appris à cacher son mépris pour mes questions stupides ; je sais que c'est facile à dire, mais si elle avait été capable d'expliquer sa dérision, je suis sûr que cela aurait eu quelque chose à voir avec ma tentative d'adulte d'imposer des limites à son univers.

« Il me semble que ça fait beaucoup, pour une seule fille. Tes vacances durent combien de temps ?

– Seize jours, en comptant les week-ends.

– Tu ferais mieux de t'y mettre, alors.

– Par quoi on devrait commencer ? »

C'était aussi simple que ça, avec elle. Elle considérait ma participation comme un dû sans même se poser de question, tandis que, pour ma part, j'acceptais avec reconnaissance sa désignation comme moitié de ce « on », sans ressentir autre chose que de la fierté.

« Je ne sais pas, dis-je. Tu choisis. »

Elle posa les livres les uns à côté des autres sur le comptoir, puis les ouvrit successivement au hasard à une page vers le milieu. Elle lut à haute voix l'histoire du laurier dans la mythologie grecque, un passage sur les pumas d'Amérique du Nord, et enfin les dernières pages des *Frères Karamazov*. Le discours d'Aliocha aux jeunes garçons rassemblés autour de lui, ou peut-être l'esquisse délibérément grossière des trois frères figurant sur la couverture du livre de poche, emporta son adhésion.

« Celui-ci, dit-elle. Lisons celui-ci. »

À l'intérieur du premier rabat se trouvaient, écrits à la main, les noms de la douzaine de personnes qui avaient emprunté le livre avant Naomi. Elle n'avait pas écrit son nom, mais avait un reçu en papier fin avec la date de retour imprimée dessus. Elle ne pourrait jamais posséder ce livre comme ces autres personnes. C'était là une de ces pensées inutilement nostalgiques et sentimentales qui ne servent que nos idéaux romantiques, mais je ne pouvais m'empêcher de penser que c'était néanmoins vrai. Je pris un crayon derrière le comptoir et le lui tendis.

« Écris ton nom, là, lui dis-je.

– On n'a pas le droit d'écrire sur les livres.

– Je sais. Mais là, c'est différent. C'est juste ton nom. Et comme ça, la personne qui prendra ce livre dans des années et des années saura qu'un jour Naomi l'a lu. »

Je ne sais si ce fut cette idée, ou bien l'occasion de provoquer l'autorité, qui lui plut. En tout cas, elle prit le crayon et écrivit soigneusement son nom, en cursive, dans la dernière case libre.

7

ALLONGÉ dans l'herbe à la lisière de Dupont Circle, loin des ombres projetées par les immeubles de bureaux et par les arbres, j'écoute avec attention les sirènes. Elles ne s'accordent pas bien avec le spectacle pittoresque des employés qui déjeunent sur la pelouse, mais elles sont bien là, assourdies mais indéniablement audibles, se faisant plus sonores à chaque seconde qui passe. Le couple que j'ai suivi jusqu'à la place depuis ma boutique se lève et part. Comme les sirènes se rapprochent, les gens allongés sur la pelouse lèvent le nez de leurs livres. Ceux qui se promènent luttent contre le soleil aveuglant pour voir ce qui se dirige vers eux, tandis que ceux qui sont assis sur les bancs, confortablement installés et détendus, essaient de ne pas s'en soucier. Il y a plusieurs sirènes, au moins quatre ou cinq, elles se font écho et s'additionnent les unes les autres, il est donc impossible d'être certain du nombre. Le bruit envahit vite la place. Personne n'a plus aucune autre option que de regarder la parade des motos et des voitures de police, des gros 4 × 4 noirs et des limousines noires qui s'avancent sur nous.

Les gens commencent à les pointer du doigt, impressionnés. Certains sortent leurs appareils et prennent des photos, d'autres collent les mains contre leurs oreilles pour se protéger des rugissements quasi assourdissants. Une boucle de véhicules noirs se forme autour de la place, qui brûlent les feux rouges, sans prêter aucune attention aux voitures piégées dans leurs files et aux gens immobilisés sur les passages piétons. Nous avons tous le sentiment que quelqu'un de très important est en train de passer par ici, et que nous jouons tous bien notre rôle d'observateurs. On dirait que le temps a été momentanément suspendu, que le monde à été mis sur « pause », alors que nous attendons le moment de pouvoir retrouver nos vies ordinaires. C'était la même chose, en Éthiopie. Les troupes se déployaient des heures à l'avance le long des trajets que devait emprunter l'empereur. Elles débarrassaient les rues des mendiants, des éclopés et des détritus, installaient des fidèles de chaque côté de la chaussée, prêts à s'incliner sur son passage. Lorsque l'empereur finit par être destitué, au début de la révolution, il fut emporté loin de son palais dans une coccinelle Volkswagen bleue. Sur le coup, j'avais trouvé ça stupide et idiot, mais je comprends maintenant combien je me trompais. Peu de choses sont aussi importantes que les dernières impressions que nous donnons avant notre départ. Vous enlevez les gyrophares et les sirènes hurlantes d'un cortège de voitures et il ne vous reste plus que ça : un vieil homme, légèrement sénile, assis à l'arrière d'une vieille voiture.

Comme les véhicules de police disparaissent, j'imagine un cortège de voitures complètement vides, dont le seul but est de rappeler aux gens ce contre quoi ils se dressent.

L'horloge, à la banque du coin, clignote : l'heure, 1 heure 28, et la température, 23 degrés. Les branches se balancent dans le vent, perdent leurs pétales, exactement comme elles sont censées le faire, tandis que les tulipes rouges et jaunes, le long du périmètre de la place, ploient leurs têtes au rythme de la brise. La foule de ceux qui déjeunent commence à regagner les bureaux et je me lève pour me joindre à eux. C'est comme si je regardais la fin d'une récréation d'après-midi dans une école. Nous nous engouffrons dans les quatre rues partant de la place, regagnant, sans aucun doute par habitude, les classes de notre enfance.

Je vais jusqu'aux cabines téléphoniques qui se trouvent près de l'entrée du métro. Je veux appeler mon oncle Berhane et lui dire que je vais prendre un train en milieu de journée pour aller le voir. Durant les deux dernières années, je lui ai rendu visite trois, peut-être quatre fois. Nous nous voyons presque exclusivement dans des circonstances extrêmes. Lorsque sa mère est morte en Éthiopie, il y a deux ans, nous nous sommes retrouvés ici à Washington pour pleurer une femme qu'au bout du compte aucun de nous deux ne connaissait vraiment. Assis dans le salon de mon oncle, nos mains bien serrées, dans un silence total, alors que des hommes et des femmes, dont je reconnaissais à peine les noms, pénétraient dans la pièce où brûlait de l'encens, présentaient leurs condoléances, et s'installaient comme des fantômes drapés de noir sur les pauvres sièges de la pièce. De minuscules tasses à café bleues et blanches circulaient sans cesse autour de la pièce, accompagnées de plats d'*injera* fourrés au chou, à d'autres légumes ou au poulet. Certaines femmes claquaient la langue pour exprimer leur chagrin dès qu'elles entraient dans l'appartement ; je me souviens qu'un homme a même pleuré. Chacun s'accorda à dire que c'était là la volonté de Dieu, et un vieux prêtre impressionnant venu d'une des églises orthodoxes de la ville fut même appelé pour venir le confirmer. Après trois jours, les invités cessèrent d'affluer, et Berhane, qui a vingt ans de plus que moi, un visage doux et stoïque et des yeux aux paupières lourdes, me dit gentiment que maintenant je pouvais rentrer chez moi. Huit mois plus tard, la demande d'asile de sa petite amie fut rejetée et elle partit au Canada s'installer chez un cousin. Lors de sa dernière nuit à Washington, nous allâmes dîner tous les trois dans le meilleur restaurant éthiopien de la ville et y boire dans un silence maladroit. Voilà le genre de famille qu'est la nôtre. Deux hommes qui dépendent l'un de l'autre dans les circonstances les plus étranges et les plus importantes. Même maintenant, après quasiment deux décennies passées en Amérique, je l'appelle toujours très respectueusement Gashé.

Je compose son numéro et, après quelques sonneries, le répondeur se met en route. J'entends sa voix douce et sourde qui me dit, avec son fort accent, « Bonjour. Merci de votre appel. Vous êtes bien chez Berhane Sélassié ».

Il lui a fallu au moins deux ans pour retirer mon nom du message. Chaque fois que je l'entends, je ressens une petite pointe de regret de l'avoir abandonné, tout seul dans cet appartement. Je n'ai pas le cœur de lui laisser un message pour lui dire que j'arrive. Cela ne ferait que l'inquiéter, je fais donc plutôt ce que je sais faire le mieux. Je ferme les yeux et je raccroche.

J'appelle ensuite le restaurant de Joseph. Depuis maintenant huit ans, il est serveur au Colonial Grill, et je ne suis encore jamais allé le voir. J'ai toujours prétexté que j'étais trop occupé avec l'épicerie, mais cela ne tient plus, n'est-ce pas ? Lorsque Joseph a commencé à travailler au Colonial Grill, il insistait pour que je vienne manger là durant son service pour qu'il puisse, comme il disait, « prendre bien soin de moi ». « Passe donc, un jour, Stéphanos. Ferme ta boutique. Prends ta journée. Et je te traiterai comme le roi d'Éthiopie. »

Lorsque je lui rappelais que l'empereur avait été tué et enterré sous des toilettes, il haussait les épaules en disant, « Ces choses-là arrivent. On fait tous des erreurs ».

Quand l'hôtesse répond, « Colonial Grill, bonjour. Que puis-je faire pour vous ? », je lui demande si Joseph Kahangi travaille aujourd'hui. Elle hésite un instant et répond, « Oui, il est là ». Avant qu'elle ait le temps de demander qui l'appelle, je raccroche. Aujourd'hui n'est pas un jour pour les questions triviales ou pour les réponses inutiles. Je prends une autre pièce de vingt-cinq cents et appelle mon répondeur. J'ai deux messages, tous les deux de Kenneth. Il dit chaque fois la même chose : « Décroche, Stéphanos. Où es-tu ? »

Je prends ma dernière pièce et appelle une fois encore le bureau de Kenneth. Je veux lui dire que c'est une belle journée, et qu'il n'y a pas de souci à se faire. Je veux le rassurer et lui dire que je vais faire quelque chose, de mon épicerie, comme de moi-même, ainsi qu'il me l'a demandé. J'ai encore un nom, pour lui : Valentine Strasser. C'est un nom impossible : Valentine Strasser. À vingt-cinq ans, il est devenu le plus jeune fomenteur d'un coup d'État dans toute l'histoire de l'Afrique et le plus jeune dirigeant du monde. Sur les photos, ses petits yeux vous fixent au milieu d'un visage plat et glabre, trop jeune pour avoir tué et détruit tant de vies. Je raccroche juste après la première sonnerie. Strasser, avec son air de bébé criminel, est trop frais dans nos mémoires pour notre jeu.

Je reprends ma pièce et appelle ma boutique. Je garde le doigt sur le petit levier. Le téléphone sonne une fois, deux fois et, à la quatrième sonnerie, quelqu'un décroche. Je suis trop stupéfait pour parler, tout comme, apparemment, la personne qui se trouve à l'autre bout du fil. Nous ne parlons ni l'un ni l'autre. Cela fait maintenant presque deux heures que j'ai abandonné mon épicerie. Tout ce qui s'y est ou ne s'y est pas produit depuis pourrait emplir ce silence.

J'entends des enfants hurler en arrière-fond. Leurs voix sont joyeuses, voire exubérantes. Et pourquoi pas ? Il n'y a rien dans ma boutique qu'ils ne puissent avoir.

Quelqu'un hurle, « Foutez-moi le camp d'ici, bordel ! », après quoi on entend un bruit de fracas et de chute. Ce sont les boîtes de soupe qui tombent en pluie sur le sol, c'est mon magasin qui s'effondre.

Une voix franche mais nerveuse, un peu fragile, finit par murmurer, « Bonjour ». Elle répète, sur un ton plus confiant et plus assuré, quelques secondes plus tard : « Bonjour. Qui est à l'appareil ? »

C'est le « Qui est à l'appareil ? » qui trahit la voix. C'est la même voix que celle qui hurle le matin, de la fenêtre du rez-de-chaussée, « N'oubliez pas mon lait ! », et le soir, « Vous avez mon lait ? ». Les week-ends, la voix contrôle mes allées et venues, examine de près mes vêtements, me dit de cirer mes chaussures, me fait des pichets de thé glacé bien sucré, m'encourage à aller à l'église et, plus récemment, sentant ma solitude et mes moments de désespoir, tente de m'en débarrasser par une ferme pression de ma main et un baiser mouillé sur ma joue.

Que Dieu vous bénisse, Mrs Davis, vous et toutes les veuves de la terre, voilà ce que je pense en raccrochant.

❦

Les escalators qui descendent jusqu'au quai du métro sont larges et caverneux, comme une énorme bouche béante qui avale et recrache des milliers de personnes chaque jour. Mon oncle vit au terminus de la ligne rouge, dans l'une des banlieues pauvres du Maryland. Au pire, c'est un trajet d'une vingtaine de minutes en métro suivi d'une demi-heure de marche, une distance dérisoire pour deux hommes qui se trouvent par ailleurs à des milliers de kilomètres de tout autre parent vivant. Il n'y a pas de lotissements, et vous auriez bien du mal à trouver le moindre bout de pelouse bien entretenue. À la place de résidences agréablement encloses, des barres d'immeubles de vingt étages en béton gris longent une artère congestionnée, chargée jusqu'au point de rupture d'une douzaine de centres commerciaux. En Éthiopie, mon oncle faisait à peine partie de ma vie de famille. C'était un homme riche et puissant qui vivait juste en dehors d'Addis, dans un grand domaine très étendu que je n'avais vu qu'une seule fois quand j'étais enfant. Il était situé au bord d'un plateau, avec une vue panoramique sur la vallée verte et peu profonde en contrebas. Il est difficile de se souvenir que des endroits pareils ont pu exister. Ils semblent plutôt surgir comme les rêves ou les fictions d'une imagination hyperactive et solitaire. Aujourd'hui, tout ce que je me rappelle de la maison, ce sont les murs couverts de poussière et les poutres du plafond. Je me souviens qu'il y avait des fenêtres partout et que des pièces entières semblaient n'être faites que de verre et de lumière. La maison, ainsi que je l'appris par la suite, avait été inspirée par la photo d'une demeure dessinée par Frank Lloyd Wright, que mon oncle avait vue dans un numéro de *Architectural Digest.* Berhane l'avait dessinée lui-même entièrement d'après le souvenir de cette photo. La maison, disait-il, devait disparaître dans le paysage, être invisible à l'œil nu jusqu'au tout dernier moment. Quelles qu'aient pu être ses affaires, il les traitait de chez lui. Il savait déjà se méfier des grandes villes.

Sa relation exacte avec ma mère demeure un mystère. Ce n'est pas son frère, mais toute ma vie, je ne l'ai jamais connu que comme mon oncle. Il est arrivé à Washington deux ans avant moi, après avoir disparu au beau milieu d'une nuit sans rien dire à personne. Sa maison et tous ses biens, jusqu'aux clés de sa voiture et à ses photos de famille, restèrent en l'état, comme s'il s'était volatilisé dans l'air ambiant, ainsi que sa maison avait toujours laissé penser qu'il le ferait un jour. Deux semaines plus tard, les soldats se pointèrent à sa porte, dégoûtés de constater que tout le domaine était maintenant occupé par les familles de sa bonne, de son gardien et de son cuisinier. Les domestiques qui vivaient là n'ont jamais su où il était parti, et ils furent pour cette raison battus (mais jamais tués) par les bandes errantes qui passaient leurs soirées à frapper aux portes des riches. Personne ne s'occupait plus de la maison, et ces hommes et ces femmes vécurent brièvement dans une splendeur tapageuse, tout en sachant parfaitement que rien de tout cela ne durerait.

❦

La ligne rouge du métro qui mène vers le Maryland a du retard. Les trains de cette ville ne cessent de m'étonner, même après tout ce temps passé ici. Il ne s'agit pas seulement de leur taille, mais de leur ordre, de l'impression que vous avez quand vous montez dedans, l'impression qu'une puissance supérieure régulatrice contrôle fermement l'ensemble, même si vous, vous ne contrôlez rien. Tout autour de moi, les gens regardent leur montre, secouent la tête et tapent du pied. Le quai commence à se remplir, les gens se rassemblant d'instinct autour des panneaux lumineux. Derrière moi se trouve une publicité pour le collège d'enseignement supérieur de Virginie que j'ai brièvement fréquenté. Le slogan de l'établissement, « On vous emmènera où vous voulez aller », s'étale au bas de l'affiche en lettres dorées ondulant comme si elles étaient bousculées par la brise. Quatre étudiants – un Blanc, un Noir, un Asiatique et un Hispanique – traversent la pelouse en se souriant, leurs livres à la main. Après dix-sept années passées ici, je suis au moins certain d'une chose : c'est dans la publicité que cette idée progressiste de l'Amérique marche le mieux. Il y a seize ans, j'avais vu les mêmes visages souriants de ces étudiants traversant la pelouse soignée sur un panneau au bord de la route, une scène pastorale qui m'avait tellement plu à l'époque que j'avais adhéré à l'ensemble sans poser la moindre question. En l'absence d'une famille, d'un foyer, d'amis, de pays, être étudiant m'offrait une identité aussi complète que ce que j'avais jamais pu souhaiter. Le mot avait une sorte de pouvoir, un peu comme être le citoyen d'un riche pays étranger. Aux yeux des amis et des connaissances de mon oncle, tous réfugiés comme lui, j'incarnais déjà une sorte de réussite modérée, quelqu'un à propos duquel on pouvait le taquiner ou dont on pouvait vanter les mérites durant les conversations du dîner. Pour ma mère, en Éthiopie, j'étais l'avant-dernière réalisation d'un rêve longtemps attendu. Le premier but du réfugié est de survivre et, une fois que c'est fait, ce but initial est vite remplacé par les ambitions générales de la vie. Je n'avais pas quitté l'Éthiopie pour suivre des cours dans les banlieues du nord de la Virginie, mais, à entendre l'histoire qu'on racontait alors, c'était ce que j'avais fait. Durant mon unique année passée à l'université, je brandissais mon titre aussi fréquemment que possible. Je me présentais comme étudiant à tous ceux que je rencontrais, souvent sans qu'on m'ait demandé quoi que ce fût. J'en faisais la raison d'être de ma présence en Amérique, même lorsque la famine en Éthiopie fit brièvement la une des informations, avec des allusions à la longue guerre civile sévissant au nord du pays. Les images d'enfants mourant de faim avec leurs ventres gonflés et leurs visages couverts de mouches étaient omniprésentes. Lorsqu'on insistait pour que je réagisse, je ne pouvais que secouer la tête en confirmant que oui, ce qui se passait en Éthiopie était bel et bien une tragédie. Mais que savais-je de tout cela ? J'étais étudiant, je faisais des études d'ingénieur. Tout ce que je voulais, c'était caser mes livres sous mon bras et traverser la pelouse avec ce sourire permanent imprimé sur mon visage.

Quand la rame entre enfin dans la station, le quai est noir de voyageurs serrés les uns contre les autres. Nous nous entassons dans le train, en évitant tout contact visuel, même si nous sentons sur notre cou le souffle de la personne d'à côté. Juste à côté de moi se trouve une jeune femme blonde exceptionnellement bronzée, avec une queue-de-cheval qui sort de sa casquette de base-ball. Elle porte un débardeur et un short gris de l'université de Georgetown, et elle a un sac à dos noir avec le blason cousu sur le devant. Je remarque toujours les visages propres et frais des étudiants, avec une pointe d'envie et d'émerveillement. Joseph, en particulier, m'a appris à les apprécier. Il fait de fréquentes incursions sur le campus de Georgetown, il se sert de sa carte d'étudiant expirée depuis longtemps pour entrer dans la bibliothèque, où il sort une demi-douzaine de livres des étagères pour les disposer au hasard sur une table. Il aime jouer le rôle de l'aspirant universitaire perdu dans de profondes pensées sur la poésie, la religion et la politique. Les quelques cours de formation permanente pour adultes qu'il a suivis là l'ont marqué pour toujours. Il a dépensé toutes ses économies pour se payer des cours ne lui apportant aucune unité d'études sur le pluralisme religieux américain, le symbolisme dans *La Divine Comédie* de Dante, et sur les relations entre les sexes dans l'Afrique postcoloniale au vingtième siècle. Presque cinq ans se sont écoulés depuis, un simple détail technique pour Joseph, qui encore maintenant continue à relire ses notes de cours et de grands passages tirés de l'*Enfer*.

> Par un pertuis rond je vis apparaître
> Les belles choses que porte le ciel.
>
> Nous avançâmes, et une fois encore, vîmes les étoiles.

Lorsqu'il est ivre, il aime à dire que ce sont là les vers les plus parfaits jamais écrits. « Réfléchissez un peu, dit-il alors, Dante sort enfin de l'enfer, et voilà ce qu'il voit, "Les belles choses que porte le ciel". C'est parfait, je vous le dis. Tout simplement parfait. J'ai dit à mon professeur que personne ne peut mieux comprendre ce vers qu'un Africain parce que c'est ce que nous avons vécu. L'enfer quotidien, avec seulement quelques aperçus du ciel par moments. »

Cela dit, il était difficile de trouver quelque chose dans la vie de Joseph, qui ne devienne pas une métaphore de l'Afrique. Des vers de poètes célèbres à l'inclinaison des rayons du soleil par un après-midi de printemps, il voyait partout où il allait des réminiscences de ce continent. Kenneth détestait ça.

« Si ça te manque tellement, lui hurla-t-il un jour, pourquoi tu n'y retournes pas ? Comme ça t'auras plus besoin de dire sans arrêt, "C'est comme l'Afrique", et "On dirait l'Afrique". Mais tu veux pas y retourner. Tu préfères que ça te manque confortablement ici plutôt que la détester chaque jour sur place. »

Joseph n'avait rien à répondre à cela. Pour une fois, sa grandiloquence symbolisante le dépassait, lui aussi. Les mots « Voilà ce que c'est qu'être Africain » planaient sans cesse au-dessus de toute conversation que pouvait avoir Joseph. C'était parfois miraculeux, sa façon d'arriver à caser ces mots-là. Il n'y avait pas de sport au monde qu'un esprit africain ne pût comprendre mieux que personne. Quant à la politique, qui pouvait mieux en saisir le poids, le caractère capricieux et la valeur que les citoyens d'un continent dévasté par des coups d'État et des vieillards tyranniques ? Un professeur d'histoire de mon collège universitaire de Virginie avait dit un jour qu'il n'y avait eu que trois vraies révolutions durant ces deux derniers siècles, la française, la chinoise et la russe. Tout le reste n'était que rébellions, insurrections, soulèvements, protestations ou grèves. Pfffttt... Il ne savait pas avec quelle facilité une société pouvait être faite et refaite. Au lieu de se contenter de faire peindre des panneaux criards sur les façades des immeubles ou d'ériger des statues gigantesques sur les places des villes, les dictateurs africains s'activaient à transformer leurs pays selon leurs désirs.

Il faut moins de quinze minutes au train pour quitter la ville. C'est ça, le sale petit secret de Washington. En dépit de sa stature et de toutes ses statues, cette ville aurait tout aussi bien pu n'être qu'une des grandes banlieues de l'Amérique, un appendice accroché à la Virginie ou au Maryland. Comme le dit la blague, tous ceux qui ont vécu ici un certain temps souffrent d'un inévitable complexe d'infériorité, la taille n'étant pas le moindre des éléments constitutifs de ce complexe. Lorsque le train se rue à la surface, nous avons déjà franchi les limites de la ville. Les bâtisses, de vieilles usines ou de vieux entrepôts en briques, sont tous marqués des lettres rondes, rouges et jaune vif, des lettres familières de Disco Dan. Le nom est partout, tagué le long des voies, sur les immeubles et les châteaux d'eau rouillés. Comme un panneau mobile luttant contre les publicités pour la liqueur au malt Schlitz et les concessionnaires de voitures d'occasion. Disco Dan – qui n'offre rien d'autre que lui-même et sa vanité – les bat tous. Depuis que je vis dans cette ville, il m'accompagne. C'est bien plus que de la gratitude qui s'élève involontairement en moi lorsque je vois son nom étalé sur les murs bruns d'une usine désaffectée, sous des vitres brisées, en de multiples couches de rouge, de jaune, de bleu et de blanc, chaque lettre si monstrueusement grande et lumineuse que tout ce que vous voyez, l'espace d'une seconde, c'est ce nom. Je me souviens d'un autre aphorisme de mon père, qu'il ressortait chaque fois que nous passions près de quelqu'un en train de pisser devant tout le monde dans la rue : Il faut ajouter de la couleur à la vie chaque fois qu'on le peut.

8

J'AI PASSÉ les trois jours qui ont suivi, après qu'elle l'eut sorti de la bibliothèque, à lire *Les Frères Karamazov* avec Naomi. L'école était fermée pour les vacances, elle venait donc à la boutique tous les jours, très vite après son réveil. Sa mère l'habillait beaucoup trop chaudement pour cette courte marche, si bien que la première chose que Naomi devait faire lorsqu'elle entrait était d'enlever ces couches successives, qui semblaient faites pour l'isoler du quartier tout autant que du froid. Je gardais le tabouret installé pour elle derrière le comptoir, ainsi lorsqu'elle entrait elle savait où s'asseoir sans même demander. Elle empilait son manteau, ses gants, son pull, son chapeau et son écharpe dans un coin près de la caisse enregistreuse, avant de prendre le livre sous le comptoir où elle l'avait laissé la veille.

Lors de notre première matinée passée ensemble, Naomi avait demandé que ce soit moi qui lise d'abord.

« Allez, tu commences, dit-elle en posant le livre.

– Ça ne devrait pas être plutôt toi ? lui demandai-je.

– C'est pas comme ça que ça marche. D'abord c'est toi, et puis c'est moi. »

Je lus quarante ou cinquante pages ce jour-là. Naomi n'en lut aucune. Arrivé au bout de la première page, j'attendis qu'elle reprenne là où je m'étais arrêté, mais elle insista, d'une voix qui frisait la supplication, pour que je continue.

« Encore une », dit-elle tout d'abord.

Mais quand cette page fut lue, elle ajouta un autre « Encore une », jusqu'au moment où il y eut tant de « S'il te plaît », de « Je t'en prie », et de « Allez, s'il te plaît », que je me retrouvai totalement sans défense.

Je levais les yeux toutes les deux pages environ pour voir si Naomi me prêtait toujours attention, ce qui était bien sûr toujours le cas. Son attention, en fait, ne semblait jamais faiblir. Je la sentais parfois qui me regardait lorsque mes yeux étaient rivés sur la page, et je me rendais alors compte qu'elle enregistrait tout, pas seulement les mots, mais moi, aussi, ainsi que la scène que nous avions créée. Nous deux, un homme adulte, et une fillette assez jeune pour être sa fille, assis dans une épicerie, par une matinée d'hiver, pour lire un roman ensemble. Je m'efforçais de ne pas trop y penser, de me contenter de vivre le moment présent, mais c'était impossible. Chaque fois que je levais les yeux sur elle, je prenais conscience de la perfection de l'instant. Je me disais que des années plus tard je me souviendrais de cette période avec une nostalgie écrasante et dévastatrice, parce que, naturellement, je savais déjà à l'époque que je finirais par me retrouver tout seul. Et, chaque fois que cette prise de conscience menaçait de détruire la scène, Naomi faisait un petit quelque chose, comme tourner une page un peu trop tôt, ou bouger sur sa chaise, et, à nouveau, j'étais heureux.

J'avais davantage de clients, en ce temps-là, et je considérais chaque interruption de notre lecture comme une attaque contre ma vie privée. Lorsque quelqu'un que je ne connaissais pas entrait dans le magasin, Naomi marquait l'endroit où je m'étais arrêté, pour que je puisse suivre des yeux cette personne dans les rayons. Elle me prenait le livre des mains, posait le doigt exactement sur le mot ou sur la phrase que je venais de lire et le gardait collé à la page jusqu'à ce que je reprenne. Une fois, j'ai fait attendre plus d'une minute un homme qui s'était présenté au comptoir avec un simple rouleau de papier hygiénique sous le bras, tandis que je finissais de lire une page que je venais juste de commencer. Il a d'abord souri, charmé par ce qu'il voyait. C'était un des nouveaux visages blancs du quartier, un de ceux qui m'achetaient toute mon eau minérale. Il fut moins charmé lorsque je refusai de lui prêter attention. Il réagit en flanquant violemment le rouleau sur le comptoir, à quelques centimètres de mon visage, avant de sortir comme une furie. Naomi et moi reprîmes notre lecture.

À mesure que je lisais, j'entrais dans la peau des personnages. Je grommelais et je tonnais, je frappais du poing sur le comptoir, ou bien j'ouvrais grand les bras. Je savais que c'était exactement ce qu'aurait fait mon père si ç'avait été lui qui avait lu à ma place. Il aurait fait de l'histoire un véritable événement, aussi grand et aussi vrai que la vie. Il m'a sans doute raconté des centaines, peut-être même des milliers d'histoires, pas seulement le soir, mais aussi n'importe quand dans la journée, au petit déjeuner, à midi, au milieu d'une conversation qu'il pouvait être en train d'avoir avec ma mère ou avec des amis. Il n'y avait jamais de mauvais moment, avec lui, ou, si ce fut le cas, il ne vécut pas assez longtemps pour que je puisse le constater.

C'était quand il racontait les histoires qu'il inventait qu'il prenait le plus de plaisir. Elles commençaient toutes de la même façon, sur le même ton léger, accompagné d'un petit geste de la main, comme si le monde était soudain balayé sur le côté, ce qui, à mon avis, était sûrement le cas pour lui.

« Ah, au fait, ça me rappelle quelque chose. Est-ce que je t'ai déjà parlé…

Du berger qui battait trop fort ses moutons

Du fermier qui était trop paresseux pour labourer ses champs

De la hyène qui est morte de rire

Du lion qui voulait voler le repas du singe

Du singe qui voulait voler le repas du lion ? »

Si j'avais déjà entendu l'histoire, je le laissais me la raconter à nouveau. Sa prestation était trop bonne, et son amour pour cette histoire trop évident. Là se trouvaient les prédécesseurs d'Henry le chauffeur et de ses employeurs prodigues, les singes, même si je n'avais jamais parlé de cet aspect des choses à Naomi. À la place, quand Fiodor Karamazov parlait, j'agitais furieusement les bras en l'air. Je grommelais d'une voix de baryton et faisais de mon mieux pour que mon père soit fier de moi.

« "Ah, fous que vous êtes !" » hurlais-je, ce qui faisait sourire Naomi de plaisir.

Elle trouvait que chaque personnage était aussi réel que tous les gens qu'elle rencontrait dans la rue.

« Oh, mais je le hais, celui-là ! criait-elle, après une bouffonnerie particulièrement cruelle de l'aîné des Karamazov. C'est vraiment un crétin. »

Quand venait le tour d'Aliocha, cependant, le plus jeune et le plus gentil des trois frères, elle était toute prête à tomber amoureuse. Je lisais ces scènes et ces répliques avec tout l'aplomb et toute la grâce dont j'étais capable. Parfois, pendant que je lisais, Naomi posait la tête contre mon bras ou sur mes genoux et restait ainsi, éveillée et attentive, jusqu'au moment où elle était forcée de bouger. Cela suffisait pour me montrer comment on pouvait désirer tellement plus de la vie.

Les clients qui passaient à la boutique se prenaient tout de suite d'affection pour Naomi. Elle les jugeait durement, ce qui ne m'étonnait absolument pas. Les cinq à huit vieux ivrognes qui venaient chaque après-midi se prendre une autre bouteille de whisky n'étaient même jamais gratifiés d'un simple bonjour, en dépit de tous leurs efforts. « Mais qui est cette jolie petite chose que tu fais travailler derrière ton comptoir, Stéphanos ? Je vois bien qu'elle ne peut pas être de ta famille, pas avec ce joli petit visage. » « Et tu t'appelles comment, ma jolie ? J'avais une fille juste comme toi. Elle avait les mêmes jolis yeux. »

Naomi accueillait toutes ces attentions, si sincères et gentilles fussent-elles, avec un faux sourire qu'ils prenaient pour une marque de timidité. Cela ne me trompait pas, moi. Un jour, comme l'un de ces hommes sortait de la boutique, j'ai vu Naomi lever les yeux au ciel et je l'ai entendue murmurer, « Va donc prendre un bain ». L'homme, dont je ne connaissais rien d'autre que le nom, Mr Clark, s'arrêta une fraction de seconde sur le pas de la porte, lorsqu'elle prononça ces mots. Comme tous les autres, il était assez vieux pour être son père ou son grand-père. Il portait de grosses lunettes réparées au milieu par du scotch, et son éternel pantalon marron fripé qui venait frôler ses chevilles deux centimètres trop haut. Ses cheveux étaient maintenant presque tous gris et, aux beaux jours, il passait ses après-midi à dormir sur l'un des bancs entourant le général Logan. Je ne savais pas si c'était un homme bon ou mauvais. Je savais simplement que chaque jour il choisissait de se perdre dans toutes les bouteilles d'alcool qu'il pouvait se payer, plutôt que de gâcher son énergie à affronter la vie en face. Lorsqu'il tourna la tête vers elle, son visage exprimait une tristesse résignée dont ni Naomi ni moi ne pûmes supporter le spectacle. Un visage qui semblait dire que si on lui en avait offert la moindre chance, il aurait tout donné pour ne pas être jugé par cette fillette de onze ans dans son pull de cachemire rose.

Lorsque nous avions fini de lire, juste après le déjeuner, Naomi refusait de rentrer chez elle. « Et qu'est-ce qu'on fait, maintenant ? » demandait-elle au lieu de s'en aller.

Il était assez facile d'inventer de petites tâches pour la garder avec moi. Le premier jour des vacances, je lui ai donné un balai qu'elle a promené dans un sens puis dans l'autre entre les rayons. Elle était méticuleuse. Elle balayait chaque dalle une fois, puis une deuxième fois, comme si elle brossait un objet pour le débarrasser de siècles de poussière et de sable. Elle balaya le sol sous les étagères inférieures, là où étaient rarement passés les poils d'un balai.

« Cet endroit est dégoûtant », déclara Naomi.

Même si je me trouvai quelque peu peiné par ce jugement, je voulais aussi lui ménager cette possibilité, afin d'avoir en récompense des centaines de matinées et d'après-midi semblables à celles-ci.

Judith vint comme d'habitude chercher Naomi vers dix-sept heures, ou quelques minutes plus tôt. Ce premier jour, Naomi aperçut sa mère juste avant qu'elle entre. À la dernière seconde, elle prit son exemplaire des *Frères Karamazov* et, de sa voix habituelle, insistante, elle dit : « Allez, monsieur Stéphanos, encore un chapitre. » Je vis Judith traverser la rue, à quelques pas de nous. Je pris le livre des mains de Naomi et l'ouvris à une page au hasard vers le début.

« Fiodor Karamazov », poursuivis-je sans lever les yeux au moment où Judith entrait dans la boutique. Elle s'arrêta après voir passé le seuil, tandis que Naomi se penchait au-dessus du comptoir, une main sur le menton, comme si elle lisait les pages avec moi. Lorsque je levai les yeux, je vis que Naomi faisait tout ce qu'elle pouvait pour avoir l'air d'écouter. Nous étions devenus complices.

« Bon, dit Judith après être restée quelques secondes dans l'entrée en nous regardant faire semblant de lire. Je vois qu'elle réussi à vous faire lire pour elle, vous aussi. »

Elle avait les bras croisés sur la poitrine et s'appuyait légèrement contre le mur. Elle n'avait pas vraiment compris le jeu que nous étions en train de jouer, mais elle n'était pas complètement dupe non plus.

Je refermai le livre en faisant comme si je venais juste de remarquer sa présence.

« C'est chacun notre tour, dis-je.

– C'est vrai, Naomi ?

Naomi hocha vigoureusement la tête.

« Prenez une chaise et joignez-vous à nous, proposai-je.

– Ça dépend de ce que vous lisez. »

Je montrai à Judith la couverture du livre.

« Un peu dense, non ?

– Ce n'est pas moi qui ai choisi. C'est Naomi.

– Bien sûr que c'est elle. Comment croyez-vous qu'elle pourrait vous faire lire comme ça pendant des heures, sinon ? »

J'aurais bien applaudi Naomi pour sa ruse. Judith et moi avions tous les deux été roulés, mais cela ne nous gênait vraiment ni l'un ni l'autre. Gagner ce genre de confiance et d'affection chez un enfant revient à découvrir que vous étiez peut-être une meilleure personne que ce que vous pensiez être depuis toujours.

« Alors, c'est pour ça qu'on lit ce livre ? » demandai-je à Naomi.

Elle fit ce que peu d'enfants auraient fait. Elle me regarda droit dans les yeux en me répondant :

« Oui.

– On doit y aller, maintenant, dit Judith. Il se fait tard et on a des projets pour le dîner.

– Encore un chapitre, supplia Naomi.

– Demain, dit Judith. Demain, tu peux rester aussi longtemps que tu veux. »

Demain ne vint pas aussi vite que je l'aurais voulu, mais quand il arriva enfin, après une nuit agitée, j'étais prêt. J'avais appelé Joseph dès mon retour à la maison pour lui expliquer tout ce qui s'était passé.

« Redis-moi, une fois encore, ce qu'elle a dit quand elle est sortie de la boutique ? me demanda-t-il.

– Elle a dit, tu peux rester aussi longtemps que tu veux. »

Il y eut un long silence du côté de Joseph, tandis qu'il réfléchissait au sens des paroles de Judith.

« Qu'est-ce qu'elle a dit d'autre ? demanda-t-il.

– Rien

– Et elle te souriait ?

– Non. Ou si elle l'a fait, je n'ai rien vu. »

Je vis presque Joseph secouer la tête à l'autre bout du

fil. Il inspira profondément et soupira assez fort pour que je l'entende.

« Et que sais-tu de cette femme ? me demanda-t-il.

– Qu'est-ce que tu veux dire ? répondis-je. Je sais plein de choses.

– Te fous pas en colère contre moi, Stéphanos. Je ne fais que te poser de simples questions. Les relations avec les femmes, c'est délicat. Crois-moi. Je connais ces choses-là. Tu n'es encore jamais sorti avec une Américaine. »

Joseph avait là l'amabilité de me rappeler que depuis mon arrivée en Amérique, je n'avais jamais eu de relations du tout, à part de brèves rencontres d'une nuit.

« Les Américaines sont différentes, continua-t-il. Souviens-toi de ça. Tu ne sais jamais ce qu'elles ont dans le cœur. »

Il parlait comme un amoureux éconduit. Je le vis alors dans son restaurant, avec cette rousse qu'il avait connue des années auparavant, dans une autre vie, assise maintenant à une table au milieu d'un groupe de gens qui mangeaient, qui riaient, tandis qu'il restait caché au fond de la salle.

« Ne te fais pas de souci pour moi, lui dis-je. C'est bon. Je sais ce que je fais. »

Après avoir raccroché, j'allai dans ma salle de bains, pour me planter devant le miroir. J'étudiai longtemps et sérieusement mon image. Je fis courir mes doigts dans mes cheveux et tournai la tête d'un côté puis de l'autre. J'étais déterminé à trouver en moi quelque chose que quelqu'un comme Judith pourrait qualifier de beau. Cela paraissait tout à fait possible, si je tournais la tête du bon côté, si je faisais le bon sourire et si je m'assurais que la lumière tombait sur mon visage selon le bon angle. Je levai le menton et tournai la tête de quelques centimètres sur la gauche. Je ne souris que du côté droit de mon visage. Je me lavai la figure, l'essuyai, puis la relavai. À chaque clignement de paupières, je voyais un nouveau visage me regarder, simultanément beau, grotesque ou insignifiant. Qui étais-je donc ? C'était tout ce que je voulais savoir.

Le lendemain matin, je lus trois chapitres à Naomi. Puis nous rangeâmes tous les articles sur les étagères. Nous jetâmes les boîtes de conserve périmées qui étaient enterrées au fond, essuyâmes la poussière sur les paquets de céréales, et grattâmes le givre collé aux parois du congélateur. Cela ne faisait que deux jours qu'elle venait, et la boutique avait bien meilleure allure que depuis des années. Les allées étaient propres ; chaque article était placé correctement. Je balayai les vieux papiers de bonbons et de préservatifs qui jonchaient le sol devant le magasin et dans l'allée. Je passai une couche de laque blanche dans l'angle nord-ouest de la boutique, là où la peinture s'était écaillée et décollée en longues bandes fines pour révéler une couche plus ancienne couleur citron vert pâli. Je resserrai les vis des étagères qui avaient commencé à s'effondrer, à force de négligence. Je remplaçai même les néons qui depuis longtemps n'éclairaient plus beaucoup. Ce qui donnait à la boutique une pénombre sourde que je trouvais jusque-là assez bienvenue, mais maintenant, avec la présence de Naomi, j'avais envie, très envie, de faire de cet endroit un lieu que je n'aurais pas peur de contempler. À la fin de l'après-midi, lorsque je m'arrêtai pour regarder tout ce que nous avions accompli, je ressentis cette fierté de propriétaire dont les Américains parlent toujours avec tant de révérence.

À seize heures, je commençai à compter les minutes qui nous séparaient de l'arrivée de Judith. Je voulais qu'elle voie ce que j'avais fait dans le magasin, qu'elle approuve, émerveillée, qu'elle se rende compte du potentiel caché sous l'apparence miteuse.

À seize heures vingt, je me mis à poser des questions à Naomi :

« Et comment va ta mère, en ce moment ?

– Bien.

– Vous avez des projets, pour le dîner ?

– Je ne sais pas.

– Elle t'a parlé de quelque chose ?

– Je ne crois pas.

– Tu ne te souviens pas si elle t'a parlé d'un endroit où aller ce soir ?

– Non.

– Réfléchis bien, lui dis-je. Elle n'a rien dit du tout ? »

Je sentis le désespoir dans ma voix et me dégonflai au dernier moment. Naomi me jeta un coup d'œil soupçonneux. Je lui donnai en échange un bonbon qu'elle cacha dans la poche intérieure de son manteau.

Judith finit par arriver, ponctuelle comme toujours, à cinq heures moins cinq, elle apportait du thé et du chocolat chauds. Elle transportait ça dans deux thermos de métal équipés de couvercles antifuite et de poignées de chrome aux courbes ergonomiques. Dans son sac, elle avait mis des tasses et un petit pot de miel. Elle entra en disant, « Surprise ! Surprise ! », avant de se mettre vivement à disposer les tasses et les thermos sur le comptoir.

« Et on fête quoi ? lui demandai-je.

– Rien du tout, dit-elle. Mais je me suis dit que si nous devions lire, il n'y avait aucune raison de ne pas le faire dans les règles. »

Je notai le « nous » de sa phrase. Je m'y accrochai en me disant que je m'en servirais plus tard comme argument avec Joseph. « Nous allions lire », lui dirais-je. Nous.

Judith versa du thé pour nous deux et une tasse de chocolat chaud pour Naomi.

« Je me suis dit que vous auriez du sucre et du lait, dit-elle. Mais je ne me souviens pas avoir jamais vu du miel ici. »

Elle avait raison. Je ne faisais pas le miel. J'avais vendu le dernier pot il y avait trois, peut-être même quatre ans de cela et je n'avais jamais plus pensé à en recommander.

Nous sirotâmes notre thé et notre chocolat tous les trois, tandis que le soleil se couchait. Les gens de retour du travail commençaient à passer d'un bon pas devant l'épicerie, la circulation se faisait plus dense sur la place et, dans Massachusetts Avenue, la température était de deux ou trois petits degrés, juste assez froid pour rendre plutôt urgent le fait de rentrer chez soi ce soir-là. Nous avions réussi à éviter tout cela, comme trois prisonniers enfermés dans une cellule confortable avec vue sur un monde qu'ils n'avaient plus envie de rejoindre. Je me souviens avoir regardé, par la vitrine, ces hommes et ces femmes au pas rapide, avec leurs manteaux et leurs écharpes serrées autour du cou, pris d'une certaine pitié envers eux.

Les affaires ralentissaient toujours, peu après dix-huit heures, lorsque les derniers passants avaient enfin regagné leur logis. Plutôt que de tenter de lire entre deux interruptions, Judith et Naomi m'attendirent simplement de l'autre côté du comptoir, pendant que je servais les ultimes clients de la journée. Elles s'étaient installées sur deux tabourets qui avaient échappé à la décharge. Elles tenaient leurs tasses avec une délicatesse similaire : un doigt entourant l'anse, tandis que l'autre main soutenait la base. D'où j'étais, je regardai Naomi imiter sa mère.

À dix-huit heures trente, je retournai tranquillement le panneau du côté « FERMÉ », sans baisser l'éclairage ni fermer à clé. Je repris ma place derrière le comptoir. Judith suggéra qu'on lise chacun notre tour.

« Vous lisez une page, dit-elle. Et puis je lirai la suivante.

– Et Naomi ?

– Elle n'a qu'à faire semblant de continuer à nous prêter attention. »

Ce soir-là, nous avons lu chacun notre tour pendant une demi-heure, le temps de finir le thé et de voir Naomi commencer à plonger le doigt au fond de sa tasse. Durant ces trente minutes, j'ai possédé tout ce que je pouvais désirer, et peut-être que si j'avais été un homme plus sage, je me serais contenté de cela.

9

Lorsque la rame entre en gare de Silver Springs, nous ne sommes plus que quatre dans le wagon. Nous sommes harmonieusement répartis à l'avant et à l'arrière, comme si nous avions choisi nos camps lors d'une discussion enfantine et que nous refusions de nous rencontrer au milieu. J'aimerais bien que les trains quasi vides inspirent plus de témérité aux personnes forcées de les partager. Il y a un sentiment de solitude et d'isolement qui surgit avec la prise de conscience que, de tous ceux avec lesquels vous aviez commencé votre voyage, seuls demeurent à la fin vous-même et quelques visages, à l'autre bout du compartiment. Rien que cela suffit à établir un lien, mais en fait, l'inverse reste toujours vrai. L'espace vide, qu'il s'agisse de quelques dizaines de centimètres ou d'un wagon entier, demeure infranchissable. Peut-être est-ce la gêne due au fait de se retrouver seul, ou la peur d'être découvert, ainsi que le risque de perdre son anonymat, qui nous éloigne les uns des autres, alors même que nous devrions nous sentir enhardis. Je ne parviens même pas à regarder la femme qui se trouve en face de moi, à l'autre extrémité. Cela montre à quel point, dans un train presque vide, je me sens nu.

C'est le milieu de la journée et, malgré la chaleur qui monte, j'ai décidé d'aller à pied jusqu'à l'appartement de mon oncle. Cette marche se fait en terrain hostile. Le trottoir devient de plus en plus étroit et n'est finalement plus qu'un ruban argenté de béton craquelé longeant une route à quatre voies à la circulation dense, avec les autobus qui vont jusqu'à leurs terminus et un flot continu de voitures. Je me fais toujours l'impression d'être une triste et pathétique créature, lorsque je marche le long de cette artère. Le monde semble alors tout à fait inadapté à mon corps maigre aux longues jambes, ce que viennent confirmer les regards curieux et souvent hostiles des automobilistes. Mais aujourd'hui, j'ai décidé de chercher mon plaisir partout où je le peux, ce qui implique de trouver du réconfort dans l'atmosphère saturée de gaz d'échappement, ainsi que dans l'effort que je dois faire pour grimper la pente raide qui mène aux tours de Silver Rock, là où vit mon oncle.

J'imagine déjà sa surprise et sa gratitude pour ma visite inattendue. Il va vouloir nous faire du thé. Il va vouloir m'offrir tout ce qu'il a dans son réfrigérateur, même s'il n'a pas grand-chose de plus que des restes venant du restaurant éthiopien où il aura dîné la veille. Avant même que je puisse lui raconter quoi que ce soit de ma vie, il voudra tout savoir sur ma mère et mon frère. Il voudra des détails sur leur santé, sur les projets d'avenir de mon frère, maintenant qu'il a son diplôme. Lorsque je lui dirai qu'ils vont bien tous les deux, il lancera un baiser dans l'air et remerciera Dieu, au moins deux fois, pour Ses grâces. Je sais aussi qu'il me réprimandera gentiment, avec bonne humeur, pour ne pas lui avoir rendu visite plus tôt. Il secouera la tête, passera la main sur son crâne dégarni, avant de se déclarer coupable du même forfait. Quand il parlera, ce sera lentement, en pesant ses mots, en les choisissant tous avec soin, parce qu'il est avant tout un homme exceptionnellement réfléchi. Je lui assurerai que cette absence est entièrement ma faute, que j'ai été pris par mon travail, qui marche toujours assez bien (un autre baiser dans l'air et un unique « Dieu merci »). Quoi que je puisse dire, il finira par taper du pied fermement avant de dire avec conviction que non, je suis sous sa responsabilité, et donc je n'ai aucune culpabilité à ressentir. Depuis que j'ai abandonné les études, il fait de son mieux pour cacher sa déception. Il se fait du souci pour mon avenir, et pourtant il a toujours joué un rôle certain auprès de ma mère pour la rassurer sur la qualité de ma vie et sur ma situation. Quand il me demandera de lui parler de l'épicerie, je lui dirai que j'ai pour projet de la vendre. Ou je lui dirai que j'ai déjà commencé à m'en occuper. Ou même que j'ai déjà trouvé quelqu'un qui est intéressé. N'importe quoi, pour le rassurer.

Je suis en nage lorsque j'arrive. Je surprends mon reflet dans la porte du hall d'entrée. La sueur me dégouline le long des joues. J'ai exactement l'air de ce que je suis :

un homme désespéré, qui approche du milieu de sa vie et qui ne possède rien de plus que l'argent qu'il a dans sa poche. J'ai de sombres cernes sous les yeux, mon nez et mon front sont mouillés par la transpiration. Il y a une vieille tache de café sur le col de ma chemise et une traînée sale court sur la lisière de mes poches de pantalon. Je prends une seconde pour rentrer ma chemise, pour plaquer mes cheveux sur les tempes et pour essuyer la sueur sur mon front du revers de ma manche. Je prie pour ne rencontrer aucune connaissance.

C'est une tour de vingt-huit étages, dont vingt-six au moins sont occupés par d'autres Éthiopiens qui, comme mon oncle, sont arrivés après la révolution pour découvrir à leur grande surprise qu'ils ne bougeraient plus jamais d'ici. Le bâtiment abrite tout un monde fait de vies et de relations anciennes transplantées, parfaitement intactes, d'Éthiopie. Parler de cet endroit comme d'un lieu insulaire est complètement à côté de la plaque. La vie, ici, est aussi proche que possible de la vie au pays, ce qui est précisément la raison pour laquelle je suis parti au bout de deux ans et celle pour laquelle mon oncle est resté. Derrière ces portes, on ne parle quasiment pas un mot d'anglais. Les couloirs, à tous les étages, sentent le *wat*, le café et l'encens. Les femmes les plus âgées se promènent toujours en chaussons, d'appartement en appartement, la tête enveloppée d'un voile blanc, comme si elles arpentaient encore les rues grouillantes d'Addis. Les enfants ne nouent d'amitiés que lorsqu'elles sont permises par les parents. Quelques familles occupent des étages entiers.

Elles gèrent ces étages comme de petits villages, avec les enfants, les petits-enfants, les grands-parents, et les pièces rapportées qui vivent tous à portée de voix les uns des autres. Il y a une certaine beauté, et une certaine terreur, dans ces étages-là. Je ne m'y suis aventuré qu'une fois pour voir tout ça par moi-même. En sortant de l'ascenseur, je me suis trouvé face à une rangée de portes ouvertes, chacune gardée par une jeune femme plantée sur le seuil qui me regardait avec plus d'appréhension et de peur que cela ne m'était jamais arrivé. J'ai fait immédiatement demi-tour et ai regagné l'ascenseur, avec l'impression d'avoir pénétré un espace sacré, que je n'aurais jamais plus le droit ni de voir ni de mentionner.

Mon oncle est différent des autres habitants de la tour. Le fait qu'il soit un homme seul, sans femme, sans mère, sans enfants, lui donne une indépendance et une spécificité avec lesquelles personne ici n'est tout à fait à l'aise. Il est respecté pour l'argent et le pouvoir qu'il eut jadis en Éthiopie, parce que son nom fut un jour associé à ceux des ministres et des princes de l'ancien empire. On se moque de lui pour exactement les mêmes raisons. Berhane Sélassié. C'est un beau nom. Traduit en anglais, cela veut dire, Lumière de la Sainte Trinité. Il n'a plus ni argent ni prestige, mais il a gardé sa retenue, et son appartement, à un angle du vingt-quatrième étage. Pour Silver Rock, c'est un bel appartement. Je crois qu'il a pris autant de temps pour aménager ses pièces qu'il l'avait fait pour mettre au point les plans de la maison qu'il s'était construite. Pas davantage que lui-même, cet appartement ne s'accorde à l'extérieur délabré – aux couloirs mal éclairés, à la peinture écaillée et aux ascenseurs défectueux.

Un seul des ascenseurs fonctionne aujourd'hui. Une queue se forme devant la porte, me forçant à une tournée générale de bonjours délivrés à des gens dont je me rappelle à peine les visages, pour ne rien dire des noms. Je sais que je suscite une certaine curiosité. Il y a un regard en biais derrière chaque *salaam* et chaque *tadias* que j'échange. Je suis évalué sous toutes les coutures. Mes vêtements, mes cheveux, mes chaussures, ma promptitude à exprimer un salut et un au revoir convenables. Je pense parfois à ma décision de quitter cet endroit comme à une fuite, alors qu'à d'autres moments, cela m'apparaît plutôt comme un abandon. J'essaie de ne pas prendre cette pensée trop au sérieux, mais lorsque chaque regard que vous croisez semble contenir une question ou une accusation, il faut prendre une décision. Soit je suis parti pour me créer une nouvelle vie, libre des contraintes et des limites culturelles, soit j'ai tourné le dos à tout ce que j'étais et à tout ce qui m'avait constitué. Chaque visage familier attendant devant l'ascenseur semble vouloir poser les mêmes questions : qu'as-tu fait de ta vie, où es-tu allé, et pour qui te prends-tu ? Je sais qu'il y aurait une bonne dose de plaisir derrière la pitié qui me serait accordée, si jamais ma vie était mise à nu devant eux.

Je suis coincé à l'arrière de la cabine avec au moins quinze autres personnes. Il y a une blague potentielle, là. Combien d'Éthiopiens peut-on faire tenir dans un ascenseur ? Tous. Comment appelle-t-on un ascenseur plein d'Éthiopiens ? Un oxymore. Dès que la cabine bouge, les ragots commencent. Déguisés en une innocente conversation entre deux femmes. Parlant beaucoup plus fort que nécessaire, l'une d'elles prétend avoir vu la fille du docteur Negatu sortir seule d'un taxi à l'aube. Et comme si cela ne suffisait pas, elle était assise à côté du chauffeur. La nouvelle est accueillie avec les habituels petits sifflements, signes de jugements avisés. Le tout est vite suivi des autres nouvelles du jour. Ceux qui ne se joignent pas à la conversation se contentent de rester immobiles comme moi, avidement complices. En un unique voyage prolongé, on entend des rumeurs d'infidélité, de maltraitances, de drogue, de chômage. Tout cela signifie une seule chose : c'est la marque d'une culture en train de disparaître. Le temps, la distance et la nostalgie ont convaincu ces femmes que là-bas, en Éthiopie, nous étions tous moraux et parfaits, ce qui est plus facile à croire lorsqu'on pense aux vies que la plupart d'entre nous mènent ici. Avec nos petits boulots et nos minuscules appartements, il est impossible de ne pas regarder de temps en temps en arrière et de prétendre qu'il y eut jadis un monde meilleur, où les maris étaient fidèles, les enfants obéissants, la vie facile et merveilleuse.

❧

Encore un peu de temps, dira une femme en amharique, et il n'y aura bientôt plus d'Éthiopiens. Ils vont tous devenir américains.

Je ne peux m'empêcher de sourire chaque fois que j'entends ça. Même selon les critères les plus laxistes, je pourrais très bien être accusé de ce crime. Je peux compter sur deux doigts les amis éthiopiens qui sont toujours dans ma vie. Je suis prêt à tout pour éviter les restaurants et les bars fréquentés par d'autres Éthiopiens de ma génération. Mes appels téléphoniques au pays sont peu fréquents. Je ne mange l'*injera* que dans des occasions spéciales. Pour moi, le vieil empereur fut un tyran, et non une divinité. Lorsque je tente de prier, ce n'est que pour demander à Dieu de me pardonner de ne pas croire en Lui, pour commencer. Et puis, bien sûr, il y a Judith et Naomi, qui à elles deux pourraient embraser toutes les langues de commères pendant des mois.

J'ai toujours les clés de l'appartement de Berhane, mais je n'ai pas très envie de les utiliser d'entrée de jeu. Cela fait trop longtemps que je ne vis plus ici, et je ne peux m'empêcher de me sentir étranger chaque fois que je pénètre chez lui. Je frappe presque une douzaine de fois avant d'accepter le fait qu'il est sorti. Ce n'est qu'à ce moment-là que j'ouvre la porte.

L'appartement de mon oncle n'a absolument pas changé depuis mon départ. Je lui suis reconnaissant pour cette petite dose de constance. Il a gardé les mêmes meubles à la même place, même s'il parle depuis des années d'acheter un nouveau canapé ou une nouvelle table de salle à manger. Il est attaché à ses vieux meubles.

Il ne peut s'en empêcher. Je ne suis pas sûr qu'il y ait autre chose, ici-bas, en quoi il puisse croire, si ce n'est ce canapé et cette table qui sont avec lui depuis les dix-neuf dernières années. C'est le canapé sur lequel je dormais, un lit que je faisais chaque soir et que je défaisais chaque matin avant de m'habiller pour ma journée d'étudiant ou de bagagiste. La nuit, je m'y allongeais et revivais d'anciennes rêveries ou de vieux souvenirs. Je pensais à mon père. Je me souvenais de sa façon de pleurer aux enterrements, aux baptêmes ou aux mariages, je me rappelais combien toute forme de joie ou de douleur lui semblait toujours trop forte à supporter. Je le revoyais, cet homme grand et frêle, plein de discernement, avec ses costumes et ses cravates, avec ses longs pas que je ne suivais qu'à grand-peine. Je voyais les cadavres qui pourrissaient dans la poussière des routes, les mots « traître » ou « communiste » écrits avec du sang sur leur poitrine, ainsi que les foules en furie qui hantaient les rues la nuit. Je voyais le visage de mon père juste avant que trois soldats aux uniformes en guenilles l'escortent pour le faire sortir de notre maison. Je n'ai jamais vu ce que la mort avait fait à son visage, si elle l'avait vieilli ou non, ou peut-être même si elle lui avait restitué une sorte de paix, disparue depuis longtemps. Je l'imaginais involontairement, tandis qu'allongé tout éveillé je regardais fixement de l'autre côté du salon, vers les portes vitrées donnant sur le balcon d'où je songeais parfois à sauter. Dans mon esprit, son visage était intact, vierge de tous les bleus et de toutes les cicatrices que les soldats auraient pu lui infliger, les yeux, le nez, la bouche, d'une perfection impossible. Je lui offrais un enterrement merveilleux, avec tous les rites que méritent les morts : un cadavre, un cercueil, et des fleurs, avec un prêtre et un groupe de pleureuses qui le suivaient jusqu'au caveau de famille, juste en dehors d'Addis. Tout cela se passait sur ce canapé.

Je m'assois dessus, glisse mes pieds fatigués hors de mes chaussures pour les reposer sur la table basse. Je ne suis pas surpris de constater que les ressorts ont bien tenu et que même les coussins ne sont pas beaucoup plus usés. L'instinct de préservation est naturel chez mon oncle. C'est en partie ce qui a fait qu'il a su s'occuper de moi avec tant de diligence et de dévouement. En rentrant de l'école ou du travail, le soir, je le trouvais souvent assis sur le fauteuil inclinable, en face du canapé, qui reprisait une de mes paires de chaussettes ou bien qui enlevait les taches de l'une des deux chemises blanches de mon uniforme de bagagiste. Il aurait très facilement pu être une grand-mère, à la façon dont il se balançait en silence, tout en s'occupant des besoins de son neveu. Nous nous parlions peu, durant les heures que nous parvenions à passer ensemble chaque soir. Rien de plus que quelques tendres baisers sur la joue, suivis de déclarations généralement insignifiantes sur les cours ou le boulot. Il ne tolérait jamais aucune diversion dans sa propre vie. Le matin, il était chauffeur de taxi et, le soir, il travaillait comme gardien de parking au Capitol Hotel. Sa vie était déterminée par les voitures, les pourboires et la monnaie qu'il fallait rendre. Cet homme qui, avant d'arriver en Amérique, n'avait que rarement conduit sa propre voiture, soulignait toujours le renversement des rôles avec son ironie coutumière. « Peut-être, disait-il alors, que si je rentrais en Éthiopie, je pourrais me trouver un travail comme chauffeur du général qui habite maintenant ma maison. Quoique je pourrais bien nous tuer tous les deux dès le premier trajet. » Toutes les questions que j'envisageais de lui poser sur sa journée ou sur ses gains étaient toujours accueillies par un sourire sévère et le rappel qu'un homme de son âge n'avait pas à répondre aux questions de plus jeune que lui. Les jours particulièrement fastes, il rentrait tout sourire et lorsque je lui demandais pourquoi, il répondait avec enthousiasme, « L'essence est tellement bon marché ! ».

Sa bouche s'étire jusqu'aux limites de son visage chaque fois qu'il répète cette phrase et on peut alors voir dans ses yeux des traces du jeune homme snob et drôle qu'il a été jadis. Il conduit toujours son taxi, mais plus aussi fréquemment. Le véhicule et la licence lui appartiennent à présent. Ce qu'il gagne, il le partage en deux : une moitié est bien rangée dans un coffre en métal, l'autre est envoyée en Éthiopie à la fin de chaque mois. Il ne garde jamais beaucoup d'argent dans l'appartement. À nous deux, nous gagnions juste assez pour payer les factures et mes frais de scolarité. Comme tous les pauvres, nous avions tous deux appris à nous trouver de menus plaisirs, là où c'était possible. L'été, nous dormions par terre avec les portes donnant sur le balcon largement ouvertes, une fine couverture sur le corps et un petit ventilateur posé sur la table basse. Je me rappelle ces nuits comme les meilleures de toutes celles que j'ai passées ici. C'étaient des nuits sans rêves, libres de tout souvenir, ce dont j'étais reconnaissant. Mon oncle m'a dit un jour que, lorsqu'il était allongé sur le sol à côté de moi, il pensait souvent au temps qu'il avait passé au Soudan. « La seule différence, disait-il, c'est que nous étions entre dix et quinze à dormir par terre ensemble. Nous avions mis notre argent en commun pour nous payer une chambre hors du camp de réfugiés. La pièce n'était pas plus grande que celle-ci. Le sol de terre et d'argile restait frais durant la nuit. Je me souviens que j'essayais de lever le nez au-dessus des pieds qui se trouvaient devant moi pour pouvoir sentir le vent. » Avant d'arriver au Soudan, il avait passé presque un mois à traverser le pays à pied de nuit. Il dormait dans les buissons le jour et marchait toute la nuit. La moitié de ceux qu'il avait rencontrés en chemin avaient péri dans le désert, on avait prié brièvement devant leurs dépouilles avant de les abandonner aux charognards. Il se souvient de ces nuits d'été brûlantes passées collé au sol et contre les pieds de quelqu'un d'autre, comme des meilleures nuits de sommeil qu'il ait jamais connues.

Le coffre dans lequel il cache son argent se trouve dans le placard de sa chambre, derrière une pile de boîtes en carton pleines de lettres et de coupures de journaux qu'il garde depuis des années. Car, depuis qu'il vit aux États-Unis, il écrit des lettres au gouvernement. Tous les ministres, de l'Éducation à l'Intérieur, ont reçu leur lettre, de même que la National Security Agency ou le Congressional Budget Office, de même aussi que les différents présidents de la Chambre des représentants, les leaders des majorités et des minorités au Sénat, les chefs de tous les grands comités du Congrès, les chefs d'état-major de la Maison-Blanche, les dirigeants des comités nationaux démocrates et républicains, ainsi que tous les sénateurs ou représentants qui ont un jour présenté une loi l'intéressant, même de loin. Ces lettres étaient toujours bien tapées et imprimées en deux exemplaires sur sa machine électronique Brother. Il agrafait toutes les réponses qu'il recevait à sa lettre et classait ensuite la liasse. Prises toutes ensemble, elles forment une sorte de dialogue constant entre un homme, lui, et un partenaire, sinon tout à fait silencieux, du moins indifférent.

Une de ces boîtes ne contient que les lettres qu'il a écrites aux présidents des États-Unis. Ces lettres, contrairement aux autres, sont personnelles, bien qu'elles se soient faites de plus en plus distantes avec le temps. Les lettres écrites ces cinq dernières années sont tout simplement celles d'un citoyen concerné et actif (Berhane n'est pas, en fait, citoyen – il n'est que résident permanent, ce qu'il restera jusqu'à sa mort, parce que, dans son cœur, il sera toujours en Éthiopie). Par le ton comme par le contenu, elles ne sont pas du tout différentes de toutes les autres lettres concernant la politique qu'il a pu écrire à d'autres personnalités gouvernementales, importantes ou secondaires.

Les premières lettres écrites aux présidents Carter et Reagan sont ce que je préfère dans cet appartement. S'il devait mourir demain, ce serait les seuls objets lui ayant appartenu que je voudrais garder. Mon oncle ne sait même pas que je suis au courant de leur existence. Il les garde au fond de son placard dans une boîte bleue et blanche, sans étiquette, signe d'embarras ou de fierté, je ne saurais le dire avec certitude. Lorsque je vivais avec lui, je les lisais tous les jours pendant qu'il était au travail. J'apprenais des passages par cœur et méditais ensuite sur l'homme qui avait écrit cela. Elles ne ressemblaient à aucun aspect de sa personnalité : elles étaient ouvertes, pleines d'émotion, libres. Elles sont profondément personnelles, mais elles ne sont pas insensées. Comme toute lettre, chacune est une supplique. Je ne vois pas bien à qui d'autre mon oncle aurait pu parler de ces choses-là quand il est arrivé ici. Personne n'aurait supporté d'entendre son histoire, le récit de ce qu'il avait perdu et combien il avait souffert. Il était entouré d'autres réfugiés déchirés par la guerre, qui n'avaient, tous autant qu'ils étaient, jamais pu atteindre une quelconque forme de réconciliation avec leur propre passé.

Sa première lettre avait été pour le président Carter. Malgré l'effort qu'il faut déployer pour la trouver, je fouille la boîte, je laisse de côté les lettres écrites au président Reagan durant son second mandat (frustrées et déçues) et celles écrites durant le premier (désespérément optimistes). La lettre se trouve presque au milieu de la pile. Il ne l'a pas davantage oubliée que moi.

Cher Président Carter,

Je vous écris en tant qu'émigrant récent aux États-Unis. Je viens d'Éthiopie, où, j'en suis sûr, vous savez que se déroule actuellement une guerre sanglante. Je suis une de ces personnes pour lesquelles il ne reste plus rien de leur pays natal. Tout ce que je possède m'a été pris. Depuis de longues années, les États-Unis et l'Éthiopie sont des alliés proches. Une profonde amitié unit nos deux pays. Il est donc impératif que les États-Unis, ainsi que les amis de l'Éthiopie en Europe, nous viennent en aide en ce moment critique de notre histoire. Je suis sûr qu'avec l'assistance américaine, l'Éthiopie sera à même de retrouver immédiatement son état initial.

Je crois que c'est la naïveté de la lettre qui nous fait la lire et la relire encore. Je n'ai jamais vu l'expression de mon oncle quand il la lit, mais j'imagine au moins un vague sourire sur son visage. Je crois qu'il doit s'amuser, tout comme moi maintenant, de la phrase, « Une profonde amitié unit nos deux pays ». Quelque chose qui se situerait entre une logique de cour d'école et le genre d'alliance que l'on ne voit qu'au cinéma, et qui n'existe que dans des galaxies lointaines, très lointaines. La phrase maladroite, celle qui est toujours difficile à lire, se trouve presque au tout début de la lettre : « Je suis une de ces personnes pour lesquelles il ne reste plus rien de leur pays natal. » On entend la torsion et l'effort syntaxiques, tandis que la phrase tente de révéler clairement, mais pas trop quand même, toute sa portée. J'adore l'ouverture de cette phrase, « Je suis une de ces personnes… ». Partant de là, la phrase aurait pu s'en aller dans une infinité de directions. Je suis une de ces personnes qui pleurent toujours aux mariages. Je suis une de ces personnes qui sont toujours en retard aux réunions. Je suis une de ces personnes à qui le rouge va toujours bien. Perdre son pays natal semble une histoire bien banale et insignifiante, introduite en ces termes.

Mon oncle apprend rapidement. Il a vite perdu toute son innocence. Il a appris à écrire des phrases plus dépouillées, tout en étant plus détaillées. Il a découpé des articles dans le *New York Times* et dans le *Washington Post* pour les joindre à ses courriers.

Cher Président Carter,

Vous avez peut-être lu l'article, dans le New York Times *d'hier, traitant de la crise actuelle en Éthiopie. Le journal dit que l'on parle abondamment d'arrestations et de disparitions dans tout le pays. Je voudrais vous dire personnellement que ces disparitions sont en fait des exécutions. Ce mois-ci seulement, j'ai appris la mort d'au moins dix de mes amis. Il y en a beaucoup plus, j'en suis sûr, dont je ne sais rien encore. Ceux qui sont morts ont tous été arrachés à leur maison, devant leurs femmes et leurs enfants. Mon beau-frère, Shibrew Stéphanos, était l'un de ces hommes. Il a été battu devant sa femme et ses deux fils par des membres des forces gouvernementales avant d'être sorti de sa maison. Les soldats qui l'ont arrêté ont dit qu'il était un antirévolutionnaire parce qu'ils avaient trouvé des tracts dans son bureau. Shibrew Stéphanos était un homme bon et un excellent père. Je vous implore de ne pas permettre que sa mort, ainsi que celle de nombreux autres hommes, ait été vaine.*

Dans cette lettre, il se trompait sur deux points. Mon père n'a pas été sorti de sa maison. Il est sorti tout seul. Il avait insisté là-dessus. C'est une des choses pour lesquelles il avait supplié les soldats. Ils l'avaient battu jusqu'à ce qu'il perde presque connaissance dans notre salon. Le sang coulant de son nez et de ses yeux mouchetait les murs jaunes et avait laissé des traînées sur le fauteuil dans lequel il s'installait le soir en rentrant du travail. Et pourtant, il les avait suppliés, « Je veux sortir de chez moi sur mes deux jambes. C'est tout. C'est tout ce que je vous demanderai ». Et la deuxième chose : les tracts qu'ils avaient trouvés n'appartenaient pas à mon père ; ils étaient à moi. Ils n'avaient pas été trouvés dans son bureau, mais dans sa chambre, là où il les avait laissés la veille, après les avoir découverts dans la mienne. C'est en partie pour cela que les soldats l'avaient battu si fort. Il avait refusé de leur dire d'où venaient les tracts. Il avait fini par dire qu'ils étaient à lui. Bien sûr, ils ne l'avaient pas cru, mais, de toute façon, cela n'avait jamais été un point crucial. Les tracts n'avaient pas grande importance. Ils ne comportaient qu'un sigle, SFD (Students For Democracy), et une heure. Il n'y avait même pas d'indication de lieu. Lorsque mon père avait dit que les tracts étaient à lui, ma mère avait fait une tentative désespérée pour se jeter sur son corps, mais les soldats étaient bien entraînés pour traiter ce genre de situation. Je me souviens de la mine étudiée, presque ennuyée, qu'ils arboraient pour mener toute cette affaire. Ils ont vu venir ma mère bien avant qu'elle fasse son premier pas. L'un d'eux a alors simplement levé la crosse de son fusil pour la porter directement contre la poitrine de ma mère. Il n'a même pas eu besoin de se tourner pour la voir venir. Lorsqu'elle tomba, ce fut comme si quelqu'un lui avait soulevé les jambes, avant de la repousser en arrière alors qu'elle ne touchait déjà plus le sol. Elle sembla flotter dans le salon, aussi légère que l'air, et tout aussi inconsistante. Et moi ? Où étais-je pendant ce temps-là ? Dans un coin, et je tenais la tête de mon frère de sept ans collée contre mon corps. Dès que les soldats étaient entrés dans la maison, mon père avait tenu à leur dire qu'ils vivaient seuls ici avec leurs deux fils, âgés de sept et douze ans. J'étais petit pour mon âge, à l'époque. Petit et menu, sans la moindre trace de duvet sur les joues, avec une voix qui n'avait pas fini de muer, et qui se cassait, surtout lorsque j'avais peur. Je m'étais porté volontaire pour remettre des tracts à des gens de confiance. Je n'avais que seize ans. Je ne croyais pas encore aux conséquences de nos actes.

La chambre est un vrai foutoir, maintenant. J'ai oublié qu'il était important de maintenir un certain ordre. Les lettres sont éparpillées autour de moi en un demi-cercle qui commence chronologiquement pour se dissoudre dans le fouillis. Est-ce que cela n'a pas toujours été mon problème ? Mon oncle dirait que oui. Il dirait que je n'ai pas la capacité de maintenir structure et ordre. « Commence par le commencement, disait-il toujours. Commence par là, et puis après tu pourras avancer dans ta vie point par point. » C'est pour ça qu'il a des boîtes pleines de lettres bien classées et bien rangées, alors que je n'ai même pas une photo de moi qui date de moins de dix ans. Je n'ai jamais pu trouver le principe directeur qui reléguerait le passé à sa place. Un simple pas en avant me suffit, à tout moment, pour retrouver la maison exactement comme elle était ce jour-là, avec le soleil du milieu d'après-midi qui pénètre à flots par les fenêtres de devant. Mon père a déjà vu et entendu les soldats arriver et il les attend sur le seuil. « Restez ensemble dans le salon, nous dit-il. Ne les obligez pas à vous chercher. Je suis sûr que tout ira bien. » Le garde qui faisait le guet devant le grand portail est déjà parti (comme tous les autres domestiques, et donc je devrais peut-être commencer par là, avec le jour où ils ont quitté leurs quartiers et supplié ma mère et mon père de leur pardonner d'avoir à partir). Le camion qui transporte les soldats franchit tout simplement le portail ouvert et s'arrête devant la maison. Mon père essaie de les accueillir avec courtoisie. Malheureusement pour lui, il porte un costume, ce matin-là. Cela fait deux semaines qu'il n'est pas allé à son bureau, mais aujourd'hui, il a décidé de s'y rendre pour voir dans quel état il se trouve. Bien sûr, il sait déjà que toutes les vitres ont été brisées et que ses dossiers, ou du moins ce qu'il en reste, sont éparpillés par terre. (Ou bien est-ce là que l'histoire commence, avec mon père qui est avocat ?) Seuls trois militaires descendent du camion. Il y en a au moins quatre autres qui attendent à l'arrière. Le chef a une moustache, tout comme mon père. Nette, bien taillée, elle décrit un arc autour de sa grosse lèvre supérieure et s'arrête deux centimètres au-dessus de son menton pointu et glabre. Il repousse mon père dans le salon d'une seule main. C'est un geste important, et, dans son genre, ce geste pourrait signaler le début d'une approche totalement différente de cette histoire. Il considère déjà mon père comme faible, comme vulnérable. Les deux soldats, derrière lui, portent leurs fusils contre leur poitrine. Ils ont tous deux de vagues traces de poils sur le visage, mais ils sont encore trop jeunes pour arborer une vraie moustache. Ils ne doivent pas avoir plus d'un an ou deux de plus que moi. Mon père veut mentionner les noms d'officiers de haut rang qu'il connaît depuis toujours : le colonel Getachew Woldermarian, ou le capitaine Sisay. (Ce serait là la mauvaise histoire, l'époque lointaine où mon père avait perdu ses illusions sur l'armée. Il était trop frêle et avait la voix trop douce pour pouvoir faire un vrai soldat.) Le chef ricane en entendant les noms (mon père ne sait pas encore que ces hommes sont tous déjà morts ou emprisonnés). Puis il crache sur le tapis de ma mère. C'est le moment de rupture. Quel que soit l'angle par lequel j'arrive là, tout se déplie à partir de ce point, sans laisser de place à la déviation ou à la digression. Dès que le chef a craché, un des soldats s'avance et, de la crosse de son fusil, assène un coup de côté sur la tête de mon père. Est-il possible qu'ils s'entraînent à se comporter ainsi, avant de passer dans les maisons ? Ou bien est-ce quelque chose qui leur vient naturellement de leurs expériences précédentes ? On crache et on tape. Les deux soldats donnent tour à tour des coups de pied à mon père, dans la tête et dans les côtes. Lorsque ma mère se met à hurler, le chef sort son pistolet et lui ordonne de s'arrêter. Ce qu'elle fait immédiatement. C'est une femme forte et rien de ce que je pourrais jamais dire ou faire ne saurait décrire ni égaler cette force. Il remet son arme dans son holster et s'en va fouiller les chambres. Il a appris ça avec l'expérience. Les chambres sont les endroits où les gens cachent les choses qu'ils ne veulent pas que les autres connaissent. On l'entend qui ouvre les tiroirs. Du verre qui se brise inutilement, sans aucune nécessité, quelque part dans la maison. Il ne lui faut pas longtemps pour trouver ce qu'il est venu chercher, s'il est vraiment venu chercher quelque chose. (Je sais maintenant qu'ils l'auraient emmené malgré tout, mais les choses n'étaient pas aussi claires sur le moment.) Lorsqu'il revient avec les tracts, ma mère, qui se tient dans le coin à côté de moi, me murmure un seul mot, « *Zimbe* ». Tais-toi. Garde la bouche fermée. Ne dis rien. Tout cela revient au même. Le chef se moque de mon père, qui s'est assis contre le mur. Il sait qu'il est impossible que ces tracts aient quelque chose à voir avec un homme de l'âge de mon père, mais il l'admoneste et le frappe malgré tout. Où a lieu cette réunion et qui vous a donné ça et qui sont ces gens et quel est votre rôle dans cette organisation et pour qui vous prenez-vous et qui d'autre vous aide et donnez leurs noms et qu'est-ce que vous croyez faire avec vos réunions et vous ne savez donc pas que c'est la révolution et qu'il n'y a pas de place pour l'opposition ? L'œil gauche de mon père est déjà fermé à cause de sa paupière gonflée. Il lutte pour tenir la tête droite. Il réagit à peine aux gifles qui suivent chaque question ridicule. Il commence par déclarer et répéter sans cesse que les tracts sont à lui. Ses premières larmes commencent à couler le long de ses joues. « Je les ai trouvés et je les ai rapportés à la maison pour les jeter », dit-il, alors que sa voix se brise et qu'il peine à reprendre son souffle. Bien sûr, ses supplications ne font que lui valoir plus de coups, mais, à ce stade, mon père s'est résigné à tout sauf à admettre que les tracts ne sont pas à lui. Il ne parle plus jusqu'au moment où un des soldats se baisse vers ses jambes. Ce n'est qu'à ce moment-là qu'il commence à exiger que ces gens arrêtent de porter la main sur lui, un peu comme s'il avait accepté tout ce qu'ils lui avaient fait jusque-là. Il se soulève du sol en se calant le dos contre le mur et relève son corps, centimètre par centimètre. Ses efforts pour se redresser tout seul lui valent les moqueries des deux jeunes soldats. Ils applaudissent avec un air sarcastique. Ils l'encouragent à continuer. Je prie Dieu, avec toute la conviction et toute la foi dont je suis capable, pour qu'ils meurent. Je Le supplie silencieusement de les tuer tout de suite, ici et maintenant. Je L'implore. J'exige qu'Il le fasse. S'Il ne peut pas m'accorder leurs seules morts, alors, je Lui demande de nous emporter tous ensemble. Je prie pour que le toit de la maison s'effondre, pour que le sol s'ouvre et nous avale tous, n'importe quoi qui puisse mettre un terme à ce moment.

Je n'ai jamais plus ressenti une déception aussi proche de la haine.

Il faut au moins dix minutes à mon père pour se relever. Dans ce qui pourrait passer pour un geste de merci, le chef dit à ses hommes de le laisser tranquille pendant qu'il s'efforce de se soulever du sol. Bien sûr, mon père se retourne pour nous regarder une dernière fois, ma mère, mon frère et moi, avant d'être escorté, à la pointe du fusil, jusqu'à dehors. Je ne suis même pas sûr de ce qu'il peut encore voir, à ce stade – si nos visages sont distincts les uns des autres ou bien si, à travers le voile de larmes et de sang, nous n'avons pas tous les trois fondu en une silhouette indéterminée. J'aime à penser que c'est ainsi qu'il nous a vus, comme sa famille et non comme des individus, comme un univers qu'il pouvait à juste titre revendiquer d'avoir créé. Il ne pouvait pas voir le visage de Dawit. Il était complètement enfoui contre ma poitrine. Ni le mien, dont la majeure partie était cachée derrière le dos de ma mère. Tout cela n'a pas d'importance, de toute façon. Il ne s'est pas retourné pour nous voir, mais pour qu'on le voie. Il a toujours cru que la dernière impression qu'on laissait était essentielle.

Le lendemain, sur les instances de ma mère, j'ai quitté la maison. Je n'ai rien pris d'autre avec moi qu'un petit sac de toile rouge rempli de tout l'or et des bijoux que possédaient mes parents. J'ai mis en gage et échangé chaque pièce de ce trésor pour poursuivre mon chemin vers le sud jusqu'au Kenya. Quand j'ai franchi la frontière, il ne me restait plus que les boutons de manchettes de mon père.

10

LE LENDEMAIN de notre thé vespéral, Judith apporta le dîner – un gigot d'agneau au romarin avec de petites pommes de terre nouvelles, que nous mangeâmes avec nos mains dans des assiettes en papier, et une bouteille de vin rouge, que nous bûmes dans de petits gobelets en plastique transparent. À y repenser, il est possible de diviser notre relation en phases distinctes, dont la dernière commença avec ce dîner. Cela faisait assez longtemps que nous nous cherchions en tâtonnant, et ce repas fut, je le sais maintenant, notre dernière occasion de mettre les choses au point.

Le matin, Judith arriva de bonne heure avec Naomi, et ce fut elle, cette fois, qui me demanda quels étaient mes projets pour le dîner.

« Si vous ne faites rien, dit-elle, je pourrais préparer le repas et l'apporter à la boutique. Ce sera comme un pique-nique, sauf que bien sûr c'est l'hiver et nous ne mangerons pas dehors, mais à part ça…

– Je ne pourrais rien imaginer de mieux », lui dis-je.

Ce fut la seule fois où l'un ou l'autre d'entre nous

parla directement à l'autre de ce qu'il voulait. Je regrettais presque d'avoir été si franc, jusqu'au moment où je la vis sourire en entendant ma réponse. Il y a quelque chose de physique qui change dans l'apparence d'une personne lorsque soudain elle s'ouvre à vous. Dans le cas de Judith, ce changement s'opéra presque exclusivement dans les yeux, qui ne se posaient jamais longtemps sur une personne ou sur un objet, sauf sur Naomi. Mais là, son regard rencontra le mien et ne se détourna pas.

Je fermai de bonne heure pour la troisième fois, afin que nous puissions manger notre plat avant qu'il soit froid. Je baissai le rideau et les stores avant d'éteindre les néons. Nous nous servîmes de la lampe que je gardais sous le comptoir et j'allumai une rangée de petites bougies chauffe-plats, qui gisaient enfouies sous la poussière. Cette lumière donna au magasin une chaleur et un éclairage que je croyais jusque-là réservés aux maisons.

Nous parlâmes de Dostoïevski et des *Frères Karamazov* tout en dînant. Naomi et moi passâmes quelques minutes à répéter notre prononciation des noms des personnages et de l'auteur.

« Fi-o-dor, lui dis-je. Comme une fille d'or.

– Ou comme une fiole d'or, proposa Naomi.

– Oui. Comme si, à partir de maintenant, il allait y avoir une fiole à l'entrée, et qu'il faudrait y verser un peu de poudre d'or avant d'entrer pour lire chez moi. »

Naomi secoua la tête, en s'efforçant de ne pas rire à ma terrible blague, mais je la regardai fixement, les bras grands ouverts, jusqu'à ce qu'elle se mette enfin à rire, tout en continuant à secouer la tête.

« Il a fait de la prison, une fois, non ? me demanda Judith.

– Brièvement, lui répondis-je. Il a été arrêté, puis emmené sur la place de la ville, où il devait être exécuté. Ils avaient déjà préparé le nœud coulant, et ce n'est qu'au dernier moment qu'il est apparu que c'était un canular. Après ça, il a passé quatre ans en prison. »

Naomi eut du mal à comprendre cette histoire. Elle nous demanda pourquoi le gouvernement ferait une chose pareille à quelqu'un. Judith essaya de lui expliquer que les gouvernements n'étaient pas si différents des gens et que ce qu'ils voulaient plus que tout, c'était se protéger.

« Dostoïevski, dit-elle, était une menace, pour eux, et ils voulaient s'en débarrasser mais sans avoir à le tuer. »

Naomi ne comprenait pas cela non plus, comment un homme pouvait menacer tout un gouvernement, simplement en écrivant.

« Il ne les menaçait peut-être pas, dis-je à Naomi. Mais quelqu'un d'autre aurait pu le faire et, en attendant de savoir qui, il valait mieux effrayer tout le monde. »

Nos réponses ne suffisaient toujours pas. Un « Pourquoi ? » logique pouvait être attaché à chaque réponse que nous fournissions, et il semblait trop dur de dire que des choses terribles peuvent arriver aux gens sans aucune autre raison si ce n'est qu'il faut bien que ces choses arrivent à quelqu'un. Judith finit par abandonner et admit ce que nous pensions tous les deux.

« Au bout du compte, je ne sais pas pourquoi, dit-elle. C'est juste que c'est comme ça, la vie. »

Naomi accepta cette réponse, en partie, je le soupçonne, parce qu'elle l'avait déjà entendue. Il y avait assez de résignation dans la voix de Judith et assez de résilience et de détermination à atteindre la vérité dans celle de sa fille pour rendre évident qu'elles avaient déjà eu des conversations qui s'étaient terminées ainsi.

Après dîner, nous sommes allés jusqu'au Mall dans la voiture de Judith pour aller voir l'arbre de Noël national. Une idée de Judith. Elle a dit qu'elle voulait voir quelque chose qui lui rappellerait que Noël n'était plus qu'à une grosse semaine de là. Des centaines de badauds entouraient l'immense sapin lorsque nous arrivâmes, comme s'ils s'attendaient tous à ce que cet arbre fasse un peu plus que se dresser là dans le noir avec ses lumières clignotantes. Je soulevai plusieurs fois Naomi à bout de bras, afin qu'elle puisse mieux voir. Judith glissa son bras dans le creux de mon coude et nous fîmes tous les trois le tour de l'arbre, une fois, deux fois.

Sur le chemin du retour, Judith m'invita à passer chez elle prendre une dernière tasse de thé. Naomi avait encore au moins une heure devant elle avant de devoir aller au lit, si bien qu'elle me tira par le bras en me suppliant de sa voix haut perchée :

« Tu dois venir voir notre sapin. »

Judith s'était donné un mal fou afin de créer pour sa

fille une décoration de Noël très élaborée dans son salon. La table de la salle à manger avait été poussée sur le côté, ce qui laissait de l'espace pour l'arbre de plus de deux mètres qui scintillait de manière obscène de toutes ses lumières blanches. Deux bottes de tissu rouge avec des noms brodés avaient été clouées au manteau de la cheminée. D'autres lumières encadraient la fenêtre du fond, et d'énormes paquets s'entassaient au pied de l'arbre. Chacun était élégamment enveloppé de vert, de blanc ou de rouge, avec un gigantesque nœud écarlate sur le dessus.

« Tout ça vient du papa de Naomi, dit Judith en montrant les paquets. Il aime que ses cadeaux... se voient bien. »

Je regardai fixement les paquets en essayant d'en deviner le contenu. Il était évident, rien qu'à les voir, que je ne jouais pas dans la même cour que le père de Naomi, quel qu'il fût, et aussi loin qu'il pût vivre.

« Et vous ? demandai-je à Judith. Vous les aimez comment ?

– Je les préfère simples et élégants.

– Moi, je les aime petits et bon marché, dis-je.

– Dommage, dit Judith. On dirait que vous avez choisi la mauvaise famille. »

Elle avait dit cela sans réfléchir, ce qui, je suppose, était précisément ce qui rendait les choses encore pires. Dès qu'elle eut parlé, elle surprit mon air et tenta de se reprendre.

« Pourquoi avez-vous dit cela ? lui demandai-je.

– Pour plaisanter, dit-elle. Vous savez bien ce que je veux dire. »

Et je la crus ; c'était une plaisanterie, et qu'elle l'ait dite ou pas avec la moindre arrière-pensée n'avait aucune importance. Je me voyais tenter de me montrer à la hauteur lors de dîners de famille ou bien de fêtes, avec comme résultat, l'échec systématique. Combien de fois devrais-je me regarder dans le miroir et me comparer à Judith ? Je pourrais continuer à me surveiller indéfiniment et même y trouver une certaine consolation, mais je voyais là qu'il suffirait d'un moment fugitif de scepticisme de sa part pour confirmer toutes mes failles, pour valider tous mes doutes et pour me renvoyer en courant dans le coin d'où je venais. Nos insécurités sont bien trop profondes et bien trop importantes pour être facilement évacuées, et Judith, sans le savoir, avait touché le nerf central dont j'étais réticent à admettre l'existence, mais un nerf qui, stimulé, envoyait une onde soudaine de honte et d'humiliation sous laquelle tout le reste s'écroulait.

Elle essaya une fois encore d'arranger les choses :

« Allons, dit-elle. Je blaguais. »

Elle avait beau s'évertuer, il n'y avait aucun moyen de reprendre totalement ce qu'elle avait dit. Je détournai la tête. Naomi vint jusqu'à moi et me prit la main pour me mener devant ses cadeaux.

« Là, dit-elle en montrant le paquet vert, il y a une télé pour ma chambre. Et là, c'est une maison de poupée qui vient d'Allemagne. Je ne sais pas ce qu'il y a dans le paquet blanc parce que c'est censé être une surprise.

– D'Allemagne ? dis-je.

– C'est là où il est, en ce moment, répondit Judith. Il enseigne l'économie dans une université, là-bas. L'année dernière, c'était en Grèce, et l'année d'avant à Nairobi.

– Il est donc professeur ?

– C'est comme ça qu'on s'est rencontrés, dit-elle. Il était professeur invité, il venait de Mauritanie. »

Le tableau était maintenant complet. Je le voyais, l'ex-mari de Judith et le père semi-absent de Naomi. J'imaginais un homme grand à la peau d'un brun doux, avec des lunettes ovales à monture métallique et des costumes élégants et bien coupés, comme ceux que portait mon père. Un homme qui parlait avec un accent pointu, que les femmes décrivaient comme superbe. J'imaginais des conférences universitaires, des vacances en famille sur des plages balayées par le vent, et des soupers tardifs. Une voix assurée et pleine de confiance, qui savait commander les vins, parler aux vendeurs et attirer l'attention de toute une salle. Un homme auquel, je le savais, je ne pourrais jamais me mesurer.

Je regardai une fois encore autour de moi dans le salon de Judith, avec cet arbre de Noël trop grand et ces cadeaux d'une générosité absurde. Si ce que Judith voulait, c'était un autre Africain pour remplacer celui qui l'avait abandonnée, elle avait bien mal choisi. Je n'étais pas cet homme-là.

La bouilloire se mit à siffler dans la cuisine. Une façon

de siffler bien spéciale, comme un petit chantonnement censé ressembler, me dis-je, à un chant d'oiseau matinal.

« Le thé est prêt », dit Naomi.

Judith alla jusqu'à sa fille et entoura le cou de Naomi d'un bras protecteur. Naomi saisit l'avant-bras de sa mère pour l'empêcher de la serrer trop fort.

« Je crois que je devrais y aller », dis-je.

Judith tenta de cacher sa surprise, mais une fraction en demeura perceptible, sinon dans sa voix, du moins dans la façon qu'elle eut de vite relever la tête pour me regarder.

« Mais vous venez d'arriver. Et ce thé ? me demanda-t-elle.

– Peut-être une autre fois. »

Je détestai chaque mot que je prononçai. Tout en les disant, j'avais commencé le long processus – qui se poursuivrait durant le reste de la soirée – de création de scénarios différents qui m'amenaient à prendre le thé sur le canapé et à embrasser Judith dans le couloir. Je ne pouvais plus supporter de me trouver dans ce salon, empli comme il l'était des reliques du passé de Judith, qui signalaient toutes des distances trop grandes pour être franchies par un ou deux dîners ou par du bavardage au comptoir de la boutique. Je voulais tout reprendre et tout recommencer, comme on l'avait fait le premier soir dans mon appartement, mais je savais que nous avions épuisé tous les rôles possibles.

« Je suis désolé, dis-je. Mais il se fait tard.

– Il n'est que neuf heures, fit remarquer Judith.

– Je sais. Mais je dois me lever tôt demain matin.

– Bien. C'est comme vous voulez. »

Judith n'était pas du genre à supplier, mais bien sûr j'aurais bien voulu qu'elle le fît. J'aurais peut-être pu alors mettre de côté une partie suffisante de ma fierté blessée et de mon apitoiement sur moi-même pour rester. Je pris mon manteau sur le canapé. La bouilloire continuait à siffler. Judith cessa de me regarder. Elle concentra toute son attention sur sa fille. J'enfilai rapidement mon manteau. Comment étions-nous censés nous dire au revoir, maintenant ? On s'embrasse, on se serre la main, ou bien on se fait un petit signe, comme de vagues connaissances ? Judith régla la question en tendant la main. Je la pris et, ce faisant, je compris ce que cela signifiait, de sentir son cœur se briser.

« Bonne nuit, dit-elle.

– Bonne nuit, répondis-je. Bonne nuit, Naomi.

– Bonne nuit, monsieur Stéphanos. »

Je sortis. Je descendis les marches et me dirigeai droit vers la place. Je m'assis sur un banc, en face du général Logan. Il faisait froid et il n'y avait que quelques personnes dehors. Un groupe de jeunes garçons me dépassa. Ils me prêtèrent brièvement attention, mais dès qu'ils reconnurent en moi l'homme inoffensif que je savais être, ils continuèrent leur route. Finalement, après environ trente minutes passées assis dans le froid, je vis un groupe de femmes en minijupes noires et hauts talons. Je ne m'étais jamais beaucoup soucié de choisir avec laquelle des filles de cette place je rentrais chez moi. Je ne sais pas combien il y en a eu, au fil des années. J'imagine que cela devait faire entre six et sept par an. Étant donné le quartier et l'emplacement de mon épicerie, il y avait là une simplicité et un côté pratique qui rendaient chaque rencontre presque logique, sinon inévitable. J'avais couché avec presque toutes les prostituées qui étaient entrées dans le magasin. En fait, je refusais de prendre leur argent quand elles venaient à la caisse payer leurs barres chocolatées ou leurs canettes de soda. Je leur disais que si elles étaient libres, elles n'avaient qu'à revenir seules juste avant la fermeture. Quand elles le faisaient, j'éteignais toutes les lumières, je fermais la porte à clé et, pendant une demi-heure, je tentais de tout oublier de moi-même. Ce qui n'était pas très difficile.

Je me levai de mon banc, face au général Logan. Je m'étais décidé pour la fille qui marchait le plus près de moi. Dès qu'elles me virent me lever, elles se regroupèrent. C'était un petit mouvement de protection, juste assez pour me dégoûter de moi-même.

« On cherche quelque chose, ce soir ? »

La voix qui avait posé la question demeura sans visage dans le noir.

« Désolé, dis-je. Je rentrais juste chez moi. »

Je fis demi-tour et partis dans la direction opposée. La dernière chose que je voulais, c'était effrayer qui que ce fût. Je marchai rapidement et, si les rues avaient été totalement désertes, j'aurais quitté la place en courant aussi vite que je le pouvais.

11

LORSQUE j'étais entré dans son appartement pour la première fois, mon oncle m'avait fait asseoir sur le canapé du salon, avant de me faire une conférence sur ce que je pouvais m'attendre à trouver, maintenant que j'étais en Amérique.

« Tout ce qui est dans cet appartement, dit-il, t'appartient autant que cela m'appartient. En dehors de cet appartement, cela dit, tu n'as rien. Rien n'est à toi. Rien ne t'appartient. Ne prends rien pour acquis. Personne, ici, ne te donnera rien pour rien. Cela ne se passe pas comme ça, en Amérique. Les gens ne te donneront quelque chose que parce qu'il pensent qu'ils auront quelque chose en retour. »

Je me souviens qu'il n'y avait absolument aucune passion ni conviction dans ses mots. Il semblait les lire sur un invisible écran de contrôle placé juste devant ses yeux, alors dirigés vers le sol. Je ne sais pas s'il avait perçu en moi un éclair d'ambition ou de désir, mais il n'avait pas besoin de se faire de souci. Je ne voulais rien de l'Amérique. À cette époque-là, je croyais que c'était juste une question de semaines ou de mois avant que je retourne en Éthiopie. Je consacrais toute mon énergie et tout mon temps libre à préparer ce retour. Comment étais-je donc censé vivre en Amérique alors que je n'avais jamais vraiment quitté l'Éthiopie ? Je ne l'étais pas, décidai-je. Je n'étais tout simplement pas censé vivre ici.

Je hochai la tête docilement tandis qu'il parlait, en le plaignant un peu de ne pas comprendre combien tout cela était provisoire.

Durant les trois premières semaines que je passai dans cet appartement, je n'adressai la parole à personne, à part mon oncle, et même alors nos conversations restèrent brèves et crispées. Je quittais rarement l'appartement, je ne le souhaitais pas non plus. Tout lien, que ce fût avec une personne, un immeuble ou un moment du jour, aurait été trompeur, j'évitais donc tout contact visuel avec des gens que je ne connaissais pas et m'efforçais de me refuser même le plus simple des plaisirs. Je refusais de reconnaître le charme d'un coucher de soleil ou le plaisir d'un après-midi d'été. Si cela avait été possible, je me serais refusé le droit de respirer l'air d'un autre pays, ou de marcher sur son sol.

Mon oncle et moi nous nourrissions de ce fossé qui séparait notre vie dans cet appartement de tout ce qui pouvait se passer au-dehors. Je mangeais sa nourriture. Je dormais sur son canapé. Pendant deux mois, je n'ai rien fait de plus. À la fin du deuxième mois, il est entré dans le salon alors que je me préparais à m'endormir et il a murmuré, de sa voix toujours aussi douce, « *Buka* ».

Je compris tout de suite ce qu'il voulait dire : assez. Et il avait raison, c'était assez. Personne, à part lui, n'aurait pu me le dire aussi gentiment, ni ne m'aurait accordé autant de liberté.

Je hochai la tête, en signe d'approbation. J'avais honte de moi et j'aurais fait tout ce qu'il m'aurait demandé.

« Viens avec moi demain et j'essaierai de te trouver du travail », dit-il.

C'est ainsi que commença ma vie en Amérique. C'est vraiment dommage que nous ne sachions pas ces choses, sur le coup. Lors de mon premier jour au Capitol Hotel, mon oncle m'accompagna jusqu'au bureau du directeur. Il me présenta comme son neveu, Sépha Stéphanos, mais déclara au directeur qu'il pouvait m'appeler Sépha, et même Steven, comme diminutif, s'il trouvait cela plus commode. Les deux hommes discutèrent de mon profil, tandis que je restais planté là, muet. Le directeur, un chauve solide et trapu, dont on m'avait bien dit que je ne devais l'appeler que « monsieur », ne croyait pas que je savais parler anglais. Il montra mes bras grêles et demanda à mon oncle si j'avais des problèmes pour soulever des objets lourds, si j'avais des objections contre le travail du soir ou de nuit, si on pouvait me faire confiance, en général, si je n'allais pas voler l'hôtel ni les clients. « Non, monsieur, répondit mon oncle pour moi, il n'a pas de problèmes. Il est parfaitement honnête. Il n'a pas d'objections contre quoi que ce soit. » Le directeur décida que je commencerais le jour même, comme ça il pourrait voir « de quoi il était fait ». Il me pinça le biceps droit pour marquer le coup, puis me tendit la main pour que je la serre. Je me souviens avoir souhaité posséder le courage et la force de lui broyer tous les os. En sortant du bureau, j'entendis mon oncle marmonner dans sa barbe, juste assez fort pour que j'entende, « Espèce d'enculé… ». Oui, c'était une démonstration de fierté, timide, certes, mais néanmoins nécessaire. C'était une chose pour lui de donner du « monsieur » toute la journée quand il était seul, une autre de me laisser être témoin de cela.

On reprit ensemble le train pour le Maryland. Nous nous parlâmes aussi peu que possible jusqu'à l'appartement. En arrivant, je voulus lui demander si tout cela valait le coup : ce deux-pièces dans une tour délabrée à la périphérie d'une grande ville. Notre loyer n'était que de quelques centaines de dollars par mois, mais il fallait penser à tout ce qu'on devait faire pour gagner cet argent. Mon oncle s'éteignait chaque matin au moment où il quittait l'appartement pour aller travailler. Il ne se rallumait que dix ou douze heures plus tard, quand il rentrait à la maison. « Rien », c'était le bon mot pour caractériser la façon dont il vivait, de même que la légèreté avec laquelle il avait dit cela.

J'acceptai l'emploi que mon oncle m'avait trouvé, et plus tard je fréquentai l'université qu'il m'avait choisie. Je n'ai pas vraiment souvenir d'avoir pris une quelconque décision moi-même jusqu'au soir, trois ans plus tard, où je compris que je ne pouvais plus continuer à vivre comme ça. Le choix devint soudain clair pour moi, tandis que je marchais seul le long des rives du Potomac, après avoir fait deux rotations à l'hôtel. J'avais les bras et les jambes engourdis d'avoir pendant treize heures soulevé des bagages et m'être plié en quatre à tout instant pour répondre aux besoins des gens. Il était trop tard dans la nuit pour marcher seul sur les rives désertes, mais, à ce stade, il n'y avait plus rien qui importait ni rien que je ne souhaitais pas perdre. La vie pouvait bien aller et venir comme elle voulait, cela ne ferait aucune différence. Je parcourus des kilomètres, cette nuit-là, sous les saules qui avaient juste commencé à fleurir. Les monuments commémoratifs à Lincoln et à Jefferson se trouvaient sur ma droite et projetaient une lueur pâle et distante sur le fleuve. Je suivis le Potomac jusqu'au Memorial Bridge et m'arrêtai au milieu du pont, avec Washington d'un côté et la Virginie de l'autre. Je me penchai par-dessus le parapet et regardai fixement l'eau en me demandant pour quoi, si toutefois il y avait quelque chose, je devrais continuer à vivre. Je ne pouvais croire que mon père était mort et que j'avais été épargné pour aller porter des bagages dans des chambres d'hôtel ou pour les en sortir. La mort n'avait plus rien de spécial. J'avais vu assez de corps sans vie pour le savoir. Je pensai longuement et profondément à l'idée de tout simplement sauter par-dessus bord. Je ne savais pas nager et je n'aurais de toute façon pas essayé de le faire.

Le lendemain, j'abandonnai mon travail au Capitol Hotel. Je quittai l'appartement de mon oncle moins d'un an plus tard. C'étaient là les premières vraies décisions que je prenais moi-même depuis mon arrivée dans ce pays. J'adorais ces décisions. Leur caractère absolument peu pratique me les rendait encore plus chères. Lorsque j'appris à Joseph et à Kenneth que je quittais l'hôtel, ils me regardèrent, frappés de stupeur quelques instants, puis Joseph finit par se pencher vers moi pour me claquer la main bien fort.

« Tu vois, Stéphanos ? J'ai toujours su que tu avais autre chose dans le ventre. Bientôt, on va tous quitter cet endroit et, quand on reviendra, c'est eux qui porteront nos bagages dans nos chambres. »

Trouver un appartement sur Logan Circle était assez facile, à ce moment-là. Il y avait un panneau « À LOUER » sur à peu près tous les immeubles devant lesquels je passais. Quant à l'épicerie, ce fut l'idée de Kenneth. « Il faut que tu sois ton propre patron, mec. C'est le seul moyen d'arriver à quelque chose, dans ce pays. » Et donc, avec l'aide de Kenneth, j'obtins un prêt gouvernemental en faveur des petites entreprises. J'ouvris ma boutique dans ce qui avait été un magasin de vins et spiritueux. D'après ce que je sais, cela avait été le premier marchand d'alcools à faire faillite dans le quartier. Kenneth m'apprit à faire mes comptes, à dresser des listes, à commander des fournitures et des marchandises et à équilibrer mon budget. Je pensais alors qu'il aurait fait un père exceptionnel, il était toujours si patient avec moi et, qui sait, peut-être un jour le sera-t-il vraiment. En attendant, son instinct paternel l'a conduit à passer d'innombrables heures à me donner de fastidieuses leçons d'arithmétique,

que, pour la majeure partie, je ne parvenais à retenir qu'incorrectement. Joseph, pour sa part, nous apporta le nom : Logan's Market. Je n'ai jamais entendu qui que ce soit appeler ainsi la boutique. Le jour de l'ouverture, il a absolument voulu qu'on fasse de petits prospectus pour les distribuer dans le quartier.

> Logan's Market. Une nouvelle épicerie de quartier pour répondre à tous vos besoins. Nous vous proposons des produits frais, des conserves et tout pour la maison à de TRÈS BONS PRIX !!!

Comme d'habitude avec lui, il trima sur ces deux phrases dans mon appartement durant tout un après-midi.

« Qu'est-ce que tu en penses, Stéphanos ? Logan's Market, le meilleur pour la qualité. Ou mieux encore, Logan's Market vous propose, à vous et à votre famille, les produits les plus frais, au meilleur prix. »

Ses idées étaient de plus en plus grandioses à mesure qu'il parlait.

« Logan's Market, reconnu internationalement pour ses produits de première qualité. »

Lorsque je lui fis remarquer que sa dernière suggestion poussait peut-être le bouchon un peu loin, il me répondit par une de ses pirouettes logiques.

« Tu viens d'où ? me demanda-t-il.

– D'Éthiopie.

– Et moi ? Je viens d'où ?

– Du Zaïre, du Congo. Comme tu veux.

– Tu vois. C'est bien ce que je dis. Si tu me demandes qui vend les meilleurs produits, je te dirai, Logan's Market. Je suis international, et toi aussi. Ça veut dire que la boutique est reconnue internationalement. Tout ça, c'est du marketing, dit-il. Tu dois apprendre à penser comme un homme d'affaires. »

Je l'ai laissé gribouiller dans mon appartement jusqu'à ce qu'il ait trouvé une formule à la hauteur de l'éloquence dont il se savait capable. Le jour où j'ouvris l'épicerie, Joseph et Kenneth y avaient déjà consacré autant d'énergie et de réflexion que moi. Kenneth m'attendait devant le magasin avec une bouteille de champagne.

« Et ton boulot ? lui demandai-je.

– J'ai pris ma journée. Je voulais être ici, aujourd'hui. »

On a vidé la bouteille plus tard ce jour-là quand Joseph est arrivé après son travail.

« C'est le début, dit Joseph. Aujourd'hui, ici, avec la boutique de Stéphanos. On commence de nouvelles vies. Finies, toutes ces conneries. Pas vrai ? »

Nous étions tous coupables d'optimisme exagéré et d'espoir irrationnel, à ce moment-là. Mais comment aurait-il pu en être autrement ? Vous auriez dû nous voir. Joseph avait raison : vous n'en n'auriez pas cru vos yeux. Nous étions jeunes, nous étions très maigres et, à nos yeux, très beaux. Joseph et Kenneth travaillaient toujours tous les deux au Capitol Hotel, comme serveurs dans le restaurant principal de l'établissement, et l'ouverture de ma boutique – « notre boutique », comme on disait ce soir-là – était censée marquer la fin des boulots frustrants et sous-payés et des ambitions non réalisées. À mesure que cette première soirée dans l'épicerie se prolongeait, notre conversation se faisait de plus en plus grandiloquente, nos ambitions et nos désirs dans ce monde ne connaissant plus d'autres limites que celles de notre imagination.

« Tu sais, Stéphanos, ensemble, on pourrait vraiment faire quelque chose. »

C'est Kenneth qui parle, là. Il lève son verre en l'air, comme s'il allait porter un toast au ciel, penché en arrière sur sa chaise, avec ce calme que j'en suis venu à connaître aussi intimement que mes propres gestes. À sa manière particulière, il pouvait être tout aussi hyperbolique dans ses paroles que Joseph, même s'il a aujourd'hui du mal à l'accepter. Maintenant, lorsqu'il parle, c'est toujours avec une réserve et un scepticisme délibérés. Il dit que c'est parce qu'il est ingénieur, mais je sais que ce n'est pas la raison. J'ai vécu deux mois dans son appartement, trop grand et à peine meublé, lorsque mon chauffage était tombé en panne au beau milieu d'un blizzard trois ans plus tôt. J'essayais toujours de ne pas être là quand il rentrait du travail. Je ne pouvais supporter de le voir assis, gelé, inerte, dans un fauteuil de jardin en plastique près des portes vitrées, buvant bière sur bière, tortillant ses orteils dans ses luxueuses chaussettes de laine. Un soir, en rentrant, je l'ai trouvé en train de rire tout seul, complètement hystérique. Le seul éclairage de l'appartement venait d'un lampadaire, dehors, suspendu à quelques dizaines de centimètres de la fenêtre. Cela ne suffisait pas pour que je le voie, ce qui était aussi bien parce que je l'entendais rire et discuter tout seul et n'aurais vraiment pas voulu voir à quoi ressemblait son visage ce soir-là. Tout cela reviendrait des années plus tard, bien sûr, laissant pour l'heure ce premier soir à la boutique reposer et brûler dans ma mémoire.

« Je veux dire, si on considère cette épicerie comme le premier pas d'une aventure encore plus grande... Ce quartier a du potentiel, mec. C'est moi qui te le dis. On devrait commencer à penser à s'agrandir. Dans un an ou deux, tu pourrais avoir un vrai supermarché. Commencer à créer ta propre franchise. »

Kenneth gribouilla quelques chiffres au dos d'un carnet. Que signifiaient ces chiffres ? Rien, mais ils faisaient plaisir à voir.

Ce soir-là, Joseph nous dévoila ses plans pour se payer ses études jusqu'en master, puis en doctorat, à l'université du Michigan.

« C'est très simple, dit-il. J'ai du talent, et les grandes universités ont besoin de talent. Quand ils verront ce que je sais faire, ils me supplieront de venir. J'en suis sûr.

– Et pourquoi le Michigan ? » lui demanda Kenneth.

Joseph se gratta sous le menton.

« Parce que c'est un endroit de tout premier ordre. J'ai connu une femme qui y est allée. Une prof. La femme la plus intelligente que j'aie jamais connue. Elle m'a dit que j'étais brillant. "Joseph, elle m'a dit, tu es un des hommes les plus intelligents que j'aie jamais rencontrés."

Elle m'a dit que je devrais aller là-bas, un jour, et c'est ce que je vais faire. »

Kenneth, quant à lui, allait faire ses études d'ingénieur, pousser jusqu'à un master.

« Et alors, dit-il, alors seulement, je retournerai en Afrique. J'irai à Nairobi, je porterai le plus beau costume possible, et tout le monde dira, “Regardez-le. C'est quelqu'un d'important. C'est quelqu'un de spécial”. Je bâtirai des immeubles qui les éblouiront. Du jamais vu. »

Et moi, j'allais rester assis sur mon tabouret derrière un comptoir et lire, aussi silencieux qu'un dieu, jusqu'à la fin des temps.

Comment ai-je pu en arriver là ? Cela semble une question légitime, après dix-sept ans passés dans un pays. Comment se fait-il que j'en suis venu à posséder et à gérer une petite épicerie dans le centre d'un quartier dégradé, et comment se fait-il qu'alors que ma boutique, ou plutôt ce qu'il en reste, va m'être retirée, je ne fasse rien d'autre que rester assis par terre dans l'appartement de mon oncle, à passer en revue le passé ? Le récit... C'est peut-être ça, le mot que je cherche. Où est le grand récit de ma vie ? Celui que je pourrais déployer pour y chercher les signes et les clés m'indiquant ce que je suis en droit d'espérer pour la suite. Il semble s'être épuisé, si jamais une telle chose est possible. Il est plus difficile d'admettre que peut-être il n'a jamais existé du tout. Ai-je le courage d'expliquer tout ça comme accidentel ?

« Fais quelque chose », m'avait enjoint Kenneth un peu avant. C'est précisément ça, le problème, Kenneth. Une fois qu'on sort de sa vie, il est difficile d'y rentrer.

Je me demande ce qu'il reste de l'épicerie, maintenant. Deux heures, qui se sont prolongées en presque cinq. Le matin est fini, l'après-midi aussi. Si je m'étais trouvé derrière mon comptoir, j'aurais pu espérer ces clients de l'heure de pointe qui ne venaient jamais. Certes, une poignée de clients réguliers et loyaux seraient entrés, autant pour dire bonjour et bavarder quelques minutes que pour acheter quelque chose, mais une heure ou deux plus tard, ils auraient aussi disparu et j'aurais dû affronter un magasin désert, aussi mal fourni et presque aussi sale que le jour où je l'avais trouvé.

J'ai pris le téléphone qui se trouvait à côté du lit et j'ai appelé ma boutique encore une fois. J'ai fait les quatre premiers chiffres et raccroché. J'ai repris le téléphone quelques secondes plus tard. Je dois me rappeler que je n'ai plus rien à perdre.

« Je n'ai rien à perdre », me dis-je.

Je refais le numéro une fois encore. Le temps qui s'écoule entre le dernier chiffre et la première sonnerie est le plus pénible. Chaque sonnerie semble s'étirer, et pourtant les pauses ne paraissent jamais assez longues. Trois, puis quatre sonneries. À la cinquième, quelqu'un décroche.

J'entends la voix d'un homme qui rit, au loin. Une voix rocailleuse, vieille, le genre qui va avec l'âge et la mauvaise santé. Une autre voix, plus jeune, féminine, demande, « Vous voulez parler à qui ? ».

C'est là une de ces questions simples qui, lancées au bon moment, frappent trop dur. Je raccroche avant qu'à l'autre bout, on puisse reprendre la parole.

Je ramasse toutes les lettres de mon oncle qui traînent encore par terre et les remets dans la boîte, en respectant autant que je peux l'ordre dans lequel je les ai trouvées. Je sors le coffre, qui contient tout l'argent qu'il a économisé, du placard et le pose doucement sur le sol. Je soulève et ouvre le couvercle, qui est léger et ne sert à rien du tout. Il y a plus de mille dollars là-dedans – de quoi payer un mois de loyer pour le magasin, et m'acheter un billet d'avion pour aller voir ma mère et mon frère. Ce serait si simple de prendre cet argent, rangé en trois liasses épaisses de quelques centimètres, entourées d'élastiques. Je pourrais laisser une note, qui expliquerait, avec le moins de mots possible, mes raisons et mes failles. Elle dirait simplement, « Je suis désolé », ou bien, « Pardonne-moi ». Si je faisais cela, je n'aurais même pas besoin de m'infliger le désagrément et la disgrâce de mentir. Il me suffirait de prendre l'argent et de partir en courant.

Je remets en place dans le placard les vêtements tombés par terre et repose le coffre délicatement dans le coin où je l'ai trouvé. La seule chose à faire maintenant est de faire disparaître toute trace de ma présence. Mon oncle va bientôt rentrer, il va regarder autour de lui, il ne saura pas que juste quelques instants plus tôt j'étais là, prêt à lui prendre tout ce qu'il possédait.

12

JE N'AI PAS PU OUVRIR le lendemain, pas après avoir quitté si soudainement la maison de Judith. La nuit, je rêvai que je me trouvais à côté d'une femme sans visage dont je ne sus jamais le nom. Nous étions au sommet d'une colline, elle me tournait le dos, mais nous étions ensemble, cela au moins était clair. Il y eut un moment, vers la fin du rêve, où je lui ai nerveusement entouré la taille de mes bras et où elle s'est abandonnée contre moi. Je me suis alors réveillé, bouleversé par un énorme sentiment de perte, sachant exactement d'où il venait. Au lieu d'aller ouvrir, je suis resté au lit jusqu'à midi, avec mes rideaux bien fermés.

Tôt dans l'après-midi, Mrs Davis passa voir à l'appartement comment j'allais. Elle frappa à la porte et appela mon nom – « Monsieur Stéphanos, monsieur Stéphanos » – jusqu'à ce que je réponde.

« Pourquoi vous n'êtes pas à la boutique ? me demanda-t-elle. Je voulais du lait et c'est fermé.

– Je suis désolé, madame Davis, dis-je. Je ne savais pas. J'en ai ici, vous pouvez le prendre. »

J'allai jusqu'au réfrigérateur et lui donnai le seul carton de lait que j'avais. Le sens de mes obligations vis-à-vis de l'épicerie et des gens qui y faisaient leurs achats n'était pas encore mort, même si je le sentais qui commençait à faiblir. Depuis le moment où j'avais pris la décision de ne pas ouvrir, je n'avais pas pensé une seule fois à la boutique ce matin-là, et si j'avais réfléchi un peu à la question, je me serais rendu compte que cela ne s'était encore jamais produit.

Mrs Davis posa la main sur mon front tout en prenant le lait.

« Vous êtes malade ? me demanda-t-elle.

– Je crois bien », dis-je.

Elle se proposa de m'apporter du thé, puis de la soupe, mais je refusai, tout d'abord gentiment, et ensuite de manière plus catégorique. Je lui dis qu'il y avait d'autres choses dont il fallait que je m'occupe. Dès qu'elle fut sortie, je retournai au lit et repris ma rêverie là où je l'avais laissée. D'un instant à l'autre, Judith allait sonner et je lui présenterais mes excuses, et elle me présenterait les siennes. Bientôt, nous ririons de ce malentendu aussi terrible que mineur. Des choses plus importantes et plus improbables se produisaient chaque jour. Des gens gagnaient à la loterie. Des trains déraillaient. Des enfants disparus étaient retrouvés. Pourquoi pas cela ?

Le lendemain, j'ouvris la boutique avec une demi-heure de retard, sans aucune autre raison que parce que je pouvais le faire. En arrivant, je trouvai Naomi qui, assise dehors, m'attendait.

« Qu'est-ce que tu fais là ? lui demandai-je.

– Tu étais où, hier ? me demanda-t-elle.

– J'étais malade. »

Elle était assise sur l'unique petite marche, devant l'épicerie, le menton posé dans la paume de sa main.

« Je t'ai attendu, dit-elle. Longtemps. »

Je m'agenouillai devant elle. Il ne semblait pas y avoir de limites aux déceptions que je pouvais causer.

« Je suis désolé, dis-je à nouveau, pour la seconde fois en deux jours. Je ne savais pas.

– Tu te sens mieux ? demanda-t-elle.

– Mille fois mieux », dis-je.

J'ouvris la boutique pour nous deux. Naomi empila son manteau, son écharpe et son pull dans un coin et elle approcha son tabouret du comptoir.

« On peut lire un petit peu ? me demanda-t-elle.

– Bien sûr. »

Ce matin-là, je lui offris la meilleure prestation dont j'étais capable. Lorsque quelqu'un entrait dans le magasin, je ne sortais pas de mon personnage. Avec la voix aiguë du vieux moine, le père Zosime, je demandai à une femme que je n'avais encore jamais vue, « Trrrrrrrois dollarrrrrrrs et soixante-eeeeeeet-onze cents ». Je me voûtai même pour accentuer l'effet. Naomi, assise sur son tabouret, gloussait de plaisir.

Nous cessâmes de lire peu avant midi. J'allai dans l'arrière-boutique et pris une longue guirlande électrique, ainsi qu'un arbre de Noël en plastique miniature. Durant les deux heures qui suivirent, nous décorâmes le magasin. Je grimpai sur un escabeau et Naomi me tendit la guirlande progressivement. Nous l'arrangeâmes tout autour de la pièce, puis nous nous occupâmes du sapin.

« Il a besoin d'ornements, tu ne crois pas ? dis-je.

– Oui », convint Naomi.

Je lui donnai des feutres, du papier coloré, des ciseaux et de la colle, et elle se mit à faire des étoiles pour l'arbre. Les fournitures scolaires que j'avais achetées il y avait des années venaient enfin de trouver leur utilité, et peut-être en irait-il ainsi, avec le temps, de tout ce qui se trouvait dans la boutique. Naomi découpa et coloria une douzaine d'étoiles de formes et de couleurs variées, tandis que je restais assis à côté d'elle à la regarder faire. Je mis une cassette de chants de Noël et, quand nous en aimions bien un, on chantait en même temps.

Lorsque Naomi eut terminé ses étoiles, nous décorâmes le sapin avec les quelques décorations qui restaient. Nous l'installâmes sur le comptoir près de la caisse enregistreuse, puis nous reculâmes vers le centre du magasin pour pouvoir admirer le spectacle.

« Qu'en penses-tu ? lui demandai-je.

– C'est merveilleux », dit-elle pour me faire plaisir, en levant les yeux vers moi.

Cela me suffisait. Je voulus alors lui donner plus qu'un simple arbre de Noël et une boutique enturbannée de lumières. Je pris un morceau de papier de couleur et écrivis une note à Judith :

Désolé d'être parti avant le thé l'autre soir. Je ne me sentais pas très bien. J'ai des cadeaux de Noël que je voudrais vous offrir, à vous et à Naomi. Je peux peut-être passer chez vous un peu plus tard ce soir ?

Bien à vous,

Sépha

Je pliai la feuille en deux et la glissai dans une enveloppe. J'écrivis le nom de Judith dessus.

« Tiens, dis-je à Naomi. Donne ça à ta mère quand tu rentres. J'ai une surprise pour toi, pour plus tard.

– Et ça dit quoi ?

– Tu verras, lui dis-je. Mais d'abord, il faut que je ferme et que j'aille faire des courses. Je te vois plus tard, dans la soirée. Promis. »

Je ne cherchai pas à cacher mon enthousiasme. Je savais exactement ce que j'allais faire. Noël était imminent et cette année, pour la première fois depuis des années, j'allais en faire un moment spécial. Je ne savais pas encore ce que j'achèterais pour Judith et Naomi, mais le fait de leur offrir quelque chose était déjà suffisant. Je comptai l'argent que j'avais dans la caisse et dans le coffre que je gardais sous le comptoir. Ce n'était pas beaucoup, environ deux cents dollars, que j'avais économisés en vue d'une occasion indéterminée. Il n'empêche que je me sentais riche, non seulement sur le plan de l'argent, mais aussi d'un désir débordant de participer à tous les rituels auxquels ces fêtes de fin d'année nous invitaient. Je voulais soudain savoir ce que cela faisait d'être un de ces acheteurs qui vont de magasin en magasin à la recherche du cadeau parfait, celui qui dirait, voilà ce que tu es pour moi, et voilà comme je suis gentil. Ce n'était pas encore une nouvelle année, mais je considérais que ce que j'étais en train de faire était le début d'une nouvelle tradition.

Les seuls cadeaux que j'avais achetés ces dix-sept dernières années avaient été pour mon frère Dawit. J'avais cessé de lui envoyer des jouets depuis longtemps, cela dit, une fois que j'avais compris qu'il n'était plus un enfant mais un adolescent, et un inconnu, de surcroît. J'imaginais que mes cadeaux étaient reçus à Addis avec un certain mépris justifié, et donc, au lieu de paquets de petits soldats et de robots, j'envoyais des cartes de Noël pleines de promesses creuses de rentrer bientôt au pays. On était encore à trois semaines de Noël, en Éthiopie. Ma mère ne m'appellerait pas avant. Normalement, toute nostalgie possible pour ces fêtes aurait alors disparu depuis longtemps. Il avait été facile, au début, de continuer à vivre selon le calendrier éthiopien. Je me souvenais encore que Noël tombait deux fois par an, une fois en décembre et une autre en janvier, mais, les années passant, il devenait de plus en plus difficile de se souvenir qu'il y avait deux moitiés, dans ce récit. L'an dernier, je n'avais pensé à appeler la maison que tard dans la soirée. Ma mère avait lourdement soupiré lorsqu'elle avait entendu ma voix.

« Je croyais que tu avais oublié, avait-elle dit.

– Non. C'est juste que j'étais coincé au boulot. Personne ici ne sait que c'est encore Noël.
– Je n'ai que deux fils.
– Je sais.
– Et tu n'as qu'une mère.
– Je sais.
– Alors ne me dis pas ce que les autres savent ou pas. »

Cette année, les choses seraient différentes. J'allais fêter deux fois Noël, et chaque fois de la bonne manière. Je tenais quelque chose en Amérique que je n'aurais jamais projeté ni pensé tenir auparavant : les débuts d'une existence.

J'avais encore le temps d'aller acheter quelque chose pour Naomi et Judith, ainsi que d'envoyer des cadeaux à la maison pour ma mère et mon frère. Tout le monde serait surpris de ma délicatesse et de ma considération. Ma mère et mon frère me pardonneraient des années de négligence et d'éloignement. Sur la carte que je joindrais aux cadeaux, je dirais à ma mère que si elle avait besoin de quoi que ce soit, elle pouvait compter sur moi. Quant à Dawit, je lui dirais que trop de temps s'était écoulé et que j'étais maintenant prêt à faire ce que j'aurais dû faire des années plus tôt, à savoir être un frère pour lui. À Judith, j'achèterais quelque chose de simple et d'élégant. Pour Naomi, quelque chose qui stimulerait son esprit déjà presque adulte, quelque chose de mieux qu'une maison de poupée venue d'Allemagne.

Je réfléchis à ma virée en ville de l'après-midi. Il me restait encore au moins cinq heures avant la fermeture des magasins. Je voulais voir la foule, les lumières, les décorations, entendre la musique de Noël déversée dans tous les haut-parleurs. Je voulais me perdre dans les rayons prêt-à-porter et mobilier.

Des bus et des trains conduisaient aux énormes centres commerciaux situés juste à la périphérie de la ville, mais, par habitude, j'étais devenu un marcheur. Des lumières seraient suspendues aux arbres, dans Georgetown, et, en allant à pied, je pourrais voir la ville disparaître dans l'obscurité pour émerger de l'autre côté de la nuit, toujours vivante et vibrante des clients de dernière minute comme moi. Avec un peu de chance, une neige légère tomberait peut-être une fois encore, qui apporterait sa contribution à l'ambiance de la soirée. Je pensais bien sûr au Scrooge de Dickens, s'ouvrant à l'esprit de Noël à la dernière minute, après avoir vu les horreurs de sa vie étalées devant lui. Je me permis même de penser à Naomi comme à mon ange personnel, sinon des Noëls passés du moins de celui-ci et de ceux à venir. J'allais lui acheter quelque chose de merveilleux, à quoi ni sa mère ni son père n'auraient pensé. Ce devrait être quelque chose qui lui durerait toute sa vie.

En remontant P Street, vers le centre commercial de Georgetown, je pris conscience d'une certaine légèreté dans mes pas. Il n'allait pas neiger comme je l'avais espéré, mais cela ne faisait rien. Je savourais la clarté de cette journée pour ce qu'elle était. Elle ajoutait de la chaleur à l'air ambiant : un air hivernal frais et piquant, qui s'accordait tout à fait bien avec une marche d'un bon pas. Je vis des nuées de gens et une circulation intense tout le long du chemin. J'arrivais à suivre l'allure du bus G2, qui devait s'arrêter tous les quelques mètres en grinçant, à cause d'un piéton ou d'un feu rouge. Je pouvais distinguer les visages de tous les gens qui se trouvaient dans les voitures. Aucun n'arriverait à sa destination, quelle qu'elle fût, avant longtemps. Ils seraient en retard pour leurs dîners ou leurs réunions. Si j'avais pu le faire, j'aurais dit à chacun d'eux que ce n'était pas un problème. Qu'on ne pouvait rien y faire. Que c'était ainsi qu'allait le monde. Certains jours, on avançait sur un petit nuage, d'autres jours, il fallait simplement subir les choses. P Street. Pauvre et étroite P Street… Elle était ce jour-là tendue jusqu'au point de rupture. Même les trottoirs étaient noirs de monde. Toutes les boutiques que la rue offrait recrachaient des clients. Il y avait la queue à la caisse de la librairie Madame X. Tous les caddies de la supérette étaient volés par des gens qui ne voulaient pas porter leurs courses jusque chez eux. Ce n'est pas si souvent que vous avez cette vision de votre univers. Une fois, peut-être deux fois par an, vous le voyez dans sa pure et sa simple beauté. Sur quelques pâtés de maisons, au moins, je reconnus presque tous les gens que je rencontrais. Des visages familiers, pour la plupart. C'était là un des effets les plus tranquilles du temps qui passe. Il réduit, lentement mais sûrement, les marges inconnues de votre vie. Une ou deux personnes me dirent bonjour en me croisant sur le trottoir. La majorité des gens, cependant, passaient rapidement sans me regarder. Mais cela ne faisait rien. Ils ne se seraient pas rendu compte qu'ils regardaient un homme nouveau.

Lorsque j'approchai des magasins de Georgetown, j'avais fini de faire la liste mentale de ce que j'allais acheter pour tout le monde. Pour ma mère, du parfum. Si elle n'avait pas trop changé, elle devait encore avoir au moins une douzaine de flacons alignés sur sa coiffeuse, comme autant de petits soldats de plomb, et continuer à chercher le parfum idéal. J'allais le lui trouver. Pour Dawit, une belle chemise blanche bien amidonnée. Il avait maintenant terminé ses études. Il lui fallait, comme aurait dit notre père, bien jouer son rôle. La dernière photo que j'avais de lui m'était arrivée par la poste l'an dernier. Il était bâti comme notre père. Il lui ressemblait déjà davantage que je ne le ferais jamais. C'était comme si la nature avait découpé en deux les traits de nos visages pour me faire hériter des pommettes hautes et du petit nez de ma mère, tandis qu'il aurait les traits plus audacieux et plus forts de mon père. Il avait une tête pleine et massive, avec ces mêmes cheveux épais et ondulés dont mon père disait toujours qu'ils avaient assuré son succès auprès des femmes. Tandis que mon menton était délicatement arrondi, celui de Dawit possédait des lignes fermes et nettes. J'espérais qu'un tel menton lui servirait dans sa vie à venir. Pour notre père, cela lui avait assuré un certain respect de la part de gens qui auraient pu tenter de profiter de ses manières douces. Je me demandais si Dawit était aussi gentil que lui. Il y avait quelque chose dans ses yeux qui laissait penser qu'il en avait le potentiel. Je me demandais si, comme mon père, il marmonnait quand il était en colère, ou s'il allait devenir un de ces hommes qui ont les larmes aux yeux dès que l'émotion les submerge. Notre père aimait les chemises blanches. Son placard en était plein. Si elles étaient toujours là, alors Dawit pourrait ajouter celle-ci à la collection et, si elles avaient disparu, j'espérais qu'il penserait à commencer sa propre collection.

Pour Judith, un livre. Quelque chose de rare et de remarquable. Il faudrait que ce soit un livre historique. Sur l'Amérique et la politique, mais il devrait contenir une certaine dimension poétique. Après notre premier dîner, j'avais cherché son nom à la bibliothèque du quartier, puis une fois encore à celle du Congrès. Judith McMasterson. Auteur d'un livre, *L'Amérique rejette son passé*, ainsi que de plusieurs douzaines d'articles universitaires, avec des titres comme « Le legs de Tocqueville à la poétique américaine », « L'écriture contre l'Histoire », « Les écrivains du XIXe siècle à la recherche de leur place », « Les poètes américains réduits au silence », ou « La grammaire de l'histoire poétique ». J'avais lu des fragments de chaque texte, dont plusieurs chapitres de son livre. C'était une universitaire rigoureuse, mais pleine de passion. Elle écrivait souvent à la première personne. Elle nourrissait ses démonstrations de récits et d'opinions personnelles. Il y avait quelque chose de légèrement pompeux dans ses arguments, comme si ce qu'elle voulait vraiment dire de l'histoire américaine, au fil de toutes ces pages, revenait à une phrase, « Rien de tout cela n'est assez bon ». Elle faisait montre d'une farouche loyauté envers Emerson, et envers le dix-neuvième siècle en général. Mon passage préféré se trouvait à la fin du livre. Après avoir disséqué sur quatre cents pages les essais d'Emerson et *De la démocratie en Amérique*, Judith dédicaçait son chapitre final à un obscur auteur français, Gustave de Beaumont, dont le plus grand titre de gloire fut d'avoir été l'exécuteur littéraire de Tocqueville.

> Beaumont n'atteignit jamais la renommée et la reconnaissance de son ami de longue date, Tocqueville. Il ne publia qu'un roman, traduit en anglais, *Marie, ou l'Esclavage en Amérique*. Le récit possède une qualité fragmentaire et discursive qui me semble plus en accord avec l'esprit littéraire américain que tout ce qu'a pu remarquer Tocqueville. Beaumont n'a peut-être jamais pris la mesure du caractère radical de son récit. Les questions centrales de l'identité raciale et du rôle des femmes dans la société sont au cœur du roman dérangeant de Beaumont, comme s'il avait deviné ce que serait la centaine d'années à venir en Amérique et qu'il avait écrit son livre comme une explication à tous ceux qui un jour oseraient demander : « Comment en sommes-nous arrivés là ? » L'Histoire, ce qui est bien triste, va souvent dans ce sens. Les premiers esprits créatifs d'une génération sont souvent oubliés, ou négligés avec le temps.

Depuis que j'avais fait la connaissance de Judith, j'avais lu *De la démocratie en Amérique*, un recueil d'essais d'Emerson et même *Marie*, un roman qu'il m'avait fallu chercher dans trois bibliothèques successives avant de finir par le dénicher. Je ne peux pas dire que je comprenais mieux l'Amérique après avoir lu tout ça. Ce que je comprenais, c'était combien Judith prenait au sérieux tous les échecs de l'Amérique, et combien aussi elle en aimait les héros. Elle ne l'a peut-être jamais dit, mais je crois que pour elle une centaine de vers et une poignée de romans sauvaient le pays tout entier.

Dans une vieille librairie d'occasion, à Georgetown, je dénichai une édition de 1928 des poèmes d'Emily Dickinson. Acheter ce livre signifiait ne pas payer les factures de gaz et d'électricité de ce mois-là et croiser les doigts en espérant faire un chiffre d'affaires régulier durant tout le reste de l'hiver. Mais c'était un beau livre. Une couverture en carton rouge, une reliure qui avait parfaitement tenu au fil des années. Il ne contenait qu'une partie des poèmes que l'on peut maintenant trouver dans une édition moderne de la poésie de Dickinson, mais cela me parut d'autant mieux. Chaque poème avait sa propre page, dont certaines étaient cornées et légèrement annotées. Je ne pensais pas que j'aurais pu trouver mieux.

Je gardai le cadeau de Naomi pour la fin. Ce serait un livre blanc pour écrire son journal intime. Je le savais depuis le début. Je voulais que ce soit un journal d'adulte, un volume avec des pages non lignées et une solide couverture de cuir qui pâlirait et deviendrait toute douce avec le temps. J'imaginais que ce serait le genre de journal qui l'accompagnerait à travers l'adolescence et jusque dans l'âge adulte. Elle le garderait jalousement. Elle l'emmènerait de maison en maison, le cacherait sous son lit et l'emporterait dans son cartable chaque fois qu'elle saurait qu'elle devait quitter la maison pour plus d'une nuit. Je ne savais pas comment lui dire qu'elle devrait tout écrire dans ce journal, mais il fallait que ce soit précisé. Tout allait passer si vite que si elle ne commençait pas à en garder trace maintenant, ce serait impossible plus tard.

Je trouvai le volume et un joli stylo-plume pour aller avec. Je m'installai dans un café français un peu à l'écart de la rue principale et entrepris d'écrire mes dédicaces.

Chère Naomi,

Je voulais te donner ce journal pour plusieurs raisons différentes. J'avais entendu dire par Henry, mon chauffeur, que tu cherchais le journal parfait dans lequel écrire tes pensées.

Chère Naomi,

Je voulais te donner quelque chose que tu garderais pour le restant de tes jours.

Chère Naomi,

Tu es la fille de onze ans la plus intelligente du monde, je voulais donc que tu aies un lieu où écrire toutes tes brillantes pensées. Ce livre sera peut-être ton endroit secret pour dire et écrire tout ce que tu veux.

Je me décidai pour cette dernière formule, mais, avant d'envelopper le journal, je passai au blanc le mot « Chère », pour le remplacer par un simple tiret : « – Naomi ».

❦

En arrivant chez moi après avoir fait mes achats de Noël, les bras chargés de mes cadeaux, je trouvai une note qui m'attendait sur le palier

Cher Sépha,

Merci pour votre lettre. C'était très gentil à vous de penser à nous. Malheureusement, Naomi et moi partons de bonne heure ce soir pour aller passer les fêtes avec ma sœur et sa famille, dans le Connecticut. Je suis sûre que nous nous verrons très vite à notre retour. Je vous souhaite un joyeux Noël.

Je suis désolée.

Bien à vous,

JM

J'apportai tous les cadeaux dans le salon et les posai par terre, un à la fois. Je ne savais plus quoi en faire, maintenant. J'avais acheté le papier cadeau juste avant de rentrer à la maison. Une décision de dernière minute.

Je passais devant un drugstore et, dans la vitrine, j'avais vu l'habituel étalage de sapins, de lumières et de cadeaux, avec la fausse neige, les elfes et le traîneau. J'étais entré et m'étais promené sans but dans les rayons, en écoutant les chants de Noël et en regardant les gens acheter des flacons de parfum et des boîtes de chocolat. Je ne sais pas s'il peut vraiment y avoir une ambiance générale de joie et de bonheur allant avec telle ou telle saison, mais si j'avais été tout seul, j'aurais dansé pendant des heures entre les rayons. Ce ne fut que lorsque je remarquai que les vigiles commençaient à baisser les grilles que je me décidai pour du papier cadeau. C'était un paquet de trois rouleaux. Le premier était rouge, avec des images du Père Noël sur son traîneau, le second vert avec du gui et le dernier, un mélange de fines rayures vertes, rouges et blanches. La vendeuse m'offrit une boîte de nœuds pour parfaire les paquets. Elle sourit joyeusement en la mettant dans le sac, et je me sentis à nouveau heureux, comme un instant plus tôt, dans les rayons.

Je m'assis par terre et déchirai l'enveloppe en cellophane des rouleaux de papier. Je décidai que le rouge était pour Naomi, le vert pour Judith et Dawit et le rayé pour ma mère. Je n'avais encore jamais fait de paquet-cadeau mais il était justement temps d'apprendre. Je voulais que chaque cadeau ressemble aux paquets qui se trouvaient au pied de l'arbre de Judith, mais plus je coupais et pliais le papier pour tenter de lui faire épouser les contours de chaque objet, plus je me rendais compte que cela n'arriverait jamais. J'essayai malgré tout. Pendant presque quatre heures, j'essayai. Je bousillai les deux premiers rouleaux en un peu plus d'une heure. À quelques reprises, je fus à deux doigts de réussir l'effet que je voulais, mais cela ne me suffisait plus, maintenant. Je voulais des paquets-cadeaux bien lisses, impeccablement emballés, comme ceux que le père de Naomi avait envoyés d'Allemagne. J'avais commencé par le flacon de parfum destiné à ma mère. Un petit paquet, à peine plus grand que la paume de ma main, mais là, décidai-je, était le problème. Il était trop petit. Je pris les cadeaux les uns après les autres et leur trouvai des défauts à chacun. Le livre de Judith était trop mince. Le journal de Naomi était trop épais et le stylo-plume posé dessus faisait comme une sorte de bosse peu naturelle qui ne pourrait jamais être enveloppée correctement. Quant à la boîte de Dawit, elle était tout simplement trop grosse. Je gâchai presque tout un rouleau avec son cadeau. Aucun paquet ne pouvait être enveloppé comme je le voulais. Je tentai de mesurer les morceaux de papier d'après chaque face des paquets. Il y avait toujours un petit problème : on voyait un coin, ou bien il y avait trop de papier à l'autre extrémité. Si je pinçais le morceau en trop à l'angle, je me retrouvais avec trop peu de papier de l'autre côté ou alors avec un angle qui pointait à travers le papier déchiré. Les coins posaient toujours un problème. Les surfaces planes étaient parfaites. Ce n'était que lorsque je m'attaquais aux coins que ça ne marchait plus.

Quand je me retrouvai à court de papier, il était un peu plus d'une heure du matin. Mais cela n'avait aucune importance. Ces cadeaux n'iraient nulle part. Si j'avais eu assez de papier, j'aurais bien pu trimer par terre pendant une semaine, cela n'aurait eu aucune conséquence. Personne n'attendait rien de moi.

Je me mis à empiler les paquets les uns sur les autres, dans l'espoir que, pris ensemble, ils perdraient un peu de leur aspect abîmé et cabossé. Je les posai sur la table basse et reculai de quelques pas. La distance ne sauva rien du désastre. Ces paquets ne ressemblaient en rien aux cadeaux disposés sous l'arbre de Judith. On aurait dit qu'ils avaient été emballés par un manchot aveugle qui aurait déchiré le papier et coupé le scotch avec ses dents.

Avant d'aller au lit, je décidai de faire un tour dans le quartier. Je passai devant mon épicerie et continuai sur quelques pâtés de maisons vers le sud, là où se trouvaient encore des bâtisses murées et des trottoirs pleins de bouts de verre. Il y avait quelques personnes dehors, surtout des adolescents qui traînaient, ceux qui vendaient de la drogue dans les immeubles abandonnés et les ruelles. Je me demandai si la période de Noël était aussi favorable à leurs affaires qu'aux miennes.

Cela semblait une nuit faite pour marcher au beau milieu de la rue. Avant, j'avais peur dans cette partie du quartier. Aussi dures qu'aient pu être les choses autour de la place quand j'avais emménagé, ce n'était rien, comparé à ces immeubles-là. Peu de gens y vivaient. La moitié d'entre eux avaient été complètement détruits par le feu ou bien condamnés. La peur que l'on pouvait éprouver était unique, car elle s'accompagnait du sentiment que c'étaient les objets inanimés, tout autour de vous, qui vous effrayaient le plus. Les façades de briques délabrées, striées de traînées noires à la suite des incendies qui avaient fait rage des dizaines d'années auparavant, n'avaient besoin d'aucune rumeur de violence pour intimider. Elles étaient déjà assez terrifiantes par elles-mêmes. Comme tout, elles s'étaient émoussées avec le temps. Tout ce que je voyais, maintenant, c'était combien elles avaient l'air tristes et vides, combien tous ces immeubles avaient l'air tristes et vides.

Je coupai à travers la place avant de rentrer chez moi. Je m'installai sur l'un des bancs brillamment éclairés, un de ceux qui se trouvaient le plus près, et attendis qu'arrivent les quelques filles qui traînaient encore dans le coin tard le soir. Cette fois-ci, je n'eus que quelques minutes à attendre avant d'en voir deux s'approcher ensemble. Elles ralentirent le pas en avançant vers moi ; une des femmes me reconnut pour m'avoir vu au magasin. Il y avait des visages familiers partout où j'allais, aujourd'hui. Elles me rejoignirent, et la femme que je connaissais me demanda si j'avais envie d'un « petit rendez-vous spécial Noël ».

« Qu'est-ce que tu en dis ? »

Je n'hésitai pas. Je me levai en disant, « D'accord ». L'autre s'éloigna. Je décidai de regagner mon appartement. Il était assez tard dans la soirée pour que je n'aie pas à me demander si Mrs Davis, ou un autre voisin, m'observait. Judith et Naomi étaient parties dans le Connecticut. Je n'avais rien à perdre.

Nous nous sommes d'abord allongés sur le canapé, et plus tard sur le lit. Je voulais être plus qu'à moitié présent, ce qui veut dire que je voulais pouvoir me voir complètement et honnêtement, nu dans mon lit avec une femme dont je ne connaîtrais jamais le vrai nom. Je pris plaisir à sentir un corps sous, puis sur le mien. J'enfouis mon visage dans sa poitrine et la traitai comme s'il s'agissait de quelqu'un que j'aimais. Seul le contexte de cette soirée importait réellement. Il donnait un certain poids et une certaine substance à ce que nous faisions, si bien que lorsque nous eûmes fini et que nous nous retrouvâmes allongés, avec la lueur orange du réverbère pour seul éclairage dans la pièce, ni l'un ni l'autre ne bougea ni ne se dépêcha de se lever.

Avant de partir, elle me demanda pour qui étaient ces cadeaux.

« Je n'en suis plus très sûr, dis-je.

– Beau travail, pour les paquets. »

Le salon était jonché de débris de papier cadeau. Je ne m'étais pas soucié de nettoyer avant de sortir, et rien ne me préoccupait moins quand j'étais rentré à la maison. Je séparai le cadeau de Dawit des trois autres.

« Choisis-en un, dis-je.

– Je peux prendre n'importe lequel, ça t'est égal ?

– Oui, tu prends ce que tu veux. »

Elle regarda chaque paquet avec attention, sans en toucher aucun. Elle montra celui qui contenait le flacon de parfum.

« Je peux avoir celui-là ?

– Bien sûr, lui dis-je.

– C'est quoi ?

– Du parfum.

– Je ne porte pas de parfum, dit-elle. Ça me donne la migraine.

– Pas de problème, lui dis-je. Tu le donneras à quelqu'un que tu connais. »

13

JE DÉCIDE de prendre le bus en sortant de l'appartement de mon oncle, pour aller voir Joseph à son restaurant. Des bus vont et viennent constamment devant les tours, chacun aussi bondé que le précédent. Aujourd'hui, c'est voyage debout dans tous les bus. La foule compense pour moi le fait de ne pas marcher. Je suis dans le bus M28, tandis que celui qui nous suit est le M34 et que celui qui nous précède est le M19. Je m'émerveille facilement devant les trains, mais ce sont les bus qui ont tout mon amour. Les trains parlent à cette partie de moi qui brûle de savoir qu'il existe une main invisible dans laquelle je peux placer sinon ma vie, du moins ma capacité à me déplacer d'un endroit à un autre dans le noir ; les bus sont comme un test de ma foi en l'homme. Ils vont dans des quartiers où les trains n'osent pas aller, ils se glissent dans des rues secondaires étroites et se faufilent entre les voitures et les bâtiments. À Addis, je n'avais jamais le droit de prendre le bus, ce que je n'ai fait qu'une fois devenu assez grand pour agir à l'insu de mes parents, mais la ville comme le pays se sont effondrés peu après et je n'ai donc que quelques souvenirs de voyages mémorables effectués seul à travers les rues de cette ville dessinée au hasard, devant les toits de tôle ondulée des bidonvilles qui poussaient partout, sauf dans les quartiers les plus riches. Ma mère, mon frère et moi étions toujours transportés, de la maison à l'école ou à l'endroit où mon père avait prévu que nous passerions la soirée, dans une simple berline noire, conduite soit par lui soit, lorsqu'il était en déplacement pour son travail, par le garde qui se tenait toujours devant notre porte quand nous étions à la maison. À l'intérieur de notre voiture, au calme, nous étions une famille, à la retenue de bon aloi, avec de la musique douce en bruit de fond. Occasionnellement, mon père accompagnait en sifflant une de ces tristes chansons pop éthiopiennes que j'écoute encore. Son sifflement emplissait l'habitacle, à l'exclusion de tout autre son qui aurait pu interférer, tandis qu'au dehors, à bord des bus, tout un petit monde chaotique tournait en orbite autour de la ville. Comparée aux autocars bondés qui sillonnaient le centre d'Addis, ma banquette arrière vide me paraissait le signe d'une existence solitaire et creuse. À chaque fenêtre des bus se pressaient une demi-douzaine de visages. Des vieilles femmes, la tête enveloppée d'un fin voile blanc, et des enfants en haillons et sales me regardaient fixement, tandis qu'au-dessus dominaient les chemises et les pantalons sans visages des hommes qui s'observaient avec suspicion en gardant leur argent dans leurs poings serrés. Ils avaient à peine assez d'espace pour respirer, encore moins pour remuer, et c'était ce que je leur enviais le plus. Tandis que j'étais confortablement assis à l'arrière de la voiture de mon père, toute une ville bougeait à l'unisson, pâté de maisons par pâté de maisons, avec chaque cahot ou chaque bosse que le bus épousait à travers les rues défoncées de la capitale, comme autant de marionnettes attachées aux mêmes ficelles manipulées par le chauffeur. J'imaginais cette foule sortant par les fenêtres et par les portes, comme de l'eau s'échappant d'une jarre pleine de trous, et je les voyais aussi tous y rentrer un peu de la même façon, sauf que c'était en sens inverse. Je voulais être avec eux. J'aurais tout donné pour pouvoir disparaître dans l'un de ces bus, avalé tout entier par la foule, mon visage et mes membres si bien mêlés aux leurs que les mots « je » et « seul » ne pourraient plus jamais être dits.

Lorsque vint la révolution, les bus se vidèrent. Durant les tout premiers mois, j'en voyais parfois un circuler dans la rue, vide à l'exception du chauffeur et de quelques soldats qui se tenaient près des fenêtres, leurs fusils dressés. Plus tard, on utilisa les bus pour transporter des centaines de garçons jusqu'à une des nouvelles prisons bâties à la périphérie. Je me souviens que je me demandai alors comment une ville qui avait eu besoin de tant d'intimité pouvait ainsi se retourner contre elle-même. C'était là la pensée d'un jeune homme puéril et privilégié, mais la déception n'en était pas moins douloureuse.

Lorsque je vivais à Silver Rock avec mon oncle, je passais souvent mes soirées libres du vendredi et du samedi à sauter d'un bus bondé à un autre. Je voyageais ainsi jusqu'au moment où les gens se faisaient moins nombreux, puis je descendais pour prendre un autre bus plein de monde qui repartait dans la même direction. J'avais fini par connaître ceux qui étaient les plus pleins à telle ou telle heure, ceux qui arrivaient toujours à l'heure ou pleins à craquer, et ceux qui me laissaient toujours sur ma faim. Il me suffisait de savoir que pendant vingt ou trente minutes je m'étais enfermé dans la même destinée que des douzaines de personnes qui, comme moi, pouvaient à peine sortir leur main de leur poche ou décaler leur poids d'un pied sur l'autre sans bousculer quelqu'un. Pour moi, ces bus étaient les points de référence de la civilisation, même si, à l'époque, je n'aurais su les décrire en tant que tels. J'aurais plutôt dit que je m'y sentais plus en sécurité que n'importe où ailleurs dans la ville.

Il me restait au moins encore une heure avant que Joseph finisse sa journée. Dès le départ, Joseph avait été fier de son travail, quand bien même il ne l'aurait jamais admis. Oui, il était toujours serveur, mais, au lieu de l'être dans le restaurant correct d'un bel hôtel, il travaillait maintenant dans le « meilleur établissement, destiné à l'élite de la ville ». C'étaient là ses propres mots : « Ce restaurant est le meilleur établissement, destiné à l'élite de la ville. » Et c'était vrai. C'est au Colonial Grill que sénateurs, avocats et membres des lobbys se retrouvent pour déjeuner ou pour dîner. La salle est totalement vitrée et donne sur un des carrefours les plus animés de Washington, si bien qu'à tout moment durant ses heures de travail il est possible d'espionner l'« élite » menant ses affaires ainsi que celles du pays devant des repas servis sur des nappes immaculées, sous de grands lustres et des plafonds à moulures. Joseph était forcé d'apprendre les noms et les visages de toutes les personnalités politiques qui venaient régulièrement au restaurant. Il connaît au moins de vue les cent sénateurs et près de la moitié des représentants. Lors de sa première année, il nous racontait, à Kenneth et à moi, à la fin de chaque semaine, qui il avait servi et vu. Il ajoutait toujours une petite touche de conspiration à chaque récit, convaincu qu'il était que tout ce qui avait de l'importance ne pouvait se produire sans murmures ni poignées de main.

« Vous savez qui est venu, mardi ? Le chef de cabinet du Président. Et vous savez avec qui il mangeait ? Avec ce sénateur du Mississippi que personne n'aime. Ils n'étaient que tous les deux à leur table. Je les ai bien observés. Ils n'ont pas ri, ni même souri de tout le repas. Ce n'est pas un bon signe. »

Son intérêt pour la vie politique ne dura que le temps qu'il lui fallut pour connaître les visages qui se cachaient derrière. Une fois cela fait, il n'y eut plus ni mystère ni surprise. Ces politiciens allaient et venaient. Ils déjeunaient. Ils laissaient de généreux pourboires. Ils exigeaient d'être traités comme des rois, tout simplement. Joseph avait peut-être cru que sa proximité physique avec le pouvoir signifiait que de grandes choses étaient possibles pour lui. C'était ce que le Colonial Grill était censé signifier – une marche de plus gravie dans le monde, un signe de progrès, d'avancement, de promotion. À son arrivée à Washington, il avait d'abord travaillé comme garçon de salle, puis comme bagagiste, et il était maintenant serveur. Nous avons tous des critères à l'aune desquels nous jugeons les progrès de notre vie. Joseph a toujours été généreux avec les siens. Cela faisait dix-sept ans qu'il était arrivé en Amérique et il avait toujours essayé de voir chacune de ces années sous la meilleure lumière possible. L'université du Michigan et le doctorat sont maintenant les derniers rêves d'un jeune immigrant ambitieux.

« Y a plus besoin d'un doctorat, à présent, m'avait-il dit un jour. Tout ce que tu veux apprendre en ce monde, tu peux l'apprendre gratuitement dans cette ville. »

Nous rentrions à pied de la bibliothèque du Congrès, où nous avions passé la majeure partie d'un après-midi à rechercher les poèmes d'un obscur poète congolais que Joseph se souvenait avoir lu quand il était adolescent. Dans ses rares moments de loisir, et quand il était sobre, il travaillait à son propre recueil de poèmes, des poèmes qui allaient retracer toute l'histoire du Congo, du roi Léopold à la mort de Patrice Lumumba et à l'ascension de Mobutu Sese Seko.

« Ces poèmes, disait-il, sont comme *La Divine Comédie*, sauf qu'il n'y a pas de paradis. Ils commencent en enfer, ils en sortent juste pour un temps, avant d'y retourner. »

Un jour, dans son studio trop grand dépourvu de

meubles, il m'avait lu les derniers vers de la première partie, celle qui se terminait sur le départ des Belges du Congo et la montée de Lumumba comme Premier ministre. C'était un peu son équivalent de « Les belles choses que porte le ciel » de Dante.

Nous sommes venus jusqu'ici, pour découvrir qu'il nous fallait aller encore plus loin
Les dernières traces d'un crépuscule permanent ont pâli et reculé
Devant ce que nous espérons être rien de moins qu'une aurore permanente.

« Ces vers ont encore besoin d'être travaillés, me dit-il. Je n'ai pas encore capturé l'esprit que je recherche. Je veux que le lecteur de ce poème sache ce que c'était que de vivre dans le Congo des années soixante. C'était plus qu'un simple commencement. C'était un monde neuf. C'était comme si chacun, dans le pays, devenait en même temps une nouvelle mère et un nouveau père. Mais je ne peux pas dire ça. Ou bien si ? Non. Je dois trouver quelque chose de plus subtil, de moins direct, mais sans rien perdre des sentiments. »

Pour ce que j'en sais, deux ans plus tard, Joseph travaille toujours sur ces trois vers. De temps à autre, quand il est ivre, il nous les ressort.

« Je crois que je les tiens, Stéphanos. Ils me sont arrivés la nuit dernière comme des vers venus du ciel :

Arrêtons. Recommençons.
Lavons le sang des forêts de caoutchouc
Et faisons ce que nous avons promis de faire.

Chaque mouture a eu un thème et un point de départ différents. Une version était dirigée contre le roi Léopold. Une autre était mise dans la bouche d'un ouvrier de plantation mutilé qui regardait ses mains coupées jetées dans un panier déjà plein d'autres mains. Et une autre encore faisait parler un enfant orphelin, témoin de la naissance d'une nouvelle nation. La dernière version qu'il m'a lue était la plus concise de toutes. Quatre mots :

Patrice.
Sommes-nous prêts ?

Le problème, disait Joseph, était qu'il voulait raconter toute l'histoire du Congo, depuis les plantations de caoutchouc jusqu'au premier coup d'État.

« Rien ne doit être laissé de côté, affirmait-il. Le poème doit pouvoir tout contenir. Sinon, ce sera un échec. »

Ces premiers vers donnèrent à Joseph assez de romantisme pour le porter à travers les années passées au Capitol Hotel et maintenant au Colonial Grill, mais ils perdaient peu à peu de leur pouvoir. Aujourd'hui, quand il parle du restaurant, c'est exclusivement pour faire un calembour ou un commentaire sarcastique. Il ne l'appelle que la Colonie. Il n'en parle que lorsqu'il est assis confortablement dans un fauteuil, les jambes croisées, et de préférence avec un verre dans une main et une cigarette dans l'autre.

« C'était terrible, à la Colonie, aujourd'hui. Absolument terrible. Les autochtones sont devenus fous. On n'avait plus de risotto. Les femmes arrachaient leurs colliers de perles. Les hommes crachaient dans leur vin. On a presque dû balancer des grenades lacrymogènes. »

Il est un peu plus de cinq heures lorsque j'arrive au restaurant, qui est déjà plein de monde. Le Colonial Grill n'a pas changé depuis la dernière fois où j'y suis allé. Avant, je passais devant tous les jours, quand je travaillais au Capitol Hotel. Joseph et moi prenions parfois notre pause-déjeuner ensemble et, quand c'était le cas, nous longions la salle de restaurant pour regarder à travers les vitres gigantesques qui l'enveloppaient de tous côtés et la dévoilaient tout entière aux yeux de ceux qui se trouvaient là ou qui passaient en voiture. Nos reflets translucides nous étaient renvoyés, tandis que nous observions les hommes et les femmes bien habillés qui sirotaient de l'eau minérale à l'intérieur. Il nous arrivait d'imiter les conversations que nous imaginions en train de se dérouler dans la salle.

« Vous savez Stéphanos, disait alors Joseph, ce steak est un peu sec à mon goût.

– Vous allez rire, Joseph, je pensais exactement la même chose.

– Cet endroit n'est plus ce qu'il était.

– Non. Vous avez raison. Mais que peut-on y faire ? Tout ce pays s'en va à vau-l'eau.

– Il n'y a pas que ce pays, Stéphanos. Le monde s'écroule tout autour de nous. »

Je repère Joseph de l'extérieur, il repart en courant vers les cuisines avec une autre commande sur le bout des lèvres. Je ne l'ai jamais vu dans sa tenue de travail complète. Chaque fois qu'il passe à la boutique, il enlève sa chemise et son nœud papillon pour enfiler à la place son sweat-shirt de l'université du Michigan qu'il porte tout le temps, sauf quand il fait trop chaud.

En revenant vers une table à laquelle sont installées trois vieilles dames blanches, Joseph voit que je l'observe à travers la vitre. Nos regards se croisent et, l'espace de quelques secondes, nous ne bougeons ni l'un ni l'autre. Il est figé au milieu de ce restaurant très animé, conçu pour ressembler à une salle à manger anglaise du dix-neuvième siècle, avec d'énormes lustres de cristal et des tentures de velours rouge encadrant chaque fenêtre, tandis que je reste rivé à mon bout de trottoir, cerné par les tours de verre qui se dressent autour de moi. Nous avons tous deux conscience de la précipitation et du bruit qui dominent alentour. Derrière moi, une file de voitures attend que le feu passe au vert et un flux régulier de personnes entrent et sortent des immeubles de bureaux, tandis qu'autour de Joseph se trouvent des tables pleines de gens qui passent commande ou qui vident leurs assiettes jusqu'à la dernière miette. Un autre serveur se précipite, le bras chargé de tasses à café et d'assiettes à dessert vides, et manque de le heurter. Nous pourrions être de vieux amants qui se retrouvent, à la façon dont nous nous regardons fixement, mais en fait nous sommes deux amis qui se connaissent depuis des années, sans toutefois sembler trouver du sens à l'image qu'ils se renvoient à quelques mètres de distance seulement. Joseph ressemble à peine à l'homme que je connais. Il n'y a pas que le smoking qui le change, c'est aussi le contexte, et l'expression sur son visage. En dépit de ce qu'il a pu dire dans le passé, j'ai toujours su qu'il n'a jamais voulu que Kenneth ou moi mettions un pied au Colonial Grill pendant qu'il y travaillait. Je ne m'étais jamais douté qu'être simplement vu là était peut-être déjà trop dur. Il tente de me sourire, mais le résultat paraît forcé. C'est une grimace et non un sourire, le genre d'expression que vous décocheriez à quelqu'un qui vient de vous faire une remarque blessante que vous essayez de digérer.

Un autre serveur donne délibérément à Joseph un petit coup à l'épaule en passant. Il repart vers la table qui avait été sa destination première, sans jamais détourner les yeux de moi, et je ne détourne pas les yeux de lui non plus. Il n'est plus possible de nier qui nous sommes et ce que nous sommes devenus. Je lui adresse un simple au revoir de la main, juste comme il s'approche de la table des vieilles dames, qui le regardent toutes les trois, vaguement perturbées. Il hoche la tête une fois dans ma direction, avant de se pencher vers elles. Je le regarde encore une seconde, puis je tourne au coin de la rue et disparais de sa vue.

Moins de vingt pâtés de maisons séparent maintenant le Colonial Grill de mon épicerie, à Logan Circle. Je les connais aussi intimement que je connais les autres rues de Washington. Alors que tant d'autres choses ont changé, ces vingt pâtés de maisons sont restés obstinément les mêmes. C'est donc ici, la ville où j'ai fait ma vie et où je vis. Il semble maintenant important d'y penser en ces termes. De ne pas la considérer comme une somme de fragments ou de morceaux, mais comme un tout unifié. En tant que capitale, elle n'est pas très grande. Cent soixante-dix-sept kilomètres carrés, la forme approximative d'un diamant, divisée en quatre quadrants, érigée sur ce qui fut avant tout une terre marécageuse. La ressemblance avec Addis, sinon en substance, du moins dans la forme, m'a toujours paru frappante. Comme ville, Addis n'était pas beaucoup plus grande. Deux cent vingt kilomètres carrés, dont la majeure partie était un vaste bidonville construit autour des limites de quelques centres urbains importants. Les deux villes partagent un penchant pour les parcs circulaires et les longues artères diagonales qui se dirigent en sinuant vers la périphérie où elles vont se perdre dans une certaine confusion. Même la lumière de la fin d'après-midi a l'air de toucher Washington de la même façon. Pour l'heure, une teinte rosée douce mais surprenante s'incorpore à quelques gros nuages en formation sur l'horizon. Dans deux heures, tout se fondra en longs filaments rouge foncé qui s'étireront à travers le ciel, et le jour sera enfin terminé.

Très vite, les tours de bureaux se font de moins en moins nombreuses. Elles disparaissent à un point précis, abandonnant la suite de la rue à des maisons et à des boutiques qui ne sont ni complètement délabrées ni bien entretenues, mais dans un état exactement intermédiaire, comme si ceux qui vivaient là avaient été priés par un pouvoir supérieur de ne jamais s'égarer trop loin de leur point de départ.

Je ne peux m'empêcher de me dire que je suis en train de rentrer à la maison. « Je rentre à la maison. » Je prononce les mots à voix haute, en tournant sur la gauche dans Massachusetts Avenue, abandonnant à son sort la dernière des tours du centre-ville. Les trottoirs, comme la chaussée, sont chargés de circulation et de mouvement. Il y a un pouvoir simple et surprenant dans cette expression : rentrer à la maison. Une contradiction implicite, un sentiment d'aller simultanément en avant et en arrière, mais il n'y a pas de tension pour autant. La contradiction cède plutôt le pas à autre chose : l'idée, peut-être, que ce que vous regagnez ne peut plus être ce que vous avez quitté. Je comprends, maintenant, ce regard distant, venu de loin, que j'ai vu chez d'autres immigrants, lorsqu'ils parlent de retourner là d'où ils sont venus. Je vois mon épicerie exactement comme lorsque je l'ai quittée ce matin. Je me souviens de l'emplacement exact de ma chaise derrière le comptoir, de la quantité de monnaie qui se trouve dans le tiroir-caisse, de l'allure des rayons et de la façon dont la lumière vient taper contre les vitrines. Je vois tout cela aussi clairement que je continue de voir l'expression sur le visage de ma mère, quand elle m'a tendu tous ses bijoux fourrés dans le sac de toile rouge, avant de me supplier de partir. Je la vois avec les lourdes poches sous ses yeux, ses longs cheveux noirs attachés en un chignon souple, la couverture blanche dans laquelle elle s'est enveloppée qui se soulève et s'abaisse à chacune de ses profondes respirations. Cela faisait moins de douze heures que mon père avait été emmené et nous nous trouvions devant notre maison dans l'obscurité presque parfaite qui précède l'aube, mettant à l'épreuve les mérites de certains mots.

Un convoi de véhicules de pompiers est bloqué dans les embouteillages de Massachusetts Avenue, leurs sirènes ne cessent de mugir inutilement, pendant que les voitures qui les précèdent tentent en vain de trouver quelques centimètres d'espace où se glisser. Que vais-je trouver à mon retour ? Le cynique en moi a déjà tout transformé en un foutoir méconnaissable et chaotique. J'imagine ma boutique détruite par le feu, ses marchandises pillées. J'imagine une foule de gens rassemblés autour des débris calcinés, qui secouent lentement la tête en signe de sympathie, de pitié. Des boîtes de soupe Campbell's dévalent le trottoir et la chaussée. L'air sent le plastique fondu, et personne ne peut rien faire parce que les camions qui ont été envoyés pour sauver mon bien sont là, devant moi, et ils avancent à peu près à la même vitesse que moi.

Ce serait tellement plus facile de ne jamais rentrer, non ? De tout simplement continuer à marcher dans cette rue jusqu'à la limite de la ville. De là, je pourrais sauter dans un bus ou dans un train, qui m'emporterait plus loin au sud, ou au nord, là où je pourrais tout recommencer. Combien de temps m'a-t-il fallu pour comprendre que je ne retournerais plus jamais en Éthiopie ? Il aurait dû y avoir, semble-t-il, un moment précis où cette certitude s'est installée. Durant au moins les deux premières années que j'ai passées ici, j'étais si occupé à croiser ma mère, mon frère, mon père et mes amis dans les rayons des supermarchés, dans les parcs et les restaurants, que parfois j'avais à peine l'impression d'être vraiment parti. Je recherchais le familier partout où j'allais. Je le trouvais dans les immeubles et dans le dessin des rues. Je croyais me retrouver chez moi chaque fois que je tombais sur trois ou quatre rues se croisant selon des angles bizarres, ou bien dans les immeubles de verre trapus pris dans la lumière aveuglante du soleil. Je retrouvais un peu de chez moi avec ces places et ces mendiants qui dormaient sous les porches la nuit. Je laissais alors mon imagination s'emparer de ce qu'il y avait de meilleur en moi. Les visions hallucinées des miens devinrent habituelles. Je les intégrais totalement à ma journée. Du bus, je parlais à ma mère ; je rentrais à la maison à pied avec mon père en traversant le campus vide et sans arbres de mon petit collège universitaire du nord de la Virginie. Nous parlions pendant des heures. Je lui racontais mes cours, je lui parlais de Berhane et du petit appartement que nous partagions, ou de mon travail comme bagagiste au Capitol Hotel. Je lui expliquais des aspects de la culture américaine dont je n'avais jusque-là jamais entendu parler. « Il n'y a pas de respect, ici, lui disais-je. Les étudiants, dans mon groupe, ils appellent le professeur John. Ils sont habillés comme s'ils sortaient du lit et ils dorment pendant les cours. »

Je n'aurais jamais pu rêver meilleure écoute que celle de mon père. Nous nous parlâmes et nous nous vîmes plus durant mes deux premières années ici que durant toutes celles que nous avions passées ensemble sous le même toit. Il était si facile de le glisser dans ma journée. Il me suffisait de penser à lui en passant, de le voir dans sa chemise blanche impeccable et son costume aux fines rayures, pour qu'il soit là. Est-ce que tout cela a le moindre sens pour toi, *abaye* ? Je sais que tu n'aurais pas eu beaucoup de patience pour ce genre de conversation avec les morts. Cela n'a jamais été ton genre. Tu m'aurais simplement demandé de me souvenir de toi avec tendresse. Mais c'est bon de t'avoir avec moi un petit peu, tandis que l'on s'approche de 13th Street. Tu aurais adoré cette ville, par une journée comme celle-ci. Tu aimais étirer tes mains en écartant les doigts et tendre le cou en arrière pour sentir le vent t'envelopper, une attitude que je ne peux m'empêcher de mimer chaque fois que souffle une brise chaude. Tu aurais peut-être pensé, comme je le fais toujours, que le portrait de Frederick Douglass peint à l'arrière de cet immeuble rouge, au coin de la rue, présente une ressemblance frappante, sous le bon angle, avec un portrait de Hailé Sélassié qui ornait jadis les murs de notre capitale. Je disais plus haut que je ne me souvenais pas du moment où j'ai vraiment compris que j'avais quitté la maison pour de bon. Je ne pense pas me souvenir, non plus, du moment où nous avons cessé d'avoir ces conversations. Les deux sont liés, non ? Je n'avais jamais vraiment compris ça avant maintenant : tout est parti avec toi.

14

LE MATIN DE NOËL, je retournai au magasin. J'enlevai le panneau « FERMÉ » que j'avais mis l'après-midi où Naomi était passée, et j'installai une chaise devant la caisse enregistreuse de façon à pouvoir à la fois lire *Les Frères Karamazov* et regarder dans le vague par la vitrine. J'avais décidé d'ouvrir à nouveau, poussé par un certain sentiment d'obligation. Noël, après tout, n'était pas un jour de congé que les commerçants immigrants avaient le droit de prendre. Le monde avait besoin que l'on travaille le jour de Noël, afin de fournir les denrées de dernière minute, ainsi que les piles pour les nouvelles chaînes stéréo et les voitures télécommandées, sans parler des caisses de bière et de vin supplémentaires que je ne manquais jamais de commander juste avant les Fêtes. Noël était mon jour de travail préféré de toute l'année. Une fois que j'eus appris à faire abstraction de la foi, j'ai pu au moins commencer à apprécier l'effet général que cette fête avait sur les gens. À Noël était associé un calme que j'aimais beaucoup, un silence qui tombait sur Logan Circle avec la force d'un doigt que l'on appuierait contre les lèvres d'un enfant. Lorsque la journée de Noël était chaude et ensoleillée, je passais la majeure partie de l'après-midi planté devant la porte, calé contre le mur, à regarder tout ce vide. Il n'y avait pas de voiture. Il n'y avait pas de piétons sur les trottoirs, ni sur la place. On aurait dit que le monde avait été abandonné par les gens qui s'étaient auparavant activés pour le créer et pour le détruire, et qu'il ne restait plus que de timides commerçants comme moi. Bienheureux les humbles, car ils hériteront de la Terre, sinon pour l'éternité, du moins pour quelques heures une fois par an. Les clients qui passaient au magasin étaient généralement de très bonne humeur, emplis jusqu'à ras bord de la joie et de l'alcool de Noël, qui les feraient rayonner encore quelques heures au moins. J'accueillais leur bonne humeur avec la mienne, ravi que j'étais de vivre une journée qui s'écoulait aussi plaisamment. Je ne me demandais pas combien l'épicerie rapporterait ce jour-là. Quand bien même elle ne me rapporterait rien, cela me serait encore égal.

Ce Noël était exactement le genre de Noël que je préférais. Ensoleillé, légèrement plus chaud que d'habitude, avec quelques nuages minces qui dérivaient paresseusement dans le ciel pour offrir un contraste. Peut-être fut-ce ce temps qui apporta dans la boutique un flot régulier de clients au fil de la matinée et de l'après-midi. Pendant plusieurs heures, il en arriva toutes les dix ou quinze minutes. Quelques-uns venaient du quartier, mais la plupart ne faisaient que passer, en route vers le dîner de Noël avec les tantes, les oncles et les pièces rapportées, qu'ils essayaient d'éviter le restant de l'année. Le papier aluminium fut très demandé, cette année-là. J'ai dû en vendre autant en un jour que durant les six mois précédents.

À dix-huit heures, j'appelai Joseph pour savoir si lui et Kenneth avaient des projets pour la soirée.

« Je croyais que tu allais la passer avec ta nouvelle amie.

– Elle est dans le Connecticut.

– Je vois.

– Il n'y a rien à voir.

– Ne te fâche pas après moi, Stéphanos. Je ne suis pas dans le Connecticut, moi. Je suis tout seul, tout comme toi.

– Où est Kenneth ?

– Au boulot. Tu y crois, toi ? Il a dit que son patron lui avait demandé de "la jouer un peu collectif" et de venir aujourd'hui. Et il était content, en fait. Il a dit que ça montrait qu'ils lui faisaient confiance. Ingénieur ou pas, c'est un sacré crétin. »

Joseph et moi décidâmes de nous retrouver une heure plus tard dans notre bar sombre et humide et parfois bondé, à la sortie de la ville. Je fermerais de bonne heure, tandis qu'il appellerait Kenneth au bureau pour tenter de le convaincre de venir nous rejoindre. Si tout allait bien, nous passerions une soirée de Noël de plus, tous les trois, à rire de notre isolement, à nous moquer les uns des autres et de nous tous, jusqu'à ce que la soirée s'évanouisse en un souvenir flou et indistinct.

Puisque c'était Noël, je décidai de m'offrir le taxi pour

le restant de la soirée. Durant la plus grande partie du trajet, mon taxi fut seul sur la route. Le chauffeur brûlait les feux et les stops, et nous n'échangeâmes pas un mot. C'était exactement comme ça que je voulais que ce soit.

J'arrivai avant Joseph, le bar était déjà plein à dix-neuf heures, les clients formant une sorte de fer à cheval d'hommes juchés sur leurs tabourets autour d'un comptoir en bois couvert de bouteilles. Lorsqu'il entra, j'avais déjà plusieurs verres d'avance.

« Tu es bourré, Stéphanos. »

Ce fut la première chose qu'il me dit.

« Peut-être un peu.

– Ce n'est pas bon pour toi. Tu es trop maigre. On dirait que tu es sur le point de t'endormir. Avec tes grands yeux…

– Tu n'as qu'à me rattraper.

– J'ai déjà bu une bouteille de vin. C'était mon cadeau de Noël, au travail. Deux bouteilles de rouge bon marché que personne ne commande jamais.

– Mais tu l'as bu quand même.

– Bien sûr. Je suis un homme qui a du goût, pas des moyens. Je l'ai bu en lisant du Rilke en allemand.

– Mais tu ne parles pas allemand.

– C'est vrai, mais j'adore les sonorités de cette langue. Tous ces *würt* et ces *gürt* bien durs. C'est absolument magnifique.

– Tout est magnifique, avec toi.

– Pas tout.

– Mais presque tout, bordel.

– Il suffit d'avoir la bonne perspective.

– Qui est ?

– L'indifférence. Il faut que tu saches que rien de tout cela ne va durer. Et après, il faut t'en foutre.

– Et après, le monde devient magnifique ?

– Non, il devient ridicule. Ce qui est assez proche, pour moi. Alors quoi de neuf pour toi, aujourd'hui ?

– Le Connecticut.

– Mais tu t'attendais à quoi ?

– Je ne sais pas.

– Qu'elle veuille passer Noël avec toi dans notre quartier ? Vous trois entassés dans ton appart, à entonner des chants de Noël ? Mais enfin, Stéphanos !

– C'est si ridicule que ça ?

– Oui.

– D'accord. Alors, tu me comprends. »

Lorsque Kenneth arriva, cela faisait presque deux heures que Joseph et moi étions au comptoir. Kenneth portait son costume de travail habituel, il avait juste légèrement dénoué sa cravate. Il était fatigué. Ses épaules étaient voûtées, juste un peu. Il avait dans le regard une lassitude et un vide qui me rappelaient l'expression d'un enfant blessé qui vient de voir quelque chose de cruel ou d'injuste arriver à ceux qu'il aime. Il était presque vingt et une heures. Il venait de faire une journée de travail de douze heures, complètement seul.

« Regarde-moi ça, dit Joseph. Ce type, il porte un costume, même quand il est tout seul à son bureau. Tu es l'immigrant parfait, c'est moi qui te le dis. Les services de l'immigration devraient faire un poster avec toi, Kenneth. Tu devrais même être leur porte-parole. »

Après sa bouteille de vin et une demi-douzaine de verres, Joseph avait finalement réussi à être ivre. Il était pourtant devenu quasiment insensible à l'alcool, entre le poids qu'il avait pris au fil des années et tout le vin qu'il buvait durant ses temps de pause au Colonial Grill. Il parlait à Kenneth en hurlant et en agitant ses doigts boudinés vers lui.

« Je te le dis, moi. Kenneth, Ken. Au dix-neuvième siècle, t'aurais fait l'Oncle Tom idéal.

– Tu parles de quoi, là, Joseph ? répliqua Kenneth. De l'immigrant idéal ou de l'esclave idéal ? Tu ne peux pas gagner sur les deux tableaux.

– C'est qui qui parle, là ? L'ingénieur ? Peut-être que dans ton monde, on ne peut pas. Mais dans le mien, ça marche comme ça. »

Kenneth tourna le dos à Joseph. Il posa le bras sur le bar pour créer un mur entre Joseph et nous deux.

« Comment ça va, Stéphanos ?

– Il va pas bien du tout, répondit Joseph. Il aurait voulu chanter Noël et fêter ça dans le Connecticut.

– Ça vaudrait mieux qu'être là à t'écouter. Qu'est-ce qui s'est passé ? Je pensais que tu serais peut-être avec cette femme et sa fille.

– Judith et Naomi, tu veux dire.

– Oui, désolé. Judith et Naomi.

– Elles sont parties dans le Connecticut, dis-je.

– Sans toi ?

– Oui. Sans moi.

– T'as su ce qu'il en était, pour le père de la petite fille ? interrompit Joseph.

– C'est un professeur, de Mauritanie.

– Ah, de Mauritanie. »

Joseph dit cela avec de la mélancolie dans la voix. *Ah, de Mauritanie…* Les mots possédaient un certain rythme, tout comme célébrer Noël dans le Connecticut, ou les *würt* et les *gürt* de la poésie allemande qu'il déclarait trouver absolument magnifiques.

« Ils étaient français, eux aussi, vous savez, continua Joseph. J'ai un jour eu le plaisir d'entendre un Mauritanien me dire qu'il ne comprenait pas mon français petit nègre. Ça n'a pas d'importance, lui ai-je répondu, *ça n'a jamais été le mien*, pour commencer. »

Il s'arrêta une seconde et sourit en admirant son trait d'esprit. C'était là ce qu'il préférait dans nos conversations. Je vis que Kenneth préparait une autre question sur Judith, sur la Mauritanie et sur Naomi. Joseph le vit aussi et, avant que Kenneth puisse pousser le sujet plus avant, il s'interposa, avec un léger ricanement ironique :

« Alors, on commence ?

– Je crois qu'on a déjà commencé, dis-je.

– Tu as raison. C'est vrai. Bon, allons-y, alors. On a qui, en Mauritanie, Kenneth ?

– Je ne considère pas la Mauritanie comme faisant partie de l'Afrique, dit Joseph. Pour moi, ce sont des Arabes. Ils appartiennent au Moyen-Orient.

– Alors, tu ne sais pas ? demanda Joseph.

– Non, je ne sais pas.

– Stéphanos ?

– Ahmed Taya.

– Pas mal, Stéphanos. Et l'année ?

– Mille neuf cent soixante-dix-huit ?

– C'est pas le bon coup, ça. Essaie encore.

– Mille neuf cent quatre-vingt-un ?

– Toujours pas le bon. On essaie encore ?

– J'abandonne, dis-je.

– Mille neuf cent quatre-vingt-quatre. Comme le roman d'Orwell.

– Taya commandait l'armée ? demanda Kenneth.

– Non, il était juste colonel, dit Joseph. Les meilleurs dictateurs sont tous colonels. Kadhafi, Taya... Ces deux-là sont toujours là. Respect, quoi. Un général n'aurait jamais duré aussi longtemps. Même votre Mengistu, Stéphanos. C'était un colonel.

– Oui, mais il n'est quand même plus là, lui rappelai-je.

– Ce qui est important c'est qu'il a réussi ce qu'il a tenté. Tu dois l'admettre.

– Tu as raison, concédai-je. Dix-sept ans, ce n'est pas si mal. Il a même réussi à tuer quelques généraux dans la foulée.

– Tu vois ? C'est ça, les colonels. Ils sont juste montés assez haut pour croire qu'ils méritent le gros lot. Un général est déjà trop près du sommet. Ils deviennent comme des lions paresseux, là-haut. Les colonels, en revanche, ils ne s'arrêtent jamais. Ils sont trop impatients.

Ils savent qu'ils ne méritent rien. C'est pour ça qu'ils durent. Donne-moi un colonel qui s'est fait éjecter par sa propre armée. »

Après quelques instants de silence, Joseph reprit la parole.

« Et voilà ! déclara-t-il d'un ton triomphant.

– Et combien ça en fait, maintenant ? demanda Kenneth.

– Au moins trente, dis-je.

– Je me demande de quoi on va parler, quand on en aura fait le tour.

– On n'en aura jamais fait le tour, dit Joseph. Les coups d'État, c'est comme une drogue. Regardez ce qui s'est passé, après Idi. Yusufu Lule, et puis Godfrey Binaisa, le retour d'Obote, et puis Tito Okello. C'est l'un après l'autre. Pourquoi il faudrait s'arrêter ? J'aurais bien voulu être là pour voir partir Mobutu. J'aurais été avec ceux qu'on a vus danser dans les rues. J'aurais porté Kabila sur mes épaules jusqu'au palais du président, si j'avais été là. »

Joseph finit son discours en se penchant sur le comptoir et en claquant des doigts pour demander un autre verre. Alors qu'il se penchait un peu trop pour attirer l'attention du barman, Kenneth se leva brusquement.

« Où tu vas ? lui demandai-je. Tu viens d'arriver.

– Désolé, Stéphanos. J'en ai assez, de ces conversations. Je rentre me coucher. Je retourne bosser demain.

– Laisse-le, Stéphanos, dit Joseph. Môssieu est fatigué

de notre bavardage africain. Il veut rentrer chez lui pour rêver à son prochain costume.

– Qu'est-ce qu'il faisait, ton père ? me demanda Kenneth.

– Il était avocat.

– Oui, c'est ça, avocat. Et le tien, Joseph ?

– Tu le sais très bien.

– Homme d'affaires.

– Oui. Homme d'affaires.

– Et le mien ? »

Kenneth regarda Joseph, puis moi, sachant très bien que ni l'un ni l'autre ne savions répondre à la question.

« Allons, Joseph, je te l'ai déjà dit.

– Il était illettré, répondit Joseph.

– Et encore ?

– C'est tout.

– Exactement. C'est tout. C'est tout ce qu'il a jamais été. Un pauvre homme illettré qui vivait dans un taudis. Et tu sais ce que ça fait de lui, en Afrique ? Rien du tout. Et c'est ça, l'Afrique, en ce moment. Un continent plein d'illettrés qui meurent dans des taudis. Alors, c'est quoi, ce qui devrait me manquer ? Qu'on m'envoie dans les rues pour mendier une pièce auprès des touristes blancs ? Si je meurs aujourd'hui, ma sœur, à Nairobi, touchera cent mille dollars. Il faudra que quelqu'un vienne enlever les meubles de mon appartement. On renverra mes costumes au Kenya, pour mes cousins. Toi, Joseph, tu auras ma voiture. Le seul bien de mon père, quand il est mort, c'était un portrait de Jomo Kenyatta. Son leader préféré.

Depuis ma naissance, il n'y a eu que deux leaders, au Kenya. Le premier fut terrible et maintenant le deuxième, il est encore pire. Et c'est pour ça que je suis ici, dans ce pays. Pas de révolution. Pas de coup d'État. »

Kenneth enfila son pardessus de laine grise. Il sortit un billet de vingt dollars de son portefeuille et le laissa sur le comptoir pour payer le seul verre qu'il avait commandé, mais qu'il ne finit pas. Joseph et moi n'avons rien dit pour le retenir quand il est parti.

15

TOUTE LA FIN du mois de décembre, j'observai la maison de Judith en guettant des signes de vie. Je pensais que Naomi et elle pouvaient rentrer du Connecticut à tout moment et donc, chaque jour, j'attendais avec impatience leur arrivée. Le matin, en allant à l'épicerie, et le soir, à la fin de la journée, mais aussi entre-temps, je regardais la maison, espérant voir un rideau bouger ou une ombre passer devant la fenêtre. Sans elles deux, les soirées étaient soudain difficiles. J'avais du mal à m'endormir. Je faisais les cent pas dans mon appartement et veillais tard en écoutant les nouvelles de la BBC sur l'Europe de l'Est et sur le Moyen-Orient. Je décidai que ce serait un hiver terrible et sanglant. De retour au magasin, je finis de lire *Les Frères Karamazov* tout seul. Je revins aux dernières pages avec Aliocha et les jeunes garçons rassemblés autour de lui, avec la mort de l'innocent Ilioucha ajoutant une certaine touche de sentimentalité à la scène, qui ne manquait jamais de me faire monter quelques larmes aux yeux, au bout de tant de relectures. Je lisais à haute voix mon passage préféré, pour les étagères et les rayons vides :

> On vous parle beaucoup de votre éducation ; or, un souvenir saint, conservé depuis l'enfance, est peut-être la meilleure des éducations : si on fait provision de tels souvenirs pour la vie, on est sauvé définitivement. Et même si nous ne gardons au cœur qu'un bon souvenir, cela peut servir un jour à nous sauver [1].

J'avais appris le passage par cœur en me le récitant sur le chemin de l'épicerie. Je le surlignai pour Naomi, car je savais déjà que le livre ne retrouverait jamais son étagère. *Souviens-toi de ces lignes*, avais-je écrit dans la marge.

J'occupais mes après-midi en dressant une liste d'aphorismes, des nouveaux, et d'autres que j'avais empruntés, que je voulais lui communiquer.

Ne fais jamais confiance à quelqu'un qui te dit, « Fais-moi confiance ».

Essaie de te trouver des endroits élevés pour regarder en contrebas.

Je voulais lui donner un catalogue descriptif du monde, une liste de règles qui lui permettraient de vivre sa vie et de s'épargner les déceptions qui m'avaient déjà fait souffrir.

Le soir du 31, je m'assis sur un des bancs de la place et portai un toast au général Logan, avec la même vieille bouteille de scotch que Judith et moi avions partagée. Je

1. Traduction par H. Mongault, Le Livre de Poche, 1952, vol. 2, p. 432.

me saoulai et rentrai seul chez moi. Deux jours plus tard, j'allai payer mon loyer et découvris que j'avais à peine assez d'argent pour tenir le mois. Les affaires n'avaient cessé de ralentir depuis que le quartier avait commencé à changer, mais les quatre derniers mois avaient été les plus calmes depuis que j'avais ouvert. Un mois avant l'installation de Judith, une barre d'immeubles sociaux de six étages en briques, construite au bord de Logan Circle, avait été déclarée insalubre et rasée. Au moins la moitié des gens qui vivaient là étaient des clients réguliers et, lorsque l'immeuble disparut, eux et leurs petits achats quotidiens s'évanouirent avec. Des départs plus tragiques s'étaient également produits autour de moi, mais j'avais d'abord tenté de ne pas y accorder trop de poids. Des camions de déménagement revenaient dans le quartier, mais c'était pour des départs, et non des arrivées. C'étaient des véhicules bas et assez miteux, remplis jusqu'à ras bord de cartons à moitié fermés pleins de vêtements, de vaisselle, chargés de matelas attachés par deux sur les toits. Les loyers augmentaient depuis plus d'un an, mais ce n'était que maintenant, ces six derniers mois, que l'on commençait à en sentir les effets. Les expulsions devenaient courantes. J'entendais souvent Mrs Davis, plantée devant notre maison, qui s'en plaignait, ainsi que des hausses de loyer. Elle lançait un nom ou une adresse…

« Vous connaissez la famille Harris… »

… et aussitôt je fermais les oreilles à ce qu'elle allait dire ensuite.

Les quelques fois où elle avait voulu capter mon attention, je m'étais contenté de rester planté là, muet, en hochant la tête au bon moment. Elle disait chaque fois la même chose :

« Ce n'est pas bien. Ces gens qui viennent et qui nous foutent dehors. »

Je n'étais absolument pas en position de dire ce qui était bien ou pas. Je ne faisais pas partie de « ces gens », comme Mrs Davis venait de me le dire clairement. Je n'avais certes foutu personne dehors, mais je n'avais jamais vraiment fait partie de Logan Circle non plus, en tout cas pas comme Mrs Davis et la plupart de mes clients. Moi aussi, je m'étais glissé en douce dans le quartier. Je l'avais choisi pour ses loyers bas et si d'autres faisaient maintenant la même chose, quel droit avais-je de le leur interdire ? Au début, j'avais même cru que ce flux régulier de visages nouveaux, que ces gens très aisés qui emménageaient dans notre quartier finiraient par faire mieux que compenser les pertes. À l'exception, cela dit, de quelques menus articles çà et là – sacs-poubelle, lessive, bonbons et, bien sûr, eau minérale –, la majeure partie de ces gens ne voulaient rien avoir affaire de ma petite épicerie délabrée.

Les prostituées, et la file de voitures qui allait avec, s'étaient également faites moins nombreuses, tandis que le quartier passait de la misère à la respectabilité. Je ne restais plus ouvert tard le soir ; il n'y avait presque plus personne à servir. Tout cela, ainsi que ces journées de décembre où je n'avais trouvé ni l'énergie ni le courage d'affronter ma boutique, avait ponctionné une bonne partie du peu d'argent qui me restait. La vie était précaire. J'avais toujours été prêt à l'admettre. Je vivais sur une corde raide tendue entre la pauvreté d'un côté, et de l'autre, juste assez d'argent superflu pour me payer une bière de temps en temps. En janvier, je tombai de cette corde, et, après cela, il fut impossible de remonter dessus.

« Il faut vivre avec ton temps, Stéphanos. »

Ce fut le conseil de Kenneth lorsque je lui montrai mes comptes pour novembre et décembre. Je n'avais jamais été bon avec les chiffres. Il n'avait pas le cœur de le dire, mais je savais qu'il le pensait : il était surprenant que j'aie pu tenir aussi longtemps.

« Tu ne peux plus compter comme ça sur trois gosses et quatre prostituées pour gagner ta vie. Dans un an, ici, ce pourrait être un des quartiers les plus riches de Washington, et tu dois être prêt pour ça.

– Comment ? lui demandai-je.

– En investissant. En préparant l'avenir. Tu ne peux pas rester immobile, mon vieux. Tu dois avancer. C'est comme ça que ça marche, le monde. Ça fait des années que je vous le dis, à Joseph et à toi, mais vous ne m'écoutez jamais. »

Ce fut Kenneth qui me suggéra d'ajouter une vitrine réfrigérée dans la boutique.

« Les Américains adorent les sandwiches », avait-il dit, sûr de lui.

Je payai cette vitrine avec une offre de crédit qui m'était arrivée par la poste. Je commandai la meilleure charcuterie que je ne pouvais pas me payer et disposai le tout joliment. J'achetai une sorte de tableau noir double face que je plaçai devant la boutique. Pour la première fois, j'utilisai le nom que Joseph avait trouvé.

Logan's Market
vous offre maintenant
des sandwiches frais à la commande !

Je recommençai à faire des journées plus longues. J'ouvrais à six heures du matin et fermais à vingt-deux heures, la plupart du temps. Les jours où je ne supportais pas l'idée de rentrer chez moi, je restais ouvert jusqu'à minuit, dans l'espoir, complètement irrationnel, de retrouver la trace de ces clients noctambules qui avant me maintenaient à flot. À la fin de la première semaine de janvier, je fis le calcul de l'argent supplémentaire que j'avais gagné en restant ouvert six ou sept heures de plus. Le total moyen était de vingt dollars par jour. Je mangeais des sandwiches trois à cinq fois par jour. Déduction faite de la nourriture et des dépenses supplémentaires en électricité, je gagnais approximativement trois dollars de l'heure.

Le 7 janvier, j'appelai ma mère et mon frère dès que je me réveillai, pour leur souhaiter un joyeux Noël. Ils avaient reçu les cadeaux que je leur avais envoyés.

« Qu'est-ce qui t'a donné l'idée de m'offrir un livre de poèmes ? » me demanda ma mère.

Je lui dis que les poèmes du recueil m'avaient fait penser à elle.

« Lis celui qui commence par “Pour chaque moment d'extase…”, et tu comprendras. »

Je lui dis ce que je savais de Dickinson, de sa vie solitaire de célibataire dans la campagne du Massachusetts, avec ses tiroirs pleins de poèmes qu'on avait trouvés après sa mort. Ma mère prit cette histoire pour elle, comme elle prenait toutes les histoires qu'elle entendait.

« *Betam asazinya*, dit-elle quand j'eus fini.

– Oui, c'est triste. Mais c'est merveilleux, en même temps. »

Je voulus ensuite lui expliquer la beauté d'une vie aussi solitaire et confinée.

« Elle a écrit tous ses poèmes entièrement seule. Elle ne pouvait vivre que de ça. »

Elle me demanda si j'avais reçu le cadeau qu'elle m'avait envoyé. J'eus trop honte pour lui dire oui. Ce mandat était l'unique raison pour laquelle je pouvais payer la conversation téléphonique que nous étions en train d'avoir.

« Dawit a aimé la chemise ? lui demandai-je plutôt.

– Il l'adore, dit-elle. Et elle lui va parfaitement. »

Je souris en entendant ça. Bien sûr que ça lui allait, voulais-je lui dire. Je savais exactement comment il était fait.

Ce fut la dernière semaine tranquille de janvier. Le lendemain matin, l'unique famille qui vivait encore dans la maison de trois étages délabrée, à une rue de l'épicerie, fut expulsée. Une foule en colère se rassembla dehors pour regarder. On appela la police. De ma boutique, j'entendais les salves de cris et de menaces échangées de part et d'autre. D'autres sirènes suivirent, jusqu'au moment où tout le pâté de maisons se retrouva isolé par des cordons de police. Je sortis une fois pour voir ce qui se passait, mais je savais où était ma place. Derrière le comptoir, et non au milieu d'une bagarre dans laquelle je n'avais aucun rôle à jouer.

Moins de vingt minutes après l'arrivée du premier véhicule de police, tout fut fini. La famille avait empaqueté ce qu'elle voulait garder et laissé le reste de ses biens soit dans l'appartement, soit éparpillé sur le trottoir et la chaussée en un long sillage de vêtements, de verre brisé et de papiers sans valeur. La foule commença à bouger, mais personne n'était encore tout à fait prêt à abandonner. Ils allèrent lentement jusqu'à mon épicerie, où ils libérèrent une partie de leur frustration si longtemps contenue dans une débauche de nourriture bon marché. Je connaissais tous les visages au moins de vue, mais, cette fois-ci, personne ne me prêta attention ni ne dit mot à mon adresse. Lorsque cette foule disparut quelques minutes plus tard, mon tiroir-caisse était plus rempli qu'il ne l'avait été depuis des lustres.

Durant les trois jours qui suivirent, il y eut deux autres expulsions. Menées discrètement, tôt le matin, quand personne ne se trouvait là pour en être témoin. La foule revint, cependant, un mélange de femmes d'âge moyen et sans profession, d'hommes dont la vie professionnelle dépendait des petits boulots qu'ils ne cessaient d'enchaîner et de jeunes garçons qui n'avaient rien de mieux à faire que de rester plantés là en déclarant sentencieusement que ce qui ce produisait était bel et bien une saloperie. Les gens se rassemblaient spontanément sur la place, après chaque expulsion, et se faisaient de plus en plus nombreux au cours de l'après-midi, à mesure que les voisins sortaient de chez eux pour prendre part à l'événement. Je les regardais de ma boutique en attendant qu'ils viennent chez moi, ce qu'ils finissaient par faire. Ils entraient par vagues et achetaient des paquets de chips, des boîtes de soda, de la bière et des cornichons dans des bocaux en plastique. J'entendais des rumeurs de lettres qu'on allait écrire, de protestations qu'on allait organiser, et de réunions planifiées. Une ambiance de conspiration se formait peu à peu et, même si cela n'aboutit jamais à autre chose que des bavardages indignés, nous avions la sensation que quelque chose de grave se profilait à l'horizon.

Ces trois jours furent une bénédiction pour ma petite épicerie. C'était presque comme avant, lorsque ma caisse enregistreuse sonnait et qu'un bourdonnement de chiffres et de voix flottait constamment dans ma tête. Je gagnai assez, chacune de ces journées, pour rentrer chez moi à la fin de la soirée reconnaissant et soulagé. L'Amérique était à nouveau un bel endroit où vivre.

Je ne connaissais aucune des personnes qui avaient été expulsées, mais après la seconde vague je fis un détour un soir pour passer devant chacun de ces logements et voir ce qu'ils avaient laissé derrière eux. Il était assez tard pour qu'il n'y ait personne alentour. Je pris mon temps et fouillai dans les vêtements sales qui traînaient par terre. Où que vous viviez, d'où que vous veniez, ou aussi loin que vous ayez voyagé, quelque part, près de vous, quelqu'un a dû s'enfuir en toute hâte. J'éprouvais de la pitié, mais aussi du ressentiment vis-à-vis de ces gens, quels qu'ils aient pu être, parce qu'ils avaient été chassés de chez eux, et peut-être aussi en partie parce que je sentais qu'un destin similaire me guettait une fois encore.

D'un coup de pied, j'envoyai un vieux tee-shirt de coton blanc avec des trous dans le bas valser de l'autre côté d'un bout de pelouse gelée, avant de faire demi-tour pour regagner mon appartement.

❦

Quelques jours après la dernière expulsion, Mrs Davis entra dans ma boutique avec un paquet de tracts sous le bras. Une réunion de quartier devait avoir lieu dans le sous-sol d'une église, avec le conseiller municipal du coin. Elle posa un tract sur le comptoir et tapa dessus deux fois avec son doigt. Je ne pus m'empêcher de sourire quand elle poussa le paquet vers moi. Je savais bien qu'il y avait des schémas, dans la vie, mais ce que je ne compris qu'alors fut l'insignifiance du rôle que nous jouions dans la création de ces schémas.

« On a besoin du plus de monde possible », me dit-elle.

PROTÉGEONS NOTRE QUARTIER
HALTE AUX EXPULSIONS !

Elle avait passé tout l'après-midi à marcher, avec ses articulations arthritiques, en distribuant ces papiers écrits à la main, avec des fautes, dans tous les magasins et dans tous les immeubles qu'elle connaissait. Le tract était signé « L'association de quartier de Logan Circle ». Je n'en avais encore jamais entendu parler. Elle avait peut-être toujours existé, mais, plus sûrement, elle venait d'être créée dans le feu de l'action par Mrs Davis et les autres veuves du coin. L'appellation avait un certain air de légitimité, ce qui était important si vous vouliez que les gens vous croient.

Mrs Davis me tendit quelques tracts.

« Tenez. Vous n'avez qu'à les donner aux gens quand ils viennent chez vous. »

Elle surprit mon sourire.

« Qu'est-ce qu'il y a de si drôle ?

– Rien, dis-je. Bien sûr, que je vais les distribuer.

– Et vous viendrez à l'église mercredi soir.

– Oui, je serai à l'église. »

Mrs Davis prit congé avec toute la dignité dont elle était capable. Elle emporta un carton de lait pour la route. Elle en buvait des litres et des litres chaque semaine pour renforcer ses os et combattre son arthrite. Je la soupçonnais aussi de se laver le visage et les mains avec. Certaines personnes deviennent passives en vieillissant. D'autres, comme Mrs Davis, ont l'âme combative et luttent contre tous les obstacles qui se dressent devant elles, aussi ridicule ou vain que soit ce combat.

J'attendis qu'elle eût bel et bien disparu pour jeter tous les tracts qu'elle m'avait donnés.

❧

La Seconde Église épiscopalienne et méthodiste africaine se trouvait à deux rues au sud de la place, au cœur d'une zone qui, il y a encore peu de temps, était connue pour la facilité tranquille avec laquelle on s'y livrait au trafic de drogue. L'endroit gardait diverses traces de sa splendeur passée, dont deux grandes maisons victoriennes abandonnées qui étaient maintenant classées. L'église datait de la fin du dix-neuvième siècle. C'était une bâtisse massive en briques grises trônant au carrefour, qui était passée entre les mains des méthodistes, des baptistes puis des épiscopaliens, avant d'être abandonnée dans les années cinquante. Pendant à peu près vingt ans, elle resta vide, se détériorant avec le temps, tout comme les deux demeures victoriennes juste un peu plus haut dans la rue. Pour finir, dans les années soixante-dix, elle fut achetée pour vingt dollars à la ville par la Seconde Église épiscopalienne et méthodiste africaine. De l'argent afflua du monde politique, des libéraux comme des conservateurs, pour payer de nouveaux bancs de bois, pour réparer les vitraux cassés et les marches fendues de l'entrée. Les paroissiens devinrent de plus en plus nombreux au cours des années soixante-dix et quatre-vingt. Durant mes premiers temps dans le quartier, ma boutique était bondée le dimanche matin : des femmes noires, avec leurs chapeaux compliqués couleur pastel et des hommes vêtus de leurs plus beaux costumes aux couleurs vives. Même une fois qu'ils étaient presque tous repartis chez eux dans les banlieues ou dans des endroits moins défavorisés, une partie de leur aisance semblait encore s'attarder dans le coin. Ces gens venus d'ailleurs se firent moins nombreux avec la détérioration rapide de notre quartier. La paroisse fut de moins en moins importante, jusqu'à ce que l'église devienne ce qu'elle était aujourd'hui : un lieu de réunion pour les veuves et les vieux messieurs solitaires du quartier.

La réunion se tenait au sous-sol, dans une pièce qui pouvait contenir deux cents personnes, par l'une des soirées les plus froides de l'hiver. Au moins une centaine de chaises pliantes avaient été installées, bien séparées en deux groupes par une allée assez large pour permettre aux poussettes et aux fauteuils roulants de passer. Dans le coin, à l'entrée, une cinquantaine de sièges supplémentaires étaient entassés les uns sur les autres. Face à l'assemblée, il y avait une table pliante, avec une chaise, réservée au conseiller municipal. Vide, également. J'arrivai à la réunion avec vingt minutes de retard. Sans compter Mrs Davis et quatre autres femmes assises au premier rang, j'étais la vingt-troisième personne de l'assistance.

J'étais en train de compter les têtes en partant du fond de la salle, remarquant celles qui m'étaient familières juste à la façon dont les gens étaient assis, ou à la manière dont leurs cheveux étaient bien attachés en chignon ou soigneusement plaqués en arrière, lorsque je vis Judith assise toute seule dans une rangée. Elle était la seule personne blanche dans la salle. Personne ne m'avait vu entrer et, pendant quelques minutes, je pensai tout simplement à faire demi-tour et à m'en aller. J'avais passé tout ce temps à attendre son retour et elle était là, exactement où je ne voulais ni n'avais besoin qu'elle fût.

Si Mrs Davis ne s'était pas levée pour s'adresser à l'assistance, je me serais glissé vers la sortie pour regagner mon magasin, où je me serais confortablement installé tout seul pour finir la soirée, mais elle m'avait vu à l'instant même où elle s'était retournée pour faire face aux gens.

Je m'assis au dernier rang, tout seul.

« Je ne vous vois pas très bien, là-bas au fond, monsieur Stéphanos », cria Mrs Davis.

À part Naomi, elle était la seule personne que je connaissais qui m'appelait Mr Stéphanos. Il y avait quelque chose d'amical et de moqueur pourtant dans sa façon de le dire, un peu comme on entend parfois une mère parler de son fils comme d'un « grand garçon ».

Judith se retourna à la réprimande de Mrs Davis et me découvrit assis, nerveux, à l'arrière. Je me levai. Judith enleva son manteau du siège qui se trouvait à côté d'elle. Mrs Davis surprit son geste et me suivit des yeux pour voir où j'allais m'asseoir. C'était donc devenu ce genre de réunion. Je le voyais bien, maintenant. Pauvre Judith. Elle ne savait pas où elle avait mis les pieds. Elle avait juste vu une occasion de faire la démonstration de sa noblesse morale, de sa foi en la démocratie participative et dans les idéaux d'Emerson.

Je pris tout mon temps pour rassembler mes affaires. Il y avait là des camps nettement définis, et les gens, dans cette salle, voulaient voir lequel j'allais choisir.

Je fis un chaleureux sourire à Judith en passant devant sa rangée. Elle tourna la tête dans l'autre sens et remit son manteau sur la chaise vide. Je m'avançai jusqu'au premier rang. Je pris un siège, de l'autre côté de Mrs Davis et de son comité. Je concentrai toute mon attention et toute mon énergie sur une affiche collée devant moi, appelant à un dîner de quartier qui se tiendrait à l'église la semaine suivante. Je ne cessais de lire et de relire les mots – Venez nous rejoindre pour une soirée spéciale, pour un repas entre amis –, comme une prière qui, si elle était dite avec assez de conviction, pourrait bien faire que le monde cesse de tourner.

Une douzaine d'autres personnes étaient entrées depuis mon arrivée, ne nous faisant toutefois pas dépasser la quarantaine de présents. Dans cette salle, tout le monde, à l'exception de Judith, vivait dans le quartier depuis au moins aussi longtemps que moi. Quelques-uns parmi les plus jeunes étaient encore des enfants lorsque j'étais arrivé.

Mrs Davis commença la réunion en remerciant tout le monde d'être venu. Elle présenta des excuses pour l'absence de l'élu qui, selon elle, venait de lui téléphoner pour la prévenir qu'il avait une réunion importante avec le maire, qui allait se terminer tard. Elle marqua une courte pause après ces mots – une réunion importante avec le maire – afin que l'on puisse tous bien comprendre ses liens de proximité avec le pouvoir municipal. De deux choses l'une : soit l'élu avait vraiment téléphoné pour dire ce que venait de rapporter Mrs Davis, soit on ne lui avait jamais demandé de venir. Il y avait, dans les mots de Mrs Davis, une dimension de discours écrit et répété qui me persuada que la deuxième hypothèse était la bonne.

« Nous sommes tous inquiets devant le chemin que semble prendre notre quartier », commença-t-elle.

Tout en parlant, elle se déplaçait lentement, presque imperceptiblement, d'un côté de la salle à l'autre. Ses petits pieds frottaient comme du papier de verre sur les dalles de lino jaune, en mesure avec chaque mot qu'elle prononçait.

« Je ne pourrais même pas faire le compte des vieux amis auxquels j'ai dû dire adieu durant les six derniers mois. Ce sont des gens comme vous et moi. Certains ont passé ici toute leur vie pour découvrir un jour qu'ils n'avaient plus les moyens de payer leur loyer. Je n'ai pas besoin de vous dire que tout cela ne va pas. Nous le savons tous. Et maintenant, c'est à nous de voir comment nous allons réagir. »

Le public était plus que réceptif à tout ce que Mrs Davis avait à dire. La dernière phrase reçut un long bourdonnement appréciateur, suivi de commentaires d'approbation murmurés. Après quelques mots supplémentaires, Mrs Davis offrit la parole à qui voulait la prendre. Les doléances et les frustrations s'exprimèrent rapidement. Certaines concernaient principalement les changements survenus, d'autres étaient plus générales et venaient d'une frustration existentielle plus profonde et plus ancienne. Un homme âgé, dans un vieux costume bleu marine devenu trop grand, parla de sa femme, qui était morte trois ans auparavant, et de ses enfants qui ne venaient jamais le voir. Il dit bien que ce qui se passait dans le quartier n'allait pas, mais il n'était malgré tout pas possible de savoir où finissaient les déceptions de sa vie et où commençaient celles du quartier. Une femme, une jeune, ou en tout cas qui avait désespérément besoin d'en avoir l'air, avec une longue extension de cheveux noirs et blonds qui lui descendait jusqu'à la taille, se plaignit des petits amis de sa voisine, qui allaient et venaient dans l'immeuble à n'importe quelle heure de la nuit. Elle parlait en tapotant ses longs ongles de plastique contre la chaise qui se trouvait devant elle, si bien que chaque mot était ponctué du *clic-clac* sur le métal. Lorsque les interventions se recentrèrent sur le quartier, la colère des gens s'exprima franchement. Je ne sais pas qui a utilisé le pronom « ils » en premier. Ce fut peut-être

Mrs Davis, ou la femme avec les faux cheveux noirs et blonds et qui tapait avec ses ongles tout en parlant d'un ton furieux. Dès que le mot eut pénétré la réunion, il sembla traîner dans le sillage de quasiment chaque phrase. Je ne sais pas pour qui ils se prennent. Ou ce qu'ils font ici, en tout cas. Ils ont leurs propres quartiers, et maintenant ils veulent les nôtres aussi. Déjà qu'ils ont toutes les bonnes écoles et tous les emplois… Je devins alors persuadé qu'avec assez de temps et d'espace, on aboutirait à une conclusion qui « les » rendrait responsables non seulement des expulsions qui avaient lieu dans le quartier, mais aussi de tous les affronts et de toutes les souffrances que chacun dans cette salle avait subis, des enfants qui n'étaient jamais allés jusqu'au lycée jusqu'aux factures de chauffage impayées qui attendaient dans le tiroir d'une commode.

Judith écouta tout le monde les jambes croisées, le menton reposant sur une main. Chaque fois que quelqu'un parlait, je me tournais un peu plus que nécessaire, juste pour l'apercevoir. Elle ne cessait de mettre et de remettre la même mèche derrière son oreille. Elle surprit mon regard plusieurs fois. J'aurais voulu qu'elle me fasse un signe ou un sourire, mais, chaque fois, elle tourna rapidement la tête dans l'autre direction, comme si elle savait que j'aurais fait exactement la même chose.

Elle était en quelque sorte mise en cause dans chaque récrimination. On ne la mentionnait pas explicitement, mais plus d'un, parmi ceux qui prirent la parole ce soir-là, se tourna vers elle. Judith finit par lever la main pour demander la parole. Ce n'était pas son genre d'assister passivement à ce type de débat.

Elle se leva pour s'adresser à l'assistance.

« Cela ne fait même pas six mois que je vis dans le quartier, commença-t-elle. Mais je partage vos inquiétudes. »

Elle n'alla pas plus loin. Elle marqua une pause juste assez longue après sa phrase pour que quelqu'un ait le temps de crier « La ferme ! ». Elle hésita une seconde. Elle saisit la chaise qui se trouvait devant elle et parut un instant prête à reprendre ce qu'elle voulait dire, mais ce moment passa. Elle se rassit, croisa et décroisa les jambes. Tous les regards, y compris le mien, l'avaient encore en ligne de mire. Mrs Davis se dépêcha de reprendre la parole pour annoncer qu'une pétition à l'adresse du conseil municipal commençait à circuler. Elle demanda à tout le monde d'en lire soigneusement le texte avant de signer.

> Nous, les résidents de longue date de Logan Circle, refusons de voir notre quartier plus longtemps exploité par les promoteurs. Nous exigeons que le conseil municipal s'oppose à tout autre réhabilitation qui mettrait en danger la vie des résidents actuels. Nous exigeons que le conseil municipal enquête sur les expulsions illégales, menées par des propriétaires corrompus.

La pétition circula rapidement. Personne ne lut au-delà de la première phrase. Lorsque la feuille arriva à

Judith, elle la prit gracieusement et la passa à la femme qui était assise derrière elle.

Une autre réunion fut annoncée pour la seconde semaine de février. Mrs Davis assura que si la pétition recueillait assez de signatures, le maire lui-même viendrait à cette réunion.

Il n'y eut pas de point final bien net ce soir-là. Les gens commencèrent juste à se lever et à se déplacer, tandis que la feuille continuait à passer de main en main. Judith prit son manteau et son sac, avant de sortir d'un pas vif. Personne, à part moi, ne sembla le remarquer ni s'en soucier. Après son départ, alors que tout le monde sauf moi était debout, Mrs Davis vint me voir et m'embrassa sur la joue.

« Je regrette que cela se soit passé comme ça, dit-elle. Cette femme va rentrer chez elle en pensant que nous sommes une bande de stupides ignorants.

– Non, dis-je. Elle n'est pas comme ça. »

Je quittai Mrs Davis, avec l'intention de rentrer lentement en faisant le grand tour par la place. En approchant de chez moi, cela dit, je vis que la lumière, à l'entrée de la maison de Judith, était allumée. Sa lumière chaleureuse était différente de l'éclairage dur de la rue et portait presque jusqu'à ma maison. Elle était assise sur la plus haute marche de son perron, enveloppée dans un manteau, et elle fumait une cigarette dont l'odeur transperçait nettement le vide froid de l'air.

« Je croyais que vous aviez arrêté il y a longtemps, dis-je.

– J'avais arrêté. Mais quelquefois on se sent seul, et il n'y a pas de meilleure compagnie au monde.

– Je ne savais pas que vous étiez rentrée en ville. Vous auriez dû passer au magasin pour dire bonjour.

– Je suis rentrée il y a quelques jours, mais j'ai eu beaucoup à faire. J'ai à peine été chez moi depuis. Naomi s'amusait tellement avec ma sœur et ses enfants que je ne voulais pas rentrer trop vite. J'oublie parfois qu'elle est encore une enfant.

– Elle dort déjà, là ? »

C'est drôle, les gestes que nous trouvons lorsque nous voulons éviter de dire ce que nous savons déjà être vrai. Avant de me répondre, Judith éteignit soigneusement sa cigarette dans un bol posé à côté d'elle. Elle la frotta contre le bol pour la mettre en charpie, puis relâcha la dernière bouffée de fumée vers les marches. Elle repoussa une mèche de cheveux qui lui était tombée sur le front.

« Je l'ai laissée dans le Connecticut, annonça-t-elle. Je l'ai inscrite dans un pensionnat, là-bas. »

Je ne tentai pas de cacher ma déception, mais quand bien même j'aurais voulu le faire, cela n'aurait eu aucun effet. Cela se serait vu de toute façon.

« Elle tenait à ce que je vous donne quelque chose. »

Elle se leva et entra dans la maison. Je la suivis, jusque dans le couloir, seulement. Elle reparut une seconde plus tard, portant le grand paquet blanc avec le nœud rouge que le père de Naomi lui avait envoyé.

« Naomi l'a déjà ouvert, dit-elle. Elle voulait vous le donner tout de suite, mais je ne l'ai pas laissée faire. Je ne trouvais pas cela convenable. Mais une fois que l'on avait décidé qu'elle resterait là-bas, je ne pouvais plus refuser.

– Ça vient de son père.

– Elle sait à peine qui c'est, maintenant. Et ce qu'elle en connaît ne lui plaît pas beaucoup. D'après elle, il a mauvaise haleine. Il nous a retrouvées dans le Connecticut. Je lui ai parlé de Naomi et de vous dans l'épicerie et il a dit, "Bon, il peut avoir ce cadeau, si c'est ce qu'elle veut".

– Et c'est vrai ? lui demandai-je.

– Quoi ?

– Qu'il a mauvaise haleine. »

Judith sourit.

« Il aime fumer le cigare, ça lui donnait l'air du parfait universitaire. Un très mauvais mari, mais un grand économiste. »

Judith me tendit le cadeau. Un paquet plus lourd et plus luxueux que ce que j'avais cru.

« Vous ne voulez pas me dire ce que c'est ?

– Ouvrez et vous verrez. »

Je posai le paquet sur l'escalier et défis le ruban, pour la deuxième fois dans l'existence de ce cadeau. Judith avait même été jusqu'à remettre du papier de soie neuf à l'intérieur de la boîte.

« C'est une machine à écrire.

– Pas n'importe quelle machine à écrire, dit-elle. Regardez bien les touches. »

Sur chaque touche figurait un animal différent, et

chaque animal était entouré d'une couleur différente. Je regardai de près et comptai un animal pour chaque doigt de la main. Il y avait un oiseau, un ours, un chien, un canard, un cochon, un éléphant, une souris et un chat. Une procession d'éléphants de plus en plus grands défilait sur la barre d'espacement. C'était une belle machine à écrire ; ancienne, en parfait état, d'un beau noir, avec le mot « Corona » élégamment dessiné en doré au milieu, et sur le haut de la machine.

« On faisait ce modèle dans les années trente pour apprendre à taper aux enfants. C'est à ça que servent les animaux et les couleurs. L'oiseau, c'était pour le petit doigt, et les éléphants pour les pouces. Vous voyez ? »

C'était un cadeau parfait pour une fillette comme Naomi.

« Je ne crois pas que je puisse l'accepter, dis-je.

– Je sais. Mais j'ai promis à Naomi que je vous ferais part de son intention, au moins. J'espère qu'un jour elle pourra regarder en arrière et se souvenir de son père pour autre chose que sa mauvaise haleine, mais vous, elle vous aimait tendrement. »

Et voilà, on y était. Judith qui utilisait le mot « tendrement », faisant écho à son « adorable » d'il y avait un mois. Dans chaque cas, c'était le mot juste, le mot raisonnable. Naomi m'aimait tendrement, tout comme elle aimait tendrement ses peluches, sa chambre et certains de ses professeurs. Je me rendais compte, cela dit, que même si sa présence dans ma vie m'avait beaucoup touché, je n'avais joué dans la sienne qu'un rôle insignifiant.

« Je l'aimais tendrement aussi. C'est le seul enfant, à part mon petit frère, auquel je me suis attaché.

– Elle veut que vous lui écriviez, au pensionnat. Je crois que c'est pour cette raison qu'elle voulait vous offrir la machine. Comme ça, vous serez obligé de le faire. Elle m'a dit, "Dis à Mr Stéphanos qu'il faut qu'il m'écrive pendant mon absence".

– Mais je l'aurais fait de toute façon.

– Je sais. C'est ce que je lui ai dit. »

Naomi commençait à nous manquer à tous les deux, tout à la fois possessifs et rivaux, et, si je n'avais pas changé de sujet, on serait restés plantés là, gênés, à regarder fixement la machine à écrire jusqu'au moment où nous n'aurions plus supporté de nous trouver si près l'un de l'autre.

« Je suis désolé pour ce qui s'est passé à la réunion, dis-je.

– Ne vous excusez pas, dit-elle. Je sais comment vont les choses. Vous n'avez rien fait. »

Elle n'avait pas dit ça comme une attaque, mais c'est comme ça que je l'ai ressenti.

« J'aurais pu dire quelque chose.

– Et que croyez-vous que ça aurait changé ? Si j'avais vécu ici aussi longtemps qu'eux, je serais en colère, moi aussi. Ce que je ne pouvais pas faire, c'était signer la pétition. Ça aurait été l'hypocrisie incarnée, vous ne trouvez pas ? Je suis gênée de dire combien j'ai payé cette maison. Même après tous les travaux. Je ne peux pas dire qu'il y a quelque chose de juste, là-dedans, mais je n'ai rien fait de mal non plus... Tiens, j'ai vu le tableau, devant votre magasin. Ça fait pas mal.

– Vous devriez passer et prendre un sandwich. Ce sont les meilleurs du quartier. Je fais mon pain. Et j'abats moi-même mes animaux dans la cave.

– Vous me tentez, là...

– Très bien. Alors venez demain voir par vous-même. »

J'étais incapable de cacher mon envie, dans cette dernière phrase. Je n'avais même pas eu conscience que cette envie était là en moi avant qu'il y ait eu assez d'espace pour qu'elle sorte.

« Peut-être, dit-elle. Mais je suis sûre que je vous verrai vite de toute façon. »

Le lendemain, une brique fut lancée contre la voiture de Judith, un cabriolet Volkswagen avec une plaque de Virginie et une troupe d'animaux en peluche entassés sur la plage arrière. La brique fit voler en éclats presque tout le pare-brise et atterrit au beau milieu du siège du conducteur. Il y avait des éclats de verre partout à l'intérieur de la voiture et sur le trottoir. Ce fut ce que je vis en premier en sortant tôt de chez moi pour aller travailler. Ces éclats brillaient comme j'imaginais que des cristaux ou des diamants brilleraient sous le soleil.

Les autres voitures – une Monte-Carlo rouge vif avec des sièges blancs, et une Chevy Impala bleu layette – garées devant et derrière étaient intactes. Je m'approchai de la voiture de Judith pour regarder à l'intérieur. Une pile de livres se trouvait toujours sur le siège du passager, à côté d'un tas désordonné de boîtes de CD et de quelques enveloppes portant le nom de Judith. Ceux qui avaient balancé la brique ne l'avaient pas fait dans l'intention de voler la voiture. Tout ce qu'ils avaient voulu, c'était fracasser le pare-brise et s'en aller, contents d'eux.

Je sonnai à la porte de Judith pour lui dire ce qui s'était passé. Il n'était qu'un peu plus de sept heures du matin. Le soleil s'était levé depuis une demi-heure seulement. La journée allait être froide et nuageuse : une parfaite matinée d'hiver. Les seules personnes que l'on voyait dehors étaient les joggeurs matinaux, qui paraissaient plus nombreux chaque semaine. Je me demandai, fugitivement, ce que je pourrais faire pour les attirer au magasin après leur course.

Ce ne fut pas Judith qui ouvrit ce matin-là. Je sonnai au moins trois fois avant qu'un homme endormi portant un long peignoir en éponge blanche ouvre la porte. Je vis sa silhouette et la couleur de sa peau à travers la vitre. Je pensai un instant repartir en courant et, si j'avais eu plus de temps entre cette première vision et l'ouverture de la porte, c'est ce que j'aurais fait. Il avait quelque chose d'un aigle, dans le visage, un teint de peau d'un brun doux qui suggérait des origines multiples : noir, arabe, avec peut-être un peu de colon français. C'était le visage du célèbre économiste à l'haleine chargée par les cigares, qui vivait aux quatre coins du monde et qui envoyait des machines à écrire à sa fille. Un visage séduisant, voire beau, marqué par un long nez fin et des cheveux noirs épais et ondulés, avec des mèches grises si idéalement placées qu'elles auraient pu être artificielles.

Il eut un air de retenue défensive lorsqu'il ouvrit la porte et me trouva planté sur le seuil. Je ne connaissais que trop bien cet air. C'était celui que j'arborais chaque fois que quelqu'un entrait dans la boutique avec l'intention évidente de mendier. S'il avait été plus tard dans la journée, il aurait sûrement tenté de me chasser d'un geste rapide du poignet.

« La voiture de Judith, dis-je, a été vandalisée. »

Je prononçai ces mots avec une élégance ostensiblement forcée, avec une touche du faux accent british de Kenneth tapie derrière mes paroles, comme si tout ce que j'avais voulu dire au moment où j'avais ouvert la bouche c'était, “Le thé est servi”.

Avant que l'homme ait le temps de réagir, la voix de Judith surgit de l'intérieur de la maison. Elle criait : « Qu'est-ce qui se passe ? C'est qui ? »

Je n'aurais jamais pensé à sa voix comme étant stridente, mais à cet instant, elle me parut être l'illustration même de ce mot.

L'aigle parla. Il retourna la tête lentement pour faire face aux marches. Il parla en français, « Il y a un homme qui dit que ta voiture a été vandalisée ».

Judith descendit l'escalier à toute vitesse. Ses premiers mots, lorsqu'elle vit que j'étais l'homme en question, furent pour nous présenter. Son sens de la diplomatie était sans pareil. Pendant une seconde, elle sembla avoir totalement oublié pourquoi elle était descendue, mais dès qu'elle me vit elle ralentit son allure presque jusqu'à l'immobilité et se reprit. Je crus à moitié qu'elle allait ouvrir grand les bras et hurler mon nom de l'étage.

« Sépha, voici Ayad. Ayad, Sépha. C'est mon voisin. »

Elle nous présenta l'un à l'autre sans façon, comme si nous nous rencontrions lors d'un dîner donné en son honneur. Ayad ne put s'empêcher de se pencher dehors pour se réconforter en regardant les bâtisses miteuses qui se trouvaient de chaque côté de la maison de Judith. Il eut un sourire à peine réprimé lorsqu'il me regarda à nouveau. Il avait l'air de vouloir s'excuser pour m'avoir surestimé au départ.

« Je suis vraiment désolé de vous déranger si tôt, répétai-je avec mon accent travaillé façon Cambridge. Mais j'ai remarqué, en sortant de chez moi, que votre voiture avait été vandalisée. »

Judith attrapa un long manteau noir en laine qui était accroché dans le couloir et mit une paire de vieilles chaussures de tennis qui pouvaient bien dater de ses années d'étudiante. Elles avaient cet air de douce usure qu'engendre un attachement sentimental injustifié. Elle descendit les marches et fila vers sa voiture. Elle regarda attentivement les éclats de verre qui crissaient sous ses pieds. Elle fit le tour du véhicule pour aller vers l'avant. Dès qu'elle vit le trou béant dans le pare-brise, ainsi que la brique qui reposait innocemment sur le siège, elle eut un hoquet nettement perceptible. Elle avait la main droite collée à sa bouche, comme si elle voulait pleurer ou hurler mais avait soudain oublié comment faire.

Ayad et moi la regardions du perron. J'aurais voulu qu'il fît quelque chose d'un peu sophistiqué, quelque chose de spécifiquement français, comme hausser les épaules avec nonchalance en murmurant d'une voix rauque, « *C'est la vie* », ou bien tirer une cigarette de la poche de son peignoir et fumer avec une indifférence blasée. Il se contenta de s'appuyer contre le cadre de la porte pour regarder, tout comme moi, Judith pleurer devant sa voiture.

Je m'éloignai et les laissai tous les deux, attristé par la façon indifférente, voire cruelle, avec laquelle ils s'étaient comportés l'un envers l'autre. J'allai à l'épicerie en faisant le tour de la place, pour être moins tenté de me retourner et de regarder si Judith était toujours seule dans la rue. Mais cela ne marcha pas. Je me retournai malgré tout et, ce faisant, vis qu'elle était toujours là toute seule, les bras croisés, comme si elle s'était déjà trouvée dans cette situation auparavant.

Au magasin, on parla de la voiture de Judith toute la matinée. La police arriva et, inévitablement, les gyrophares attirèrent une petite foule. Je n'entendis aucune spéculation quant à l'auteur du geste et à sa signification. Mais les gens parlaient malgré tout. Ils disaient des choses comme, « Vous la connaissez, cette femme qui possède la maison sur la place… La grande maison rouge avec toutes les fenêtres ». Je me rendis compte, après avoir entendu certaines de ces conversations, que ce qui revenait le plus souvent, ce n'était ni Judith ni la voiture, mais la maison. Cette grande demeure restaurée, avec ses quatre étages de briques, qui était restée abandonnée depuis aussi longtemps que j'habitais là. Il fallait la voir, maintenant. Elle rutilait. J'avais même entendu le mot. Cette grande maison rutilante. Il y avait plus qu'une simple touche de mystère dans la transformation. Il y avait quelque chose qui confinait au miraculeux, à l'impossible. Moins d'un an auparavant, personne, parmi les habitants du quartier, n'aurait imaginé une telle métamorphose possible, et pourtant cela s'était fait. Combinée à la fierté inévitable due au fait de vivre tout près d'une maison aussi grandiose que celle de Judith, se trouvait la conviction inébranlable que, dans toute cette affaire, il y avait bien quelque chose qui ne collait pas. Nous nous attendons à ce que les choses moribondes ou mortes le restent. Mais que se passe-t-il quand elles s'y refusent ?

Les affaires continuèrent à bien marcher et les gens continuèrent à parler et à spéculer sur ce qui s'était passé. À midi, il n'était plus question de la voiture et la brique avait été balancée dans le salon de Judith. Au milieu de l'après-midi, il y avait un mot attaché à la brique. Vers quatre ou cinq heures, le mot avait été déchiffré. Ça disait : « Fous le camp ! » Ou : « Fiche le camp ! » Peu à peu, l'événement avait été transformé. Il avait grossi en poids et en stature. Il était devenu politique. Un vieil ivrogne qui traînait sur la place et près de l'épicerie prétendait avoir tout vu. Il raconta avoir aperçu un groupe de jeunes gens entièrement vêtus de noir lancer la brique contre la voiture ou contre la maison (cela n'avait plus vraiment d'importance) en plein jour. Il dit qu'ils avaient lancé la brique, avant de repartir, sans aucune précipitation.

Mrs Davis apparut à la boutique en fin de journée.

« Je parie que vous savez déjà ce qui est arrivé à la voiture de cette femme, me dit-elle en entrant.

– Oui, dis-je. C'est moi qui ai vu ça en premier, ce matin. »

(Oui, j'étais moi aussi coupable de vouloir mon petit rôle personnel dans cette affaire.)

« Ils ont emporté la voiture drôlement vite. Je n'ai même pas eu le temps d'aller la voir. C'était comment ?

– Comme une voiture qui a été vandalisée. »

Ma réponse ne lui suffit pas. J'aurais peut-être pu faire mieux pour clarifier les choses, mais il faut que les gens veuillent savoir la vérité avant de pouvoir l'entendre, et qui se contenterait de simples faits quand les mythes que l'on se fabrique en disent tellement plus long ?

La brique suivante trouva sa destination moins de vingt-quatre heures plus tard. Cette fois, ce n'était pas une voiture, mais un immeuble. La tour Hampshire, située juste au coin de New Hampshire Avenue et de 12th, à une rue du général Logan et de son cheval. Je ne savais pratiquement rien de cet immeuble, si ce n'est qu'il avait été construit dans les années vingt, au plus fort du grand boom économique de cette décennie et que, plus récemment, les buissons qui entouraient l'immeuble étaient utilisés par les prostituées et leurs clients pour de rapides rencontres de fin de soirée. La brique fracassa les vitres du hall et atterrit dans le pot d'une fausse plante, près des ascenseurs. La tour Hampshire n'était pas particulièrement belle ni luxueuse, mais cela ne semblait pas vraiment entrer en ligne de compte. Ce qui importait, c'était la répétition, et, tout autant, la montée en puissance, le passage d'une voiture à un immeuble.

Après cette seconde brique, je commençai à entendre des rumeurs dans ma boutique tout l'après-midi. Une Mercedes garée dans 13th Street avait eu ses pneus lacérés la même nuit. Il y avait un billet attaché à la brique de la tour Hampshire qui déclarait que les vitres cassées venaient venger l'expulsion d'une famille de six personnes. Il y eut d'autres histoires d'hommes entièrement vêtus de noir qu'on avait vus circuler devant l'immeuble tard le soir, avec une aisance nonchalante et provocatrice, avec une héroïque vigilance.

Je restai ouvert presque jusqu'à minuit, ce soir-là. Il y eut des allées et venues de clients jusqu'à quasiment onze heures. Pour une soirée de fin janvier, le temps était remarquablement, voire exceptionnellement doux. Chaque fois que les portes s'ouvraient, une brise pénétrait, qui semblait davantage faite pour avril ou mai. Devant le magasin traînait un groupe d'hommes jeunes et vieux qui profitaient de ce répit temporaire accordé par l'hiver. Des fragments de leurs conversations me parvenaient par intermittence. Je ne pouvais en imaginer aucun capable de déambuler au milieu de la rue, armé de briques. Nous voulions tous essentiellement la même chose, à savoir sentir que nous avions un rôle à jouer dans la formation et la définition de la petite partie du monde qu'on pouvait considérer comme nôtre. Des garçons encore plus jeunes que ceux qui se tenaient dehors s'étaient battus à mort partout dans Addis pour exactement la même raison, et cela recommençait dans plus de pays d'Afrique que même Joseph, Kenneth et moi ne voulions bien le reconnaître. Au moins ici, en Amérique, ils avaient ce coin de rue pour vivre leur vie comme ils le voulaient, et si certains se mettaient à lancer des briques dans les fenêtres, on ne pouvait pas les juger.

Lorsque je rentrai enfin chez moi, je vis que toutes les lumières, chez Judith, étaient allumées. Je pensai à l'arbre de Noël, dans son salon, et puis à Gatsby et à sa grande maison tout illuminée. Il n'y avait ni fête ni musique, et comme j'approchais de chez elle, j'entendis Judith hurler avec ce qui devait sûrement être la pleine puissance de sa voix. La majeure partie des mots restaient incompréhensibles. Je ne pouvais qu'en distinguer la grossièreté : Va te faire foutre, etc. Sa voix était plus ou moins nette à mesure qu'elle se déplaçait dans la maison en insultant Ayad, dont je distinguais la silhouette derrière les doubles rideaux.

Je m'assis sur les marches de mon perron pour les écouter hurler et s'insulter. Je me demandais si, à condition d'attendre là assez longtemps, j'apercevrais les hommes vêtus de noir dont tout le monde parlait. Tout semblait possible, à ce stade. Il faisait bien dix degrés et on était en janvier.

Je trouvai une brique devant l'épicerie le lendemain matin. Elle était par terre, devant la porte, aussi inoffensive qu'une branche ou une feuille tombées d'un arbre. Les vitrines et la porte étaient équipées de grilles de métal trop épaisses et trop serrées pour laisser passer quelque chose d'aussi gros. J'inspectai la devanture et ne vis quasiment aucun signe de dégât.

J'ouvris le magasin comme d'habitude. Je me servis de la brique pour maintenir la porte ouverte. La chaleur avait tenu dans la nuit, et je ne voulais pas en perdre une miette.

Judith fut ma première cliente, ce matin-là. Elle avait de gros cernes sous les yeux, et ses cheveux étaient attachés en un chignon mal fait d'où s'échappaient des mèches qui lui retombaient sur les joues. Elle portait les mêmes tennis que celles qu'elle avait enfilées pour aller voir sa voiture, un vieux jean et un épais sweat-shirt de l'université du Connecticut.

Elle entra et me tendit une lettre.

« C'est de Naomi, dit-elle. Elle est arrivée par la poste le jour où vous êtes passé à la maison. Je voulais vous la donner ce jour-là. Je voulais aussi vous remercier pour être venu me prévenir, pour la voiture, mais je ne sais pas pourquoi, ça ne s'est pas fait. »

Elle leva les yeux vers moi et je vis qu'elle venait chercher un peu de réconfort. Elle avait sur le visage la même honte et la même gêne que je lui avais vues lorsque

Naomi s'était sauvée pour la première fois et que Judith était ensuite repassée au magasin pour s'excuser de sa conduite hystérique. La veille au soir, je les avais écoutés se disputer, elle et Ayad, jusqu'à presque quatre heures du matin. À un moment, leur lutte s'était déplacée dans la chambre. J'avais ouvert ma fenêtre, ce qui veut dire que j'avais entendu presque tout ce qu'ils s'étaient dit au fil de la soirée. Judith l'accusa d'être cruel et indifférent, d'être un trou-du-cul égocentrique qui l'avait utilisée pour se sentir mieux dans ses pompes. Elle lui dit aussi que sa fille supportait à peine de se trouver en sa présence. Elle dit qu'il avait honte de sa propre fille, ce qui faisait de lui le pire père qui puisse exister. Ayad ne fut pas moins dur. En un mélange de français et d'anglais, il rappela à Judith tout ce qu'elle avait fait pour le séduire. Il lui dit qu'elle était comme toutes les Américaines qu'il avait rencontrées : partantes, et même plus que ça encore. En plus, il fallait voir où elle vivait, maintenant, fit-il remarquer. Dans un quartier de taudis merdeux où les gens balançaient des briques sur votre voiture. Il dit à Judith que ce qui lui faisait honte chez sa fille était ce qui lui venait d'elle, sa mère.

Il n'y avait pas d'adresse, sur l'enveloppe. Juste mon nom, écrit sans faute, de l'écriture élégante et enfantine de Naomi.

« Vous avez son adresse ? lui demandai-je. Il n'y en a pas sur l'enveloppe et je voudrais lui répondre. »

Judith sortit un stylo de sa poche et écrivit l'adresse du pensionnat sur l'enveloppe. Sa main tremblait à chaque mouvement.

« Ayad est parti ce matin, dit-elle. Il était rentré avec moi du Connecticut. C'était une terrible erreur. Une erreur que ne commettrai plus. Je suis navrée que vous ayez été amené à le rencontrer.

– Vous n'avez pas à vous excuser auprès de moi, lui dis-je.

– Dînons ensemble bientôt, dit-elle. Peut-être demain, si vous êtes libre. »

Nos émotions prennent le dessus sur nous. Qu'elles soient sincères ou valides n'a pas d'importance au bout du compte, lorsque tout ce que vous voulez, c'est un mot ou un geste gentil qui vous rachètera.

« D'accord, on fait ça », lui dis-je.

Judith me remercia pour ma gentillesse et ma compréhension, avant de quitter la boutique. Elle utilisait ces mots avec une grande facilité, « gentillesse et compréhension ». Elle hésita un instant sur le seuil, puis se ravisa et oublia ce qu'elle avait compté dire ou faire. Je la regardai, par la vitrine, traverser la place et repartir chez elle. J'essayai de voir à quoi elle me faisait penser, avec ses longues et rapides enjambées, quelque part entre jogging et marche rapide. Pour finir, je me dis que ce n'était pas tant sa façon de bouger que l'impression de souffrance qui planait autour d'elle qui me faisait penser à un animal blessé.

La lettre de Naomi faisait deux pages, recto verso, écrites en violet, en bleu et en noir, en caractères soigneusement formés, si petits que je dus presque tenir les feuillets sous mon nez pour les lire. Les premières phrases étaient banales – bonjour ; comment ça va ; moi je vais bien. Les autres, par la suite, se faisaient de plus en plus éloquentes. Elle parlait de ses professeurs et de ses nouveaux amis, du « parc magnifique » de l'école. Elle terminait en disant qu'elle espérait que je ne me sentais pas trop seul sans elle. Je m'étais toujours demandé si elle était assez perspicace pour savoir combien sa présence avait rempli mes journées. Je fus content de constater que c'était le cas. Elle avait gardé le meilleur pour la fin. Elle avait écrit une sorte de distique :

Il y a beaucoup de gens gentils, ici, mais personne d'aussi gentil que toi.

S'il te plaît, réponds-moi, parce que c'est ce que les amis sont censés faire.

Je cachai la lettre dans le tiroir-caisse. Je me disais que si je voulais la relire un jour, ce serait sûrement pendant que je me tiendrais ici, derrière le comptoir.

16

IL NE RESTE PLUS que trois pâtés de maisons entre le général Logan et moi. Je distingue à peine le bord de la place, ses bancs vides et les arbres qui ondulent doucement sous le vent. Il y avait un parc, à Addis, qui ressemblait beaucoup à la place vue de loin, avec quelques adaptations mineures. C'était là l'autre raison qui m'avait poussé à m'installer ici. La première fois que j'avais vu le général Logan sur son cheval, entouré de ses bancs et de ses carrés de pelouse mourante, j'avais repensé aux promenades de fin de journée que je faisais avec mon père en été, lorsque je passais une partie de l'après-midi à travailler avec lui dans son cabinet. Le soir venant, il fermait les portes à clé et nous partions par les rues, devant les étals des vendeurs en plein air, à travers les artères chaotiques et grouillantes de voitures, de bus et de gens qui allaient et venaient avec leurs petits troupeaux de moutons, chacun se battant pour un peu d'espace, jusqu'au moment où nous arrivions sur la place construite à l'ombre de l'un des palais impériaux. Le parc était petit, pas plus grand que Logan Circle, mais il y avait là assez de verdure pour produire l'effet recherché, pour mettre le monde à l'écart et vivre dans le calme pendant près d'une demi-heure, plongés dans nos pensées. Mon père marchait les mains croisées dans le dos et songeait en silence à sa journée. Il arrivait que ses réflexions l'emmènent plus loin dans le temps et, lorsque c'était le cas, il faisait le tour du parc en parlant tout seul à voix basse. Il murmurait les noms de membres de la famille qui étaient décédés – sa mère, son père, morts tous deux longtemps avant ma naissance. Nous n'échangions presque jamais de paroles durant ces promenades. Cela aurait trahi la leçon qu'il tentait de m'enseigner. Il ne suffisait pas d'être à l'aise avec le silence. Pour vraiment le comprendre, il fallait l'accueillir et l'inviter dans votre vie. C'était donc ce à quoi nous nous livrions. Nous faisions le tour de ce parc en silence jusqu'à ce qu'il soit l'heure de retourner au travail ou de rentrer à la maison. La dernière promenade que nous y avons faite eut lieu le 23 janvier 1977, moins de six mois avant qu'il soit tué. Nous venions juste d'entrer dans le parc quand nous avons vu le premier des sept cadavres bien alignés au centre de la pelouse. Ils étaient allongés en rang, les pieds nus, juste devant l'entrée. Il était impossible de les manquer ou de les éviter. Accroché autour de leur cou, un panneau en carton grossièrement confectionné, qui disait simplement, « Traître ». Une sentinelle solitaire, pas plus âgée que les jeunes garçons gisant sur la pelouse, gardait les corps. Elle se tenait sur le côté pour ne pas bloquer la vue, un fusil négligemment pendu à l'épaule. Il aurait été facile de faire demi-tour et de sortir du parc. À l'exception du garde et des cadavres, il n'y avait personne. Au lieu de sortir, mon père m'attira près de lui, passa un bras autour de mes épaules et me poussa en avant, sur la même allée que celle que nous avions toujours empruntée, comme si les corps et le garde chargé de les surveiller n'avaient jamais été là. C'était le défi le plus simple auquel mon père avait alors pu penser. Un refus arrogant, presque aveugle, de céder à la terreur autoproclamée de la révolution. Quelques semaines plus tôt seulement, Mengistu Hailé Mariam avait déclaré le début de la Terreur rouge sur une place noire de monde en lançant par terre des bouteilles remplies d'encre rouge pour symboliser le sang des ennemis de la révolution. Et ils étaient là, maintenant, alignés comme des allumettes sur la pelouse, la plante de leurs pieds boueux dévoilée au regard de mon père et au mien alors que nous marchions dans le parc.

Au lieu d'aller directement à ma boutique, je tourne à droite au coin de la rue et repars vers chez moi. J'aperçois en partie le magasin, d'où je suis. Du coin de 13th et de Rhode Island Avenue, je vois un pan de la façade bleue et blanche. Je vois aussi la silhouette de mon tableau vantant une promotion pour un déjeuner qui n'existe pas. Un sandwich à la dinde et au cheddar, sur un petit pain rond, avec en prime un sachet de chips et une boîte de soda pour $4.50. D'où je suis, aucun signe de chaos ou de destruction. Elle est comme toutes les petites épiceries de quartier : modeste et bien tenue. Pendant quelques secondes, j'imagine qu'elle appartient à quelqu'un d'autre. Un autre immigrant, qui me ressemble beaucoup, et qui se tient derrière son comptoir en bavardant tranquillement avec ses clients habituels, par une journée de printemps quasiment parfaite.

Il est presque dix-huit heures, maintenant. Le soleil vient taper sur la cime des arbres. On voit passer le défilé habituel des gens qui rentrent chez eux après le travail et qui font le tour de la place. Je me retrouve à marcher lentement derrière une vieille dame noire habillée bien trop chaudement pour la journée. Elle porte un lourd manteau très long qui enveloppe son large dos voûté. Elle pousse un caddie rouge devant elle, dont le contenu s'entasse jusqu'à ras bord, empaqueté dans du plastique. Je marche lentement derrière elle, en admirant la détermination qui marque chacun de ses pas. Je ne peux que deviner l'effort qu'il faut à une femme comme elle pour déambuler chaque jour dans la ville. Je me demande si l'univers ralentit l'allure pour se caler sur la compréhension qu'elle en a, si l'esprit n'attrape pas chaque image au passage pour la retenir une seconde de plus, afin de compenser l'énergie supplémentaire qu'exige chaque pas. J'aimerais que la journée se soit écoulée à cette allure, j'aimerais ne pas avoir cavalé d'un bout de la ville à l'autre. Malgré tous mes efforts, j'ai encore raté tellement de choses. J'aurais dû aller au marché, près de chez mon oncle, et parler à ce vieux Somalien qui me vendait de l'*injera* et du *berbere* lorsque j'étais encore adolescent. J'aurais dû prendre le temps de me planter devant l'entrée grandiose du Capitol Hotel pour m'émerveiller devant l'effacement du temps.

La dame et moi, nous nous séparons devant ce qui reste de la vieille maison de Judith. La nuit de l'incendie, Joseph, Kenneth et moi, nous nous trouvions dans le magasin. Nous étions assis autour de notre table et mangions des sandwiches à la dinde, accompagnés d'une bouteille de vin bon marché que Joseph avait volée au restaurant. Je me souviens que j'étais en train de leur raconter ce qui s'était passé, en commençant par la brique lancée contre la voiture de Judith. Je leur parlais d'Ayad et de son visage d'aigle, et des rumeurs d'hommes en noir rôdant dans le quartier.

Kenneth secoua la tête de déception en recevant ces nouvelles.

« Tout ça, ça ne va pas être bon pour les affaires, dit-il. Des briques lancées contre les vitres, c'est pas bon signe. »

Je lui dis que, cette dernière semaine, les affaires avaient été meilleures que depuis des mois.

« C'est temporaire, ça, dit-il. Ça commence toujours par monter, en période de crise. Les gens ne comprennent plus, ils ont peur. Alors, qu'est-ce qu'ils font ? Ils dépensent. Si tout ça continue, encore quelques semaines et cet endroit sera vide.

– C'est déjà vide, lui rappelai-je.

– Eh bien, ça sera encore plus vide.

– C'est comme ça que ça s'est passé, au Zaïre, dit Joseph. Un jour, on a entendu dire que des gens avaient été tabassés par des gars armés de fusils. Le lendemain, on a eu un groupe de rebelles dans le quartier, ils nous disaient qu'ils venaient nous libérer du gouvernement. Pour prouver qu'ils étaient sérieux, ils ont descendu cinq personnes dans la rue, qui étaient responsables de notre oppression.

– Vous avez dû leur être reconnaissants, dis-je.

– Bien sûr que oui. On ne savait même pas qu'on était opprimés. Imaginez notre joie et notre surprise en découvrant qu'on l'avait été. On a donné aux rebelles tout l'argent qu'on avait pour les remercier. Je me souviens qu'un homme était si heureux qu'il leur a même donné sa femme et sa fille. En tant qu'Africain, tu devrais comprendre ce qui se passe ici, Stéphanos.

– Et que se passe-t-il ? lui demanda Kenneth.

– Ces gens sont totalement impuissants. Regarde par ici. Toutes les manifestations du monde n'y feront plus rien. Notre grand moment, ça a été les années soixante. L'Afrique était libre. L'Amérique était libre. Tout le monde manifestait pour un oui pour un non. Regardez-nous, maintenant… »

J'allai jusqu'à la porte pour ramasser la brique qui avait été lancée contre ma boutique ce matin-là. Je l'avais laissée par terre au cas où le temps serait à nouveau clément.

« J'ai trouvé ça devant la porte, ce matin », dis-je.

Joseph prit la brique, il la tourna et la retourna comme s'il en estimait le poids et la densité. Il fit une pause et la tint sur ses genoux en silence, tandis qu'il réfléchissait à ce qu'il allait dire. Il voulait dire quelque chose d'important, quelque chose qui valait bien une brique abandonnée sur le seuil d'une épicerie.

« Il y a une grande métaphore, dans tout ça », dit-il.

Il tenait la brique en l'air, d'une main. Il aurait pu être en train de parler d'un poème de Yeats, vu l'importance et la dignité qu'il conférait à cette brique. Ses mots et ses gestes n'étaient pas les siens : moitié universitaire, moitié homme d'État. Tout était faux. En le regardant, je ne pus m'empêcher de penser qu'en Afrique, il aurait entraîné une foule dans la brousse ou jusqu'au palais. Il dégageait ce genre de charisme quand il parlait.

« Les Palestiniens ont leurs pierres. Les Rwandais avaient leurs machettes. Nos armes ne sont pas le produit du hasard, dit-il. Elles font partie de qui nous sommes.

– C'est juste une brique, Joseph, dit Kenneth.

– C'est exactement ce que je veux dire », répliqua Joseph.

Sur ce, nous nous mettions à dresser la liste des guerres impliquant des enfants, durant les trente dernières années, lorsque les rugissements des camions de pompiers et des ambulances nous surprirent en pleine réflexion. Kenneth insistait sur le fait que chaque guerre en Afrique était essentiellement une guerre menée par et contre des enfants. Il nous demandait de regarder les chiffres, le total des vies d'enfants perdues au combat et, tout aussi important, le nombre encore plus grand de vies perdues aux marges de ces combats. Il était en train de dire, « C'est une simple question d'arithmétique. Vous ne pouvez nier les chiffres », lorsque je remarquai que les sirènes et les gyrophares qui les accompagnaient s'étaient arrêtés de l'autre côté de la place. La boutique tournoyait dans le rouge et le blanc. La voix de Kenneth se noya sous les gémissements insistants venant d'un autre véhicule de pompiers qui tournait au coin de la rue. Sa voix s'évanouit peu à peu, tandis que nous levions tous les trois les yeux de la table pour regarder par la vitrine vers la lueur aveuglante des gyrophares qui tournaient sur la place comme des stroboscopes de discothèque. Nous avons une sorte d'instinct pour les tragédies. Nous savons quand elles nous concernent bien avant de les comprendre. Avant même de me ruer dehors, de traverser la place, d'aller vers le mur de camions de pompiers, d'ambulances et de véhicules de police qui attendaient là, j'avais deviné.

C'est ainsi que cela a commencé, avec nous trois assis un jeudi soir qui dressions pour la centième fois la liste des victimes d'un continent qui parfois ne semblait posséder que ça. Nous avions toujours été plus à l'aise avec les tragédies du monde qu'avec les nôtres. Ce soir-là n'était pas différent. Coups d'État, enfants soldats, famines, tout cela faisait partie du même lot de chagrins permanents que nous évoquions sans cesse, afin d'éviter nos propres frustrations et les déceptions causées par la vie. Il était tout simplement inévitable que les deux finissent par se rencontrer.

Les fenêtres de la maison de Judith sont toujours

condamnées et on voit toujours les traînées noires qui les surplombent. La seule partie qui n'a pas été ravagée par le feu, c'est le perron menant à la porte d'entrée. C'est là que j'ai eu ma dernière conversation avec elle. Cela faisait à peu près un mois, à un jour près, c'était un après-midi d'avril touché par intermittence par un crachin léger mais froid. La nuit de l'incendie, elle était sortie, cinéma puis dîner avec d'anciens collègues. Quand elle rentra chez elle, les dernières traces du feu s'étaient éteintes. La porte d'entrée, comme toutes les fenêtres, avait été défoncée. Des pompiers, et la foule qui était sortie pour regarder le spectacle, entouraient la maison. Lorsque Judith arriva, je me tenais juste de l'autre côté de la rue avec Kenneth et Joseph, flanqués de chaque côté par mes voisins, qui étaient tous sortis en trombe de chez eux. Avant même de la voir, je savais déjà qu'elle n'était pas chez elle. Un policier me l'avait dit quand je m'étais approché. Il avait dit qu'ils avaient trouvé l'endroit vide, en arrivant, et qu'il n'y avait donc rien eu d'autre à faire sur le moment que de rester là, à regarder les flammes jaillir par les fenêtres du dernier étage pour détruire les moulages qui bordaient le toit. Joseph et Kenneth étaient tout près de moi et nous regardions le spectacle et la foule qui grandissait rapidement. Les vieilles veuves tendaient le cou par leurs fenêtres, tandis que les femmes et les enfants se rassemblaient sur les perrons, et regardaient à une distance prudente. La dernière fois que j'avais assisté à quelque chose de similaire, c'était cinq ans auparavant, lorsqu'un homme avait été abattu devant le général Logan. La file de véhicules de police entourant la place avait également fait sortir tout le quartier dans la rue.

Il était évident dès le départ que ma maison serait épargnée, comme toutes celles qui entouraient la maison de Judith. S'il y avait un thème général aux conversations que j'entendais, c'était, Dieu merci, ce n'est pas nous. La reconnaissance, une fois de plus, que seule peut faire naître en nous la souffrance des autres.

Lorsque Judith arriva enfin pour voir ce qui restait de sa maison, sa réaction fut dominée par un pragmatisme simple, voire tranquille. On aurait dit qu'elle savait depuis toujours que son séjour à Logan Circle ne serait que temporaire, même si elle avait peut-être désespérément voulu qu'il en fût autrement. Ce soir-là, nous n'échangeâmes que quelques mots brefs et banals. Je lui dis combien j'étais désolé, et elle accepta ça avec toute la conviction qu'elle pouvait alors rassembler. Je crois que je me rendis compte qu'elle était déjà partie. Loin de Logan Circle et de sa belle demeure à quatre étages. Elle commença à abandonner l'ensemble au moment où elle vit les pompiers sortir tranquillement par la porte d'entrée. Le tout aurait pu être chassé comme un mauvais rêve prolongé, un rêve qui aurait duré, du début à la fin, environ cinq mois.

Après une brève étreinte, je la laissai traiter avec les pompiers et les policiers. Joseph, Kenneth et moi regagnâmes la boutique.

« C'est elle, alors ? » me demanda Joseph une fois que nous fûmes à nouveau à table.

Je hochai la tête. Il aurait été trop difficile de dire oui, d'être affirmatif, comme si j'avais vraiment su qui était Judith.

De retour à l'épicerie, ce soir-là, nous fîmes comme tout le quartier, nous spéculâmes sur savoir si cet incendie avait été accidentel ou pas. Il y avait les questions lancinantes à propos des briques lancées contre la voiture de Judith et contre la tour Hampshire. Mais c'étaient là des questions mineures, peut-être non pertinentes, comparées à la vue d'une maison de quatre étages prisonnière des flammes. Joseph insista sur le fait que ce n'était pas le cas.

« Tout est lié, dit-il. Les briques, cet incendie. Ce ne sont pas de simples accidents, Stéphanos. C'est comme ça que les choses commencent. Avec une poignée de petits incidents qui font monter la mayonnaise. Dans un mois, tu pourrais bien découvrir ici un quartier complètement nouveau. »

Pour finir, rien n'a changé, Joseph, aussi important que l'événement t'ait paru sur le moment. C'était seulement un homme désespéré et solitaire, et non un groupe de rôdeurs, qui avait lancé les briques et mis le feu à la maison de Judith. Il s'appelait Franklin Henry Thomas et, d'après le bref article paru sur lui dans le *Washington Post*, il avait été, jusqu'à un mois plus tôt, un résident de toujours de Logan Circle. Né à quelques rues de mon épicerie, Frank, puisque c'est ainsi qu'on l'appelait, avait vécu dix-huit ans dans la tour Hampshire avec sa femme et ses deux enfants. Il faisait des petits boulots dans le quartier et ailleurs, comme homme à tout faire. L'été, il circulait à bicyclette et proposait aux gens qu'il rencontrait des combines illégales pour recevoir la télé par câble. Je me souviens de lui, mais je ne peux pas dire que je l'aie connu ou que je lui aie parlé. Je le voyais qui descendait la rue à vélo, une besace attachée contre sa poitrine, avec son corps trop grand pour la bicyclette d'enfant qu'il utilisait. Je l'entendais de temps en temps, qui demandait aux gens assis sur leurs perrons, ou plantés devant leurs maisons, d'une voix chantante et haut perchée, « Z'avez le câble ? ». Je me souviens qu'il ne s'arrêtait jamais après sa question, il continuait de rouler, son corps comiquement voûté sur la selle du vélo, et ses mots traînaient en écho derrière lui tandis qu'il avançait en zigzag. C'était un homme qui gagnait sa vie simplement en colportant les quelques produits qu'il avait à vendre.

D'après l'article, Franklin Henry Thomas avait perdu son deux-pièces dans la tour Hampshire lorsque le bail avait expiré en décembre et que son propriétaire lui avait demandé de payer environ un tiers de plus qu'auparavant. En février, il s'était installé dans un abri temporaire pendant que sa femme et ses enfants emménageaient dans un appartement avec sa belle-sœur dans le Maryland. Il y avait une photo de lui, dans le journal, que j'avais découpée et scotchée sur le côté de ma caisse, si bien qu'à n'importe quel moment du jour, à peu près, je pouvais tourner la tête et apercevoir l'homme qui avait mis le feu à la maison de Judith. Sur la photo, Franklin Henry Thomas est chauve, avec une barbe blanche hirsute qui semble récente. Je fus surpris de constater, quand je vis sa tête pour la première fois, combien nous nous ressemblions. Nous avions le même visage étroit et le même front large. Si j'avais perdu tous mes cheveux et si j'avais porté une barbe, avec quelques années de plus, nous aurions pu passer pour des frères. Dans ma boutique, quand il n'y avait personne, je disais souvent son nom à voix haute. Franklin Henry Thomas. Franklin Henry Thomas. Parfois, juste Frank, parfois Frank Henry. Ce nom était si fortement américain, si essentiellement colonial dans le rythme et la grandeur. Je me mis à penser à Franklin Henry Thomas comme à mon co-conspirateur, dans la vie. Je songeai même fugitivement à aller le voir en prison pour lui dire que moi seul comprenais ce qu'il avait fait. Il avait été arrêté après que la police l'avait pris en train de tenter d'entrer par effraction dans la maison de Judith, une semaine après l'incendie. Il portait tout ce qu'il possédait dans un sac de toile noir. Il avait apparemment eu l'intention d'y emménager pour le restant de l'hiver. Plein d'illusions, il avait même commencé à imaginer que peut-être, avec un peu de temps, il pourrait réparer cette maison à laquelle il avait mis le feu, pour y vivre, à nouveau réuni avec sa famille. Dans son sac s'entassaient les outils dont il se servait pour travailler chez les gens. Quand il avoua, il dit à la police qu'il s'était assuré que personne n'était à l'intérieur lorsqu'il avait enflammé la pochette d'allumettes qui avait démarré le feu.

Après l'incendie, un véhicule de police resta garé en permanence sur Logan Circle. Près du général et de son cheval. Ensemble, ils montaient la garde dans le quartier nuit et jour. Après l'arrestation de Frank, les rôdeurs vêtus de noir regagnèrent les recoins des imaginations qui les avaient créés, puis la voiture de police finit par disparaître également. Le général Logan se retrouva seul une fois de plus. Quant à la maison de Judith, fermée maintenant avec le papier adhésif jaune de la police collé sur la porte, elle avait retrouvé un état similaire à celui dans lequel Judith l'avait découverte. Je remarquai que plus personne ne s'arrêtait pour la regarder. Elle n'était plus belle. Elle ne rutilait plus. Je me demande même si elle ne manque pas à la majeure partie des gens qui vivent ici. Il y avait quelque chose d'agréable dans le fait de vivre dans l'ombre d'une demeure comme celle de Judith. Je trouve toujours des morceaux des moulages du toit sur le trottoir et, même si la maison a l'air abandonnée et désolée, il y a assez de traces pour se souvenir que cela n'a pas toujours été le cas.

Du perron, je vois l'autre côté de la place, jusqu'à l'épicerie. La porte d'entrée est toujours ouverte. Il est encore trop tôt dans la soirée pour qu'il y ait du monde, mais bientôt ce sera le cas, que le magasin soit fermé ou pas. Si je devais choisir une chose que je ne voudrais pas voir changer dans le quartier, ce serait ça. Il y a dans la régularité une sécurité qui dépasse tout. Je n'ai appris ça que récemment. Il est vrai qu'après l'incendie j'ai ouvert et fermé ma boutique de manière irrégulière. Mais ce ne fut jamais parce que je voulais la voir fermée, comme l'avait supposé Kenneth, ou parce que je voulais perdre les quelques clients que j'avais encore. Dans l'unique lettre que j'écrivis à Naomi après l'incendie, je voulus lui expliquer ce qui s'était passé. Je voulus lui dire que cela n'avait pas beaucoup de sens de s'accrocher à une épicerie, de s'accrocher à quoi que ce soit si, au fond, cela ne comptait pas au moins pour quelqu'un d'autre que soi-même. « Tu as raison, écrivis-je. Tu me manques, quand je suis dans cette boutique. Il est difficile d'y retourner chaque jour, maintenant que je sais que toi et ta mère vous ne reviendrez jamais. Je ne parviens pas à trouver de raison pour ouvrir le matin. »

Bien sûr, je n'ai jamais posté cette lettre. Elle me rappelait bien trop celles qu'écrivait mon oncle. Elle se trouve toujours sous la caisse enregistreuse, à côté de la lettre qu'elle m'avait envoyée.

Judith n'amena jamais Naomi voir ce qu'était devenue leur maison. Elle pensait peut-être que le spectacle serait trop dur pour sa fille. Lors de son dernier passage dans le quartier, elle prit le temps de s'arrêter au magasin pour me dire quelque chose ressemblant à un au revoir. Je fermai en plein après-midi afin que nous puissions aller tous les deux voir la maison. Elle avait dit qu'elle ne voulait pas s'y rendre seule. Nous nous installâmes sur les marches, sous une alternance de soleil et de pluie, pour parler de ce que Judith avait l'intention de faire par la suite. Je lui suggérai bien sûr de remettre la maison en état, même si je savais qu'elle ne le ferait pas.

« Ce serait trop dur, dit-elle. Repasser par tous ces travaux. J'aurais l'impression d'être coincée dans le passé et je ne veux pas vivre comme ça. Il vaut mieux repartir de zéro. »

Je lui citai une phrase tirée de *De la démocratie en Amérique*, qui faisait partie d'une série de citations qu'elle avait utilisées comme épigraphe pour son livre.

« Chez les peuples démocratiques, de nouvelles familles sortent sans cesse du néant, d'autres y retombent sans cesse, et toutes celles qui demeurent changent de face ; la trame des temps se rompt à tout moment, et le vestige des générations s'efface [1]. »

« C'est une de mes favorites, dit-elle.

– Je sais. »

Je n'avais pas besoin d'ajouter que c'était parce que j'avais lu son livre.

« Je vous dois toujours une invitation, dit-elle. Peut-être qu'une fois que je me serai installée dans un endroit provisoire, pourrez-vous venir dîner avec Naomi et moi. »

Que nous ne nous soyons pas parlé ni vus depuis lors n'est pas surprenant. Il suffisait de faire semblant, juste

1. Tocqueville, *De la démocratie en Amérique*, 10/18, p. 270.

pour cet après-midi-là, de croire que nos vies se recroiseraient un jour.

Que disait toujours mon père, déjà ? Qu'un oiseau coincé entre deux branches se fait mordre les ailes. Père, j'aimerais ajouter mon propre adage à ta liste : un homme coincé entre deux mondes vit et meurt seul. Cela fait assez longtemps que je vis ainsi, en suspension.

Il y a environ huit cent quatre-vingt-trois pas entre ces marches et mon épicerie. Une distance que je peux couvrir en un sprint de moins de dix secondes, ou en moins d'une minute si je marche. Ce sont toujours les premier et dernier pas les plus durs. Nous nous éloignons et tentons de ne pas regarder en arrière, ou bien nous restons de l'autre côté des portes, terrifiés de découvrir ce qui nous attend, maintenant que nous sommes revenus. Entre-temps, nous titubons à l'aveuglette d'un endroit et d'une vie à l'autre. Nous essayons de faire de notre mieux. Il y a des moments comme ça, cependant, où nous ne bougeons pas et où tout ce que nous avons à faire est de regarder en arrière vers la vie que nous avons menée. Pour l'heure, je suis persuadé que ma boutique a l'air plus idéale que jamais. Je la vois exactement comme j'ai toujours voulu la voir. À travers le feuillage des arbres qui longent l'allée coupant la place, il y a une boutique, ni délabrée ni idéale, une boutique que, en dépit de tout, je suis heureux de dire mienne.

REMERCIEMENTS

Aux membres de ma famille pour leur soutien, parce qu'ils partagent leur vie avec moi ; tout spécialement à Fekada Stéphanos, Berhane Stéphanos, Zewditu Abebe, et Aster Stéphanos ; à ma sœur, Bezawit ; à mes premiers lecteurs, Manuel Gonzales, Marcela Valdes, Mark Binelli, Benjamin Lytal, Samita Sinha, Jaime Manrique, Mako Yoshikawa, Carin Besser, Alice Quinn, Rattawut Lapcharoensap ; à Clarissa Jones, qui a rendu cette histoire possible ; à Amer Madhani et à Jonathan Ringen pour ces années de soutien sans faille ; à Meghann Curtis, pour son écoute ; à Norma Tilden, qui fut un tout premier guide ; à la New York Foundation for the Arts ; à mon merveilleux agent, P. J. Mark, qui a cru en ce livre dès le début ; à mon éditrice, Megan Lynch, pour sa patience, sa confiance, et surtout parce qu'elle a fait de ce texte un meilleur livre ; à mon oncle, Shibrew ; à mon grand-père Stéphanos.

« Terres d'Amérique »

Collection dirigée par Francis Geffard

SHERMAN ALEXIE

Indian Blues, roman
Indian Killer, roman
Phœnix, Arizona, nouvelles
La Vie aux trousses, nouvelles
Dix Petits Indiens, nouvelles

CATHRYN ALPERT

Rocket City, roman

RUDOLFO ANAYA

Sous le soleil de Zia, roman
Bénissez-moi, Ultima, roman

GAIL ANDERSON-DARGATZ

Remède à la mort par la foudre, roman
Une recette pour les abeilles, roman

DAVID BERGEN

Une année dans la vie de Johnny Fehr, roman
Juste avant l'aube, roman
Un passé envahi d'ombres, roman

JON BILLMAN

Quand nous étions loups, nouvelles

JOSEPH BOYDEN

Le Chemin des âmes, roman

DAN CHAON

Parmi les disparus, nouvelles
Le Livre de Jonas, roman

CHRISTOPHER COAKE

Un sentiment d'abandon, nouvelles

CHARLES D'AMBROSIO

Le Musée des poissons morts, nouvelles
Orphelins

CRAIG DAVIDSON

Un goût de rouille et d'os, nouvelles

RICK DEMARINIS

Cœurs d'emprunt, nouvelles

ANTHONY DOERR

Le Nom des coquillages, nouvelles
À propos de Grace, roman

DAVID JAMES DUNCAN

La Vie selon Gus Orviston, roman

DEBRA MAGPIE EARLING

Louise, roman

GRETEL EHRLICH

La Consolation des grands espaces, récit

LOUISE ERDRICH

L'Épouse antilope, roman
Dernier rapport sur les miracles
à Little No Horse, roman
La Chorale des maîtres bouchers, roman
Ce qui a dévoré nos cœurs, roman

JUDITH FREEMAN

Et la vie dans tout ça, Verna ? roman
Dernières épouses, roman

JAMES GALVIN

Prairie, récit
Clôturer le ciel, roman

DAGOBERTO GILB

Le Dernier Domicile connu de Mickey Acuña, roman
La Magie dans le sang, nouvelles

LEE GOWAN

Jusqu'au bout du ciel, roman

PAM HOUSTON

J'ai toujours eu un faible pour les cow-boys, nouvelles
Une valse pour le chat, roman

RICHARD HUGO

La Mort et la Belle Vie, roman
Si tu meurs à Milltown

MATTHEW IRIBARNE

Astronautes, nouvelles

THOM JONES

Le Pugiliste au repos, nouvelles

THOMAS KING

Medicine River, roman
Monroe Swimmer est de retour, roman
L'Herbe verte, l'eau vive, roman

WALTER KIRN

Pouce !, roman

WILLIAM KITTREDGE

La Porte du ciel, récit
Cette histoire n'est pas la vôtre, nouvelles

KARLA KUBAN

Haute Plaine, roman

CRAIG LESLEY

Saison de chasse, roman
La Constellation du Pêcheur, roman
L'Enfant des tempêtes, roman

DEIRDRE MCNAMER

Madrid, Montana, roman

DAVID MEANS

De petits incendies, nouvelles

BRUCE MURKOFF

Portés par un fleuve violent, roman

JOHN MURRAY

Quelques notes sur les papillons tropicaux, nouvelles

RICHARD NELSON

L'Île, l'océan et les tempêtes, récit

DAN O'BRIEN

Brendan Prairie, roman

LOUIS OWENS

Même la vue la plus perçante, roman
Le Chant du loup, roman
Le Joueur des ténèbres, roman
Le Pays des ombres, roman

DOUG PEACOCK

Mes années grizzlis, récit

SUSAN POWER

Danseur d'herbe, roman

ELWOOD REID

Ce que savent les saumons, nouvelles
Midnight Sun, roman
La Seconde Vie de D.B. Cooper, roman

EDEN ROBINSON

Les Esprits de l'océan, roman

GREG SARRIS

Les Enfants d'Elba, roman

GERALD SHAPIRO

Les Mauvais Juifs, nouvelles
Un schmok à Babylone, nouvelles

LESLIE MARMON SILKO

Cérémonie, roman

MARK SPRAGG

Là où les rivières se séparent, récit

MARLY SWICK

Dernière saison avant l'amour, nouvelles

DAVID TREUER

Little, roman
Comme un frère, roman
Le manuscrit du Dr Apelle, roman

BRADY UDALL

Lâchons les chiens, nouvelles

Le Destin miraculeux d'Edgar Mint, roman

GUY VANDERHAEGHE

La Dernière Traversée, roman

JAMES WELCH

L'Hiver dans le sang, roman
La Mort de Jim Loney, roman
Comme des ombres sur la terre, roman
L'Avocat indien, roman
À la grâce de Marseille, roman
Il y a des légendes silencieuses, poèmes

SCOTT WOLVEN

La Vie en flammes, nouvelles

Composition IGS
Impression : Imprimerie Floch, septembre 2007
Éditions Albin Michel
22, rue Huyghens, 75014 Paris
www.albin-michel.fr

ISBN : 978-2-226-17976-0
ISSN 1272-1085
N° d'édition : 25621 – N° d'impression : 69267
Dépôt légal : août 2007
Imprimé en France.